中央大学人文科学研究所　研究叢書83

アメリカ文化研究の現代的展開

中央大学人文科学研究所 編

中央大学出版部

まえがき

　本書は、中央大学人文科学研究所の研究会チーム「現代アメリカの言語と文化」の研究成果の一部である。「現代アメリカの言語と文化」は、前身と位置づけられる研究チーム「現代アメリカ研究」と同じく、アメリカ合衆国という巨大な存在を対象に、多様な視点とアプローチで迫ろうと試みてきた。本書に集められた諸論文は、その視点の多様性を十分示しているものと思う。所収の 8 編は、文学研究もあれば、語学研究もあり、また文化史研究に分類されるのが相応しいと思われるものも含まれている。

　近藤論文は、現代アメリカを代表するユダヤ系作家マイケル・シェイボン（Michael Chabon）の作品『イディッシュ警官同盟』を題材に、登場人物たちが抱える宗教・民族・家族そしてアイデンティティに関わる問題が、イディッシュ語との関係の中で、ユダヤ民族全体の歴史とどのように交錯するかについて考察している。

　山城論文は、一貫して芸術界の権威に抗してきたアメリカ人アーティスト、デイヴィッド・ハモンズ（David Hammons）の星条旗イメージを用いた作品を主題に、アフリカ系アメリカ人のナショナル・シンボルに対する複雑な諸関係を考察・分析している。

　中尾論文は、アメリカ合衆国のアフリカ系小説家・劇作家であるジェイムズ・ボールドウィン（James Baldwin）と公民権運動との関係を扱った記録映画『私はあなたのニグロではない』を取り上げ、トニ・モリソン、ヴァレリー・メイソン゠ジョン、イザベル・ウィルカーソンを参照しながら、ボールドウィンが糾弾していた差別と偏見の今日性について考察している。

　井川論文は、没後 100 年経って出版された『マーク・トウェイン自伝』を題材に、アメリカ反帝国主義連盟のメンバーでもあった作家マーク・トウェイン（Mark Twain）が、1906 年にフィリピンで起きたアメリカ軍による「モ

ロ族虐殺事件」に対して、いかなる態度を取り、どのような論評を加えたかを論じている。

　福士論文はハーマン・メルヴィル（Herman Melville）が諸作中に書きこんだアイルランド問題に関わる記述、すなわち、アイルランド／アイルランド人／アイルランド人移民についての諸事象に関わる記述を全面的に摘出し、それらをしかるべきコンテキストの中に位置づけて解読することによって、メルヴィル文学における未開拓の主題であるアイリッシュ・マターズとでも呼びうる主題の諸相を全面的に剔抉しようとする研究のための、執筆者の言によれば、序説、準備的論考である。

　江田論文は、アメリカの詩人エミリ・ディキンスン（Emily Dickinson）の作品の中で、「詩についての詩」いわゆる「メタポエム」を題材に、その詩の背景にある詩人の経験を、帰納法を用いて復元することを試みている。

　大羽論文は、計量言語学的アプローチを用いて、日本語が英訳される場合の傾向分析を試みている。主として取り上げるのは、小説家・川上未映子の作品で、一文を構成する単語数が多く、文が長いことで知られる彼女の文体を、2人の翻訳者がどのように英訳するのか分析・検討を行っている。

　加藤木論文は、近年急速に発達し、普及してきている生成AIや高性能の自動翻訳ソフトの実際の性能を紹介するとともに、これらのIT技術が日本における外国語教育、特に大学における外国語教育に与えうる影響について論じている。

　アメリカ合衆国は、19世紀以降の世界において極めて大きな影響力を持ってきた。政治力、軍事力といった「ハードパワー」は言うまでもなく、文化や学問、科学といった「ソフトパワー」の面においても「アメリカ」は、世界を理解するために避けて通れない存在である。この巨大な存在を理解するため、本書所収の論文が、いささかなりとも貢献できたら幸いである。

　2024年10月

研究会チーム「現代アメリカの言語と文化」

主査　加藤木 能文

目　　次

まえがき

ディアスポラの言葉
　　──マイケル・シェイボン『イディッシュ警官同盟』に
　　　おける父の呪縛とイディッシュ語──
　　　………………………………………………… 近藤まりあ　1
　1．はじめに　1
　2．史実からの逸脱　2
　3．父の呪縛　3
　4．イディッシュ語の持つ意味　8
　5．トートバッグとディアスポラ　11
　6．おわりに　13

デイヴィッド・ハモンズのフラッグ作品
　　　………………………………………………… 山城雅江　17
　1．はじめに　17
　2．ブラック・アーツ・ムーヴメント　18
　3．ボディ・プリント・シリーズにおけるフラッグ作品　23
　4．《African-American Flag》　32
　5．おわりに　36

ジェイムズ・ボールドウィンの遺言
　──『私はあなたのニグロではない』──
　　　　　　………………………………………… 中尾秀博　*45*
　1．はじめに　*45*
　2．トニ・モリソンの弔辞　*46*
　3．ヴァレリー・メイスン゠ジョンの
　　　「まだ私はあなたのニグロです」　*48*
　4．『私はあなたのニグロではない』　*51*
　5．補遺（『カースト』と『オリジン』について）　*60*

『マーク・トウェイン自伝』にみる著者晩年の批評精神
　──フィリピン・アメリカ戦争におけるモロ族虐殺事件──
　　　　　　………………………………………… 井川眞砂　*69*
　1．はじめに──没後100年に刊行
　　新版『マーク・トウェイン自伝』　*69*
　2．アメリカ軍によるモロ族虐殺事件を論評する
　　　──1906年3月12日と14日の『自伝』口述　*72*
　3．思想的立場を反帝国主義に切り替えて帰国
　　　──19世紀末から20世紀初頭のアメリカ反帝国主義運動　*87*
　4．おわりに──口述による新版『マーク・トウェイン自伝』　*96*

メルヴィルとそのアイルランド問題──序説
　　　　　　………………………………………… 福士久夫　*107*

エミリ・ディキンスンの詩についての詩
　　――まとめを兼ねて
　　　　　　　　　　……………………………………………江田孝臣　*153*
　　1．はじめに　*153*
　　2．メタポエムとしての
　　　"The Malay - took the Pearl -" (F 451 / J 452)　*155*
　　3．詩人の経験の帰納法による復元　*164*

川上未映子の文章は翻訳者にどのように英訳されるのか
　　　　　　　　　　……………………………………………大羽　良　*169*
　　1．はじめに　*169*
　　2．研究目的　*171*
　　3．コーパスデザイン　*172*
　　4．分析の結果　*174*
　　5．考　察　*186*
　　6．おわりに　*188*

生成AIと外国語教育の未来
　　　　　　　　　　……………………………………………加藤木能文　*193*
　　1．はじめに　*193*
　　2．画像生成AIの普及と社会的影響　*193*
　　3．対話型生成AIの衝撃　*196*
　　4．ChatGPT利用の実際例　*197*
　　5．自動翻訳プログラムの進歩　*204*
　　6．生成AIや自動翻訳プログラムが
　　　外国語教育に及ぼすプラスの影響　*207*
　　7．大学の外国語教育に及ぼし得るマイナスの影響　*210*
　　8．大学における外国語教育の分岐点　*213*

ディアスポラの言葉
―― マイケル・シェイボン『イディッシュ警官同盟』に
おける父の呪縛とイディッシュ語 ――

近藤まりあ

1．はじめに

　現代アメリカを代表するユダヤ系作家マイケル・シェイボン（Michael Chabon 1963-）は、三作目の長編小説『カヴァリエ&クレイの驚くべき冒険』（*The Amazing Adventures of Kavalier & Clay*, 2000）で高い評価を受け、ピューリッツァー賞を受賞した。この作品は第二次世界大戦期、ホロコーストに翻弄されるユダヤ人青年が主人公となるだけではなく、ユダヤ人共同体で継承されてきたゴーレム伝承が大きな役割を果たすなど、ユダヤ民族にまつわる要素を多く作品に取り込んでいる[1]。そして次の長編小説となる四作目『イディッシュ警官同盟』（*The Yiddish Policemen's Union*, 2007）でも、民族的テーマが取り上げられている。この小説は一見するとハードボイルド探偵小説だが、探偵小説の枠組を用いつつ、ホロコーストを経た後のユダヤ人のアイデンティティとディアスポラの問題を背景としたオルタナティヴ・ヒストリー（歴史改変小説）となっている。

　『イディッシュ警官同盟』は、ある殺人事件の謎を刑事が解明する過程を追ったものであり、刑事には手に汗を握るような危機的状況が何度も訪れる。被害者の部屋に残されたチェス盤の駒の配置が思いもよらない殺人犯の正体を示していたという意味で秀逸な探偵小説となっているが、それと同時

に、刑事たちが宗教・民族・家族そしてアイデンティティに関わる問題を自ら抱えて苦悩し、さらにはそれが民族全体のアイデンティティの問題にもつながっていく。本論では、ユダヤ系アメリカ作家の作品にしばしば登場する「父と息子」というテーマと、『イディッシュ警官同盟』というタイトルにも用いられているイディッシュ語との関係を手がかりとして、個別の登場人物の苦悩とユダヤ民族全体の歴史がどのように交錯するのかについて考察したい[2]。

2．史実からの逸脱

　歴史改変小説である『イディッシュ警官同盟』において特に史実と大きく異なるのは以下の点である。まず、アメリカ政府は第二次世界大戦中、アラスカの地にシトカという特別自治区を設置し、ユダヤ人難民を受け入れ始めるということ。そして、1948年、建国後三か月のイスラエルはアラブ諸国に攻め入られ大敗し、消滅するということである。その結果、シトカ特別区には多数のユダヤ人が流入し、人口は320万人となる。

　とはいえ前者（シトカ特別自治区）に関する設定はシェイボンによる完全な創作というわけではない。フランクリン・ローズヴェルト政権で内務長官を務めたハロルド・イッキスは、当時まだ準州であったアラスカの地を開発するため、ヨーロッパ難民を含む新たな入植者の誘致を構想した。そしてこのプランは1940年、上院の領土・島嶼問題委員会の公聴会の対象となった。しかしアラスカ準州選出の下院議員だったアンソニー・ディモンドは、難民をアメリカ文明に対する脅威と見做して反対した。ここまでは史実に基づいている[3]。実際にはその後、ディモンドによる強硬な反対もあり計画は頓挫することになるが、『イディッシュ警官同盟』において加えられた変更点は、ディモンドが交通事故で死亡したことにより、イッキスの提案が実現したということである。

　この小説においてシトカ特別区はあくまでも暫定的なものであり、60年

後には返還されることが決まっている。そして小説の舞台は2007年であり、あと二か月でシトカ特別区は消滅、それにより主人公マイヤー・ランツマンが20年間勤務した特別区警察も当然消滅し、特別区在住のユダヤ人たちは再び自らの居住地を探さなければならない。『イディッシュ警官同盟』は、このような設定から始まる。

3．父の呪縛

　先にも述べたように、『イディッシュ警官同盟』はハードボイルド探偵小説の体裁を取りながら、刑事たちの苦悩が特に深く描かれている。この苦悩について考察するにあたり、まずは「父と息子」という概念を鍵としたい。

　『旧約聖書』の「創世記」において族長アブラハムは、息子であるイサクを捧げるよう神に命じられ、山頂で息子に刃物を振り上げる。しかしその状況にあってもイサクは父親に従順に従う。アブラハムとイサクの強い信頼関係はまた、父を神とするアナロジーにもつながり、ユダヤ民族にとって重要な物語となっている。アーヴィング・マリン（Irving Malin）は、評論『ユダヤ人とアメリカ人』（*Jews and Americans*, 1965）において、ユダヤ系文学の特質として "Exile" や "Transcendence" 等とあわせて "Fathers and Sons" という要素を挙げている。アブラハムとイサクの物語からもわかるように、宗教的な観点からするとユダヤ人は父親（＝神）に従順であるものとされてきた。しかし、父親に反逆し独立することに価値を置くアメリカに移民することによって、彼らユダヤ系移民たちの父子関係は不安定なものになっていく[4]。

　マリンは1965年の時点でそのように考察したのだが、その後も、この「父と息子」のテーマはユダヤ系アメリカ作家たちに取り憑いているかのように繰り返される。ポール・オースター（Paul Auster）は『孤独の発明』（*The Invention of Solitude*, 1982）で、亡くなった父親との関係、そして生まれてきた自らの息子との関係について考察している。アート・スピーゲルマン（Art Spiegelman）は『マウス』（*Maus*, 1986-91）のシリーズで、ホロコースト・サ

バイバーの父親との抜き差しならない関係を明らかにした。また、フィリップ・ロス（Philip Roth）は、ノンフィクション作品『父の遺産』（*Patrimony: A True Story*, 1991）で、父親の最期を見届け父親からの精神的遺産を確認したことを記録し、ジョナサン・サフラン・フォア（Jonathan Safran Foer）は、『ものすごくうるさくて、ありえないほど近い』（*Extremely Loud and Incredibly Close*, 2005）で、亡き父の残した暗号の意味を求めてニューヨークを彷徨う少年と、息子を亡くした祖父のトラウマを描いた。それらの作品で描かれるのは、いずれも円満な父子関係ではなく、危機を孕んだ不安定な父子関係である。そして2007年に出版された『イディッシュ警官同盟』においては、主要登場人物のうち三名（マイヤー・ランツマン、ベルコ・シェメッツ、メンデル・シュピルマン）が、父親の望む息子像と現実の自分との乖離から人生を狂わせていく。

　まずは主人公である刑事マイヤー・ランツマンと父親の関係を確認したい。マイヤーの父であるイジドールはホロコースト・サバイバーである。家族を全員亡くし、痩せ衰えたイジドールはヨーロッパのユダヤ人収容所から、成立後間もないシトカ特別区へ移住している。やがて幼なじみの妹と結婚し家庭を築いたイジドールだったが、チェスに病的なほどのめり込み、息子マイヤーが生まれると、自らの得意なチェスを執拗に教え込もうとする。しかし父親の期待するようにチェスが上達することもなく、チェスを好きにもなれなかったマイヤーは、父親宛に手紙を書く。手紙には、自分がチェスを嫌っていること、これ以上チェスを続けたくないことが書かれていた。マイヤーはためらいながらも最終的にその手紙を投函するが、その二日後に父イジドールは自殺する。

　ショックを受けたマイヤーはその後おねしょをするようになり、しばらく発話をしなくなるなどといったトラウマの兆候を見せた。ところが、父親の死から23年後、マイヤーは父の遺品の中から自らが過去に書いた父親宛の手紙を発見する。その手紙は開封されていなかった。つまり、父親はマイヤーからの手紙を読む前に自殺していたのである。父親の自殺の原因は、息子

からの手紙ではなく、ホロコーストにより被ったトラウマだったのだと考えられる。ホロコースト・サバイバーの父親を持つスピーゲルマンの『マウス』でも描写されているように、父と息子の問題は、ホロコーストが関わることでさらに複雑化する。『イディッシュ警官同盟』では、主人公マイヤーを通して、ホロコースト・サバイバーを親に持つ第二世代のトラウマが描かれている。

次に、マイヤーの従弟であり同僚刑事でもあるベルコ・シェメッツの場合を見ていきたい。ベルコの父親であるヘルツは、連邦捜査局（FBI）の特別捜査官として諜報活動を行う一方で、アラスカの先住民であるトリンギット族に強い関心を持ち、彼らの生活様式に惹かれていた。そしてトリンギット族の女性ローリー・ジョーとの間に子供（ベルコ）をもうける。しかし彼女は、ユダヤ人特別区と先住民居留地との境界線をめぐる暴動に巻き込まれて亡くなる。その後ベルコは父親と一緒に暮らすことを望むが、ヘルツはそれを拒否し、妹（マイヤーの母）にベルコを預けてしまう。体が大きく外見的には先住民にしか見えないベルコだったが、彼はその後、自ら率先してユダヤ人と同じようにヤムルカ（ユダヤ人男性が頭に載せる帽子のようなもの）をかぶり、タリート（ユダヤ人男性が上着の下に着用するもの）を着て、ユダヤ人として生活を送るようになる。

後年、ベルコはマイヤーと共に刑事として殺人事件を追う中で、有益な情報を得る目的で父親であるヘルツのもとを訪ねるが、この父と子の再会場面に先立って以下のような記述がある。

> ヘルツはマイヤーに家に入るように言い、マイヤーはそうした。するとヘルツはそこで息子と対面することになる。マイヤーは関心を持って見つめた。アブラハムがあの山頂でイサクを横たわらせ、鼓動する胸をはだけさせたその瞬間から、ユダヤ人は皆その当事者なのだ。(303)[5]

アブラハムとイサクへの言及があることから、作者シェイボンが父と息子の

問題を意識的に小説に組み込んでいることが分かり、また、これから描写されるベルコとその父ヘルツの再会場面に不穏な空気を感じ取ることができる。実際、ここでの会話でベルコは、母親の命を奪った暴動事件を画策したのが実は自らの父親だったことを初めて知り、怒りを爆発させる。ベルコは自らの頭からヤムルカを取って父親の顔に投げつけ、シャツの中に着ていたタリートも脱いで言う。

「毎日毎日、俺は朝起きるとこの糞みたいなものを着て、自分じゃないものになったふりをした。絶対になれないものに。お前のためにだ」
「お前にユダヤ教徒になれと言ったことはない」ヘルツは顔を伏せたまま言った。「今までお前には一度も―」
「宗教なんて何の関係もない」ベルコは言った。「問題なのは、くそっ、父親なんだ」（強調原文）（317）

ユダヤ教の定義では、母親がユダヤ教徒である場合にのみ、その子供はユダヤ人と見做される。先住民の母を持つベルコは自らが父親と同じユダヤ人とは見做されないことを知りながらも必死にユダヤ人を装っていたのである。しかしここで父親はユダヤ教を批判し、自分はタリートなど着たことがないと言う。ベルコは激高し、自らのタリートで父親の頭を包み、首を絞め始める。マイヤーに制止されたベルコは手を止め、外に出て立ち去ろうとするが、その時銃声が聞こえ、ヘルツが自殺を図ったことが明らかになる。『イディッシュ警官同盟』で展開する父と子の物語は、アブラハムとイサクの物語から遠く離れ、もはや修復不可能なところまで行くかと思われた。しかし、最終的にベルコは自殺に失敗した父親を病院へ連れて行き、その後、妻と子供の待つ自宅へも連れて行くことから、この父と息子はわずかながらも和解の方向に近付いていることが示唆される[6]。

そして三人目は、殺人事件の被害者メンデル・シュピルマンである。彼は古びた安ホテルの一室で射殺されていた。マイヤーの捜査により次第に明ら

かになったメンデルの正体は、ハシディズム（ユダヤ敬虔主義）の一派とされるヴェルボフ派10代目ラビの息子だった。彼は幼少時から奇跡を起こして人を窮地から救う能力を持ち、ハシディズムにおいて各世代に一人現れると言われる指導者、ツァディク・ハ・ドールと見做されていた。しかし、父親によって決められた相手との盛大な結婚式が迫る中、ゲイであるメンデルは姿を消してしまう。

> 彼は、その世界とユダヤ人たちが、悲嘆にくれて雨の中傘を差しながら望んでいる存在にはなれず、母と父が望んでいる息子にもなれなかった。(226)

メンデルは指導者として周囲から期待された人物になれないだけでなく、母親と父親の期待する人間になることもできなかった[7]。彼はツァディク・ハ・ドールとなるはずの自分の運命から逃れてヘロイン中毒者となっていく。

　マイヤーは、刑事として殺人事件を追う中で、やがて大きな陰謀の存在に気付くことになる。エルサレムにある岩のドーム（イスラム教の聖殿）を爆破してイスラエルの再建を目論む計画が、ユダヤ人だけでなく、キリスト教福音派を背景にアメリカ政府も関わる陰謀として存在した。その陰謀の主導者たちは、ユダヤ人をまとめるための指導者としてメンデルを利用しようとした。しかしそのことを知ったメンデルは、ある人物に依頼して命を絶ったのである。

　ここまで見てきたように、『イディッシュ警官同盟』における三人の登場人物たちは、父親との関係が破綻し、それにより自らの人生も狂わせていく。では、トラウマを抱えた彼らは何に救いを見出すのだろうか。

4．イディッシュ語の持つ意味

『イディッシュ警官同盟』の原文は英語だが、シトカ特別区のユダヤ人たちはイディッシュ語を話しているという設定である。シェイボンは、原文は英語でありながら読者がイディッシュ語を常に意識するように様々な趣向を凝らしている。時折、単語・フレーズ単位でイディッシュ語が特に解説もなく用いられるが、それだけではない。登場人物たちは罵り言葉を使う時だけ流暢なアメリカ英語を用いるのだが、そのたびに、それがアメリカ英語で述べられたという説明が入る（ex. "Fuck!" This word is spoken in American, Berko's preferred language for swearing and harsh talk. (47)）。そのため、読者は彼らがその他の部分をイディッシュ語で話しているということを繰り返し意識する。作者シェイボンに関しては、曾祖父母や大叔母はイディッシュ語話者である。『イディッシュ警官同盟』を執筆していた2004年の時点で、シェイボンはイディッシュ語をあまり話せないが、辞書を引きながらゆっくりとであれば読むことはできると述べている[8]。

しかし2007年に『イディッシュ警官同盟』が出版されると、小説内のイディッシュ語の使用法が不正確であるという指摘が一部の評者からなされた[9]。ヨースト・クライネン（Joost Krijnen）はそういった指摘を紹介し、シェイボンのイディッシュ語による表現が完全に空想に基づいているという指摘については、シェイボンが「過去に存在しなかったが、あり得たかもしれない」歴史を描いているのだからその表現が空想に基づくのも当然なのだとしている[10]。このような正確性についての指摘や批判は現代ユダヤ系アメリカ作家の作品に関して時になされることがある。たとえばホロコースト第三世代のユダヤ系アメリカ作家ジョナサン・サフラン・フォアは『エブリシング・イズ・イルミネイテッド』（*Everything Is Illuminated*, 2002）で、ウクライナを舞台に想像上のシュテトル（東欧におけるユダヤ人コミュニティ）を描いたが、第二次世界大戦中のウクライナの歴史的記述が正確ではないという批

判を受けている[11]。こういった正確性における瑕疵は、ユダヤ民族の歴史・文化・言語を経験として知らない世代がそれらをテーマとして執筆する際の弱みとも見做されうるが、逆に言えば、作家たちのイマジネーションへの振れ幅の大きさに付随する要素であるとも考えられる。そして『イディッシュ警官同盟』におけるイディッシュ語は、その使用について不正確な点もあるとはいえ作品内で重要な役割を果たしており、本節ではそれが何を象徴しているのかについて考えたい。

　西欧では19世紀に入るとユダヤ人が市民権を得て社会に同化し、その過程で西欧の価値観・文化・言語を受け入れていった。他方で中欧・東欧においては、多くのユダヤ人がシュテトルを形作り、現地とは異なる言語を用いてその文化を維持した。この言語が、中世に起源を持つアシュケナジム（中・東欧に移住したユダヤ人）独特の民俗語であるイディッシュ語である。ヘブライ語が元来宗教のために用いられ、聖なる言語とされたのに対して、イディッシュ語はアシュケナジムが約千年にわたって用いてきた口語であり、ユダヤ人の生活と密接した形で存在し、民謡や民話、非公式の祈祷などに用いられてきた。そして彼らは、イディッシュ語とユダヤ的価値観を基礎とした豊かな文化を生み出してきた[12]。

　しかしイディッシュ語は、おもに二つの理由により話者を激減させることになった。一つめの理由はホロコーストである。第二次世界大戦前には世界中に約1100万人のイディッシュ語話者が存在したが、そのうち約500万人がナチスによる犠牲となった[13]。もう一つの理由は、イディッシュ語がイスラエルの公用語として選ばれなかったということである。シオニズム運動の創始者であるテオドール・ヘルツル（Theodor Herzl）は、初期にはイディッシュ語をユダヤ人の言葉として認めていたが、最終的には「無教養で盲目的信者の言葉」として排斥した。イディッシュ語支持者とヘブライ語支持者の激しい闘争があり、最終的に、神聖な言語とされる「聖書ヘブライ語」が日常言語化され、現代ヘブライ語となった。そしてイスラエル国家の建設に際しては現代ヘブライ語が公用語とされた[14]。現在では、イディッシュ語

はニューヨーク、アントワープ、エルサレム等の一部の地域で実際に使用される言語の一つだが、その話者数は世界で50万から200万人程度と推定されている[15]。

　シェイボンは、エッセイ集『地図と伝説』（*Maps and Legends*, 2009）所収の"Imaginary Homelands"において、『イディッシュ警官同盟』を執筆するきっかけとなった出来事について以下のように述べている。1993年、シェイボンは、書店で *Say It in Yiddish* というタイトルの本を手に取る。それは旅行の際などに便利な会話やフレーズを網羅した語学書で、様々な言語が揃うシリーズのイディッシュ語版だった。しかし、イディッシュ語を公用語とする国が存在せず、話者の総数も著しく減ってしまった現在、医師やウェイター、路面電車の車掌、カジノの従業員等にイディッシュ語で話しかける設定の語学書の存在意義をシェイボンは疑い、「私はこの本を使っていったい何をすればいいのだろう？」とユーモラスに問いかける。

　しかし、このエッセイのオリジナルとなる文章が発表された後の1997年にシェイボンは、イディッシュ語の継承活動に携わる人々や *Say It in Yiddish* の編者から批判を受けることになる。彼らはこの文章が、イディッシュ文化に対する敬意を欠いていると感じていた。最終的に彼は編者の一人に謝罪することになるのだが、こういった出来事は間違いなくシェイボンのイディッシュ語への興味・関心を深めることにつながっただろう。そして、人々が皆イディッシュ語を話す場所、つまりこのイディッシュ語の会話本が本当に役に立つ場所とはどのようなところなのかという想像を出発点として構想されたのが『イディッシュ警官同盟』だったのである[16]。シトカ特別区の人口が320万人であるという設定を考えると、約320万人のイディッシュ語話者の共同体をシェイボンは作り上げたことになる。

　『イディッシュ警官同盟』の設定においては、ヘブライ語を公用語とするイスラエルが建国後三か月で消滅したため、むしろヘブライ語の話者が激減し、その存続が危うくなっている。シトカ特別区は、東欧各地のユダヤ人の口語として豊かな文化を生み出してきたイディッシュ語を「無教養で盲目的

信者の言葉」という評価から救い出し、むしろ人工的な現代ヘブライ語がイディッシュ語に駆逐されてしまった共同体である。坂野明子は、ヘブライ語を「宗教と結びつき、権威や聖性を帯びた〈硬い言語〉」と表現し、それに対してイディッシュ語を「人々の喜怒哀楽、心を表現する〈柔らかい言語〉」として、『イディッシュ警官同盟』に〈硬〉と〈柔〉の二項対立を見ている。マイヤーが〈柔〉の側にいるからこそ、この小説のタイトルは『イディッシュ警官同盟』となる[17]。

5．トートバッグとディアスポラ

　先に、マイヤーのトラウマの原因として父親との関係性を挙げたが、この小説の舞台となる 2007 年現在、マイヤーの気持ちを沈ませ、彼を酒浸りにさせている原因はまた別のところにある。それは元妻ビーナと、生まれてこなかった子供に対する罪悪感である。ビーナは妊娠中、胎児の染色体異常を医師から告げられる。何の影響もない可能性もあるが、障害のある子供が生まれる可能性もある。最終的に二人は中絶を選ぶが、その後、胎児には外見的には何の障害もなかったことが判明する。医師からそう聞いたマイヤーは、その事実をビーナに伝えることができなかった。
　マイヤーは自らが中絶を望んだのだと思い詰め、罪悪感に責めさいなまれて 12 年の結婚生活に終止符を打ち、家を出る。彼が父親を自殺で失っていることは先に述べたとおりだが、父方の祖父も自殺していることが小説内で述べられている。繰り返される父親の不在を背景に、マイヤーが無意識ではあれ子供を持つことをためらったのだという解釈も可能だろう。その後マイヤーは食欲を失い、アルコール中毒となり、抑うつ症状の兆候を見せ始め、進んで自らを危険にさらすような行動に出る。小説の冒頭ではマイヤーはどん底の状況にある。しかし特別区警察で彼の上司となったビーナと共に事件に関わり、その関係を修復し、彼女から肯定されることで、少しずつではあるが回復の兆しが見えてくる。そこでマイヤーがビーナを描写する際に引き

合いに出すのが、彼女の牛革のトートバッグである。彼女のバッグの中には、薬、ビタミン剤、調味料、ウェットティッシュ、オペラグラス、タオル、コルク抜き、蝋燭、マッチ、ポケットナイフ、拡大鏡などあらゆるものが入っている。

 ユダヤ民族の幅広い移動範囲と忍耐力について説明するには、ビーナ・ゲルプフィッシュのようなユダヤ人を見るといい、とマイヤーは考える。家を古い牛革のバッグに入れ、ラクダの背中に乗せ、脳の隙間に入れて持ち運ぶユダヤ人を見るといい。(155)

ここでは、ビーナ個人の忍耐力がユダヤ民族全体に敷衍され、それらの利点がディアスポラの民の利点として述べられている。また、マイヤーは、連邦政府から派遣された担当者により尋問を受け、岩のドームの爆破計画にアメリカ政府が関わっていることを口外しないよう圧力をかけられるのだが、そこでマイヤーは尋問官に対して以下のように言う。

 素っ頓狂な思いつきで自分の息子の喉を切ろうとして名声を得たあのサンダル履きの馬鹿親父に何が約束されていようとどうでもいい。……俺の故郷は俺の帽子の中にある。俺の元妻のトートバッグの中にある。(368)

聖地をめぐる陰謀に翻弄されたマイヤーは、上記のようにアブラハムを侮辱するようなセリフを口走り、神がアブラハムに約束した土地を切り捨てるが、そのセリフの最後には、マイヤーの回復につながる世界観がある。それは、故郷を帽子の中、トートバッグの中に入れて持ち運ぶことのできるユダヤ人である。

6．おわりに

　ユダヤ系アメリカ作家アイザック・バシェヴィス・シンガー（Isaac Bashevis Singer）は、イディッシュ語による創作を続けて 1978 年にノーベル文学賞を受賞したが、受賞講演で以下のように述べている。

> スウェーデン・アカデミーから授けられたこの栄誉は、イディッシュ語の承認でもあるのです。イディッシュ語は、国も国境も持たず、いかなる政府にも支持されない亡命者の言葉であり、武器や弾薬や軍事演習、戦術をあらわす語を持たない言葉です……[18]。

シンガーは、イディッシュ語がいかなる国の政府にも支持されていないことをむしろポジティブに捉え、国も国境も持たないイディッシュ語をディアスポラの言葉と位置付けている。こういった認識を、『イディッシュ警官同盟』の結末部分にも読み取ることができる。

> マイヤーにはビーナを除けば何もない。故郷も、未来も、宿命もない。マイヤーとビーナに約束された土地は、二人の結婚式で使われた天蓋や、イディッシュ警官同盟の隅の折れた会員証の範囲のみに限られていた。そしてその会員は、自分たちの全財産をトートバッグに入れて運び、その世界を彼らの言葉で表現するのだった。(411)

マイヤーとビーナは、全財産をトートバッグに入れて運ぶディアスポラの民であり、彼らは世界を彼らの言葉であるイディッシュ語で表現する。『イディッシュ警官同盟』内で三度繰り返されるビーナのトートバッグに関する言及は、小説の冒頭でどん底にあったマイヤーが自らの持ち運び可能な故郷を見出して回復する兆候を示唆している。

探偵小説の枠組を用いた『イディッシュ警官同盟』は、刑事や被害者といった登場人物が宗教・民族・家族そしてアイデンティティに関わる問題を自ら抱えて苦悩するが、その苦悩は「父と息子」の関係性の上で明らかになっていく。主要登場人物三名は父親との関係に悩み、三人三様の結末を迎える。ベルコは衝撃的な対立を経て、父親との距離をほんのわずかながらも縮めたように思われる。他方でメンデルは、父親との関係が破綻し、最終的に命を落とす。そして父親と折り合いをつけることのできなかったマイヤーは、父祖の地・永住の地を求めるのではなく、ディアスポラ的なあり方を肯定する。イディッシュ語はその象徴として存在するのである。

1) シェイボンがこの小説で重視するゴーレムの特性については以下を参照。近藤まりあ「ユダヤ人共同体の守護者からスーパーヒーローへ——マイケル・シェイボン『カヴァリエ＆クレイの驚くべき冒険』におけるゴーレム表象」『幻想的存在の東西——古代から現代まで』中央大学出版部、2024 年、453-467 頁。
2) 原題は *The Yiddish Policemen's Union* だが、2009 年に出版された邦訳のタイトルは『ユダヤ警官同盟』となっている（マイケル・シェイボン『ユダヤ警官同盟』（上・下）黒原敏行訳、新潮社、2009 年）。
3) Margaret Scanlan, "Strange Times to Be a Jew: Alternative History after 9/11," *Modern Fiction Studies*, vol. 57, no. 3, 2011, p. 518.
4) Irving Malin, *Jews and Americans*, Carbondale and Edwardsville: Southern Illinois University Press, 1965, pp. 33-35.
5) Michael Chabon, *The Yiddish Policemen's Union*, London: 4th Estate, 2010, p. 303. 以下、同書からの引用は括弧内に頁数を示す。本稿における英語文献からの引用は全て拙訳である。
6) マイヤーとベルコがいずれも「不在の父親」に対して憤っているという指摘もある。Inbar Kaminsky, "Solving the Jewish Case: Metaphorical Detection in Michael Chabon's *The Final Solution* and *The Yiddish Policemen's Union*," *Michael Chabon's America: Magical Words, Secret Worlds, and Sacred Spaces*, eds. Jesse Kavadlo and Bob Batchelor, Lanham: Rowman & Littlefield Publishers, 2014, pp. 166-167.
7) メンデルに関しては、父親との関係だけでなく、息子に対して愛情と複雑な感情を抱く母親との関係が詳細に描かれており、この点がマイヤーとベルコの父子関係と異なる点である。

8) Brannon Costello, ed., *Conversations with Michael Chabon*, Jackson : University Press of Mississippi, 2015, p. 74.
9) たとえば以下を参照。D.G. Myers, "Michael Chabon's Imaginary Jews," *Sewanee Review*, vol. 116, no. 4, 2008, pp. 572-588.
10) Joost Krijnen, *Holocaust Impiety in Jewish American Literature : Memory, Identity, (Post-)Postmodernism*, Leiden; Boston, MA : Brill Rodopi, 2016, pp. 136-138.
11) 以下を参照。近藤まりあ「ジョナサン・サフラン・フォア『エブリシング・イズ・イルミネイテッド』における歴史描写と視点の複雑化」『英語英米文学』第63集、2023年、54-55頁。
12) Milton Doroshkin, *Yiddish in America : Social and Cultural Foundations*, Rutherford : Fairleigh Dickinson University Press, 1969, pp. 82-96 ; Dov-Ber Kerler, ed., *Politics of Yiddish : Studies in Language, Literature, and Society*, Walnut Creek, CA : Altamira Press, 1998, p. 12 ; 邦高忠二・稲田武彦『アメリカ・ユダヤ文学を読む――ディアスポラの想像力』風濤社、2016年、186、266頁。
13) ジャン・ボームガルテン『イディッシュ語』上田和夫・岡本克人訳、白水社、1996年、8頁。
14) 日本マラマッド協会編『ホロコーストとユダヤ系文学』大阪教育図書、2005年、30頁。
15) Lily Kahn and Aaron D. Rubin eds., *Handbook of Jewish Languages*, Leiden : Brill, 2016, p. 643.
16) Michael Chabon, *Maps and Legends : Reading and Writing along the Borderlands*, New York : Harper Perennial, 2009, pp. 157-179.
17) 坂野明子「マイケル・シェイボンに見るユダヤの記憶と伝統」広瀬佳司・伊達雅彦編『ユダヤの記憶と伝統』彩流社、2019年、157-179頁。
18) Isaac Bashevis Singer, "Nobel Lecture" (8 December 1978), https://www.nobelprize.org/prizes/literature/1978/singer/lecture/

デイヴィッド・ハモンズのフラッグ作品

山 城 雅 江

シンボルをいじりまわすと、とんでもない魔法のようなことが起こる。
——デイヴィッド・ハモンズ[1]

1. はじめに

　本稿では、デイヴィッド・ハモンズ（David Hammons, b. 1943-）の星条旗イメージを用いた作品のいくつかを取り上げ、その諸文脈や芸術的試行の検証を通して、アフリカ系アメリカ人のナショナル・シンボルに対する複雑な諸関係を改めて考察してみたい。

　瞬間的に認識できるシンボル（instantly recognizable symbols）の最たるものとして、アメリカ合衆国（以下アメリカ）のヴィジュアル政治・戦略に欠かすことのできない星条旗イメージは、ベトナム反戦運動が活発化する1960年代以降に多くのアーティストによって積極的に流用・転用されるようになっていくが、アフリカ系アメリカ人による創造的実践においてもまた、同時期の人種解放闘争の変化と密接に連動しながら、極めて有効な記号として頻出するようになった[2]。それ以来、その時々の情勢と絡み合いつつ「フラッグ作品」が断続的に制作され、その蓄積は今日ではある種のカテゴリーを形成しているようにも見える。言わば、米国黒人アーティストによる「アメリカ」についての視覚的批評・介入が連作的に集積しているのである。

　1960年代から50年以上にわたって多様な媒体・素材を作品に組み入れてきたハモンズは、特にアッサンブラージュや大規模なインスタレーションに

おいて国際的に知られる一方で、アメリカ国旗に関わるヴィジュアル政治・闘争という観点においても印象的な作品を数多く創作してきたアーティストである。星条旗イメージはハモンズ作品において繰り返し試されるモチーフの一つとなっていて、同じく60年代以降に多くのフラッグ作品を生み出してきたフェイス・リンゴールド（Faith Ringgold, 1930-2024）と並んで、米国黒人アーティストによる星条旗アートの代表的な作品を残してきた先駆者と言えるだろう。ハモンズのフラッグ作品における試みや表出というアングルから、国家と人種とシンボルのアメリカ的交錯を注視することによって、リンゴールドに関する議論ではあまり扱うことができなかったコンテクストや係争点をより鮮明にすることが本稿の目的である。具体的には政治的・社会的な激動期である60〜70年代におけるアフリカ系アメリカ人によるアート実践を概観し、同時期のハモンズ作品が吟味している「アメリカ」との関係や「ブラック」の表象の問題を検証する。また後期作品を近年の政治的・社会的文脈とともに検討し、ハモンズによるフラッグ作品の独自の現代的展開を考察したい。

2．ブラック・アーツ・ムーヴメント

ハモンズのフラッグ作品を検証するための基本的な背景として、まずはその創作活動の最初期にあたる1960〜70年代の美術的文脈、特に「ブラック・アーツ・ムーヴメント（Black Arts Movement）」（以下 BAM）と視覚芸術の関係を確認しておきたい。

BAM は1960年代半ば頃から70年代半ば頃までを中心に活気ある取り組みを展開したアフリカ系アメリカ人によるアフリカ系アメリカ人のための芸術運動である。「ブラック・パワー・ムーヴメントの文化部門」と説明されることもあるように、BAM の登場は人種解放闘争の転換期、すなわち、公民権運動の求心力の低下や都市人種暴動の頻発、ブラック・ナショナリズムへの支持の拡大と時期を同じくしており、思想や方向性において同時代の政

治的な闘争と深く結び付いていた[3]。人種統合の「夢」やアメリカ的制度への信頼・期待といったある種の「楽観主義」が消滅し、アメリカが本質的に人種差別社会であることが露呈したと受け止められた60年代後半の社会情勢においては、芸術の領域においてもまた「ブラック・パワー」や「ブラック・プライド」といった概念が強く意識されるようになっていた。BAMは、黒人自らが自己について定義・決定し集合的アイデンティティを形成することと、芸術との内在的な関係や創造的実践を議論・探求する広域の潮流へと伸展し、同時代の米国黒人アーティスト／知識人に否応無く多大な影響を及ぼす動向となっていった[4]。

様々な芸術ジャンルを包含し、地域的・方法論的差異も決して小さくなかったこの動向が、にもかかわらず全国的で統一した感触や同時代性を常に伴わせていたのは、基本的な認識を共有していたためである[5]。アメリカ社会が歴史的に黒人に植え付けてきた劣等意識や否定的なイメージから自己を解放し、自尊心を回復するブラック革命にアーティストとして関与していくこと、いわば、独自の「ネーション」の構築に向けた解放闘争を芸術表現で闘うという認識である。「ニグロ」から脱却し「ブラック」へと生成変化するために、観客・聴衆に意識の変革を促すことのできる芸術の力を活用すること。芸術領域をとりわけ強固に支配してきた西欧白人中心の美的感性・基準と訣別し、アフリカ系アメリカ人の独自の経験や直面する緊急な課題を反映した、同胞・共同体のための芸術を自ら創出すること。1960年代半ば以降、BAMの主導的な声となっていく詩人で劇作家のアミリ・バラカ（Amiri Baraka/LeRoi Jones, 1934-2014）や、演劇研究者であり作家・詩人でもあったラリー・ニール（Larry Neal, 1937-1981）らを中心に「ブラック・アーツ」や「黒人の美学」とは何かをめぐる議論が活発に交わされ、「敵を暴露し、人民を賞賛し、革命を支える」芸術[6]の在り方が精力的に模索されていった。いわゆるブラック・ナショナリズムの政治運動と同様、BAMに広く共通する特徴としては、分離主義、アフリカ性の強調、人種的二項対立、攻撃的で緊急なトーン、ポピュリスト的形態の重視といった傾向を挙げることができる

だろう[7]。

　立役者らの影響もあり、BAM では詩や批評を中心とする文学作品、演劇、音楽といった芸術ジャンルが代表的な位置を占めてはいたが、多くの団体・組織が主流社会の芸術・文化的慣行に囚われない自由で創造的な美学を創出するためにあらゆる表現形態に参画を呼びかけており、多様な場におけるジャンル融合的な活動・パフォーマンスを試行していた[8]。絵画や彫刻、デザイン、写真といった視覚芸術のアーティストも多くが BAM に積極的に関わり、様々な表現活動と交差しながら、自らの領域やスタイルとの関係を探求していった。

　そうした試みのなかでも非常に重要な作品・出来事として最も頻繁に言及されるのは、1967 年の都市人種暴動が大規模に発生した「長く暑い夏」にシカゴのインナー・シティの廃墟の壁に制作された《Wall of Respect》である。複数の画家、デザイナー、写真家らの共同作業によって、諸分野（音楽、演劇、政治、宗教、文学、スポーツ）の歴史上、及び、同時代の英雄的人物らが力強く描かれた。「ブラック」の歴史・偉業を賞賛する壁画は、アフリカ系アメリカ人のアイデンティティを強く肯定的に可視化した作品であると同時に、経済的に困窮する黒人地区の一角に設置された、誰もが平等に見ることのできるパブリック・アートでもあった。完成披露では詩の朗読や音楽ライブを融合したイベントが開催される等、大きな反響を呼び、解放闘争の視覚的な象徴となった《Wall of Respect》は、他のヴィジュアル・アーティストを大いに刺激することになる[9]。BAM 活動の最重点の一つである、革命のメッセージのコミュニティとの共有に極めて有効な表現形態の一つとして屋外の壁画アートに注目が集まり、以降、「Truth」「Dignity」「Understanding」「Self-Awareness」等、様々なテーマの壁画がいくつもの黒人地区で次々と制作されていった[10]。

　米国黒人アーティストの美術展を数多く手掛けてきたメアリー・S・キャンベル（Mary S. Campbell）は、1960 〜 70 年代という「不正義な社会の治安にとっては、アーティストが危険な存在であった時代」の視覚芸術活動にお

いては、特定の主題やシンボルが頻出するようになったと指摘し、特に突出したものとして「英雄たちとそのモニュメント」「アフリカ」「星条旗」を挙げている[11]。二級市民（しばしば非市民）として扱われてきた人々を励まし集団的自信を与える存在として、カリスマ的・預言者的同胞は BAM のどの芸術ジャンルにも欠かせない主題であったが、《Wall of Respect》に象徴されるように、視覚芸術においては壁画アートや彫刻、アッサンブラージュといった記念碑的要素を含む表現形態と結び付いて創作されるようになっていく[12]。自己との繋がりを明視できる人物たちの功績を公共の場で堂々と讃えるモニュメントの出現は、「英雄＝白人」というアメリカ的前提に対する視覚的な改革と見ることもできるだろう。

　1960〜70年代の革命闘争にとって「アフリカ」は、おそらく「英雄」以上に、根本的で不可欠な主題であったのではないだろうか。同時期の汎アフリカ主義やアフリカ諸国の独立運動と共鳴していたブラック・パワー運動全体にとって「アフリカ」は共通のルーツ・遺産であり、アイデンティティの中核となるものであった[13]。また同時に、芸術実践においては、植民地主義と一体化した西欧文明の美学・美意識とは決定的に異なる「ブラック・アーツ」のインスピレーションの最大の源泉でもあった。多くの BAM の表現者が非アメリカ化された「黒人の美学」を求め「アフリカ的なもの」（言語、宗教・儀式、リズム・音楽、民話・伝説等）を意欲的に作品に取り込んでいくようになる。アフリカ芸術の、西欧モダニズムとは正反対の「機能的で、集団的で、直接参加的」な特質は新しいアーツの理念的な模範でもあった[14]。ヴィジュアル作品においては、具体的にはアフリカのシンボル・デザイン、ファッション・テキスタイル、構図、配色、工芸的アイテム等の応用が顕著となっていった。

　「英雄」や「アフリカ」がエンパワーメントのための第一義的な主題として頻出していたのに対し、「星条旗」を活用した視覚表現の多くが「敵を暴露する」系統の作品であったことは想像に難くないだろう。視認性の極めて高い色・形は視覚芸術ならではの利用ができるモチーフであり、それを何と

並置しどのような構図で描くかによって「アメリカ的なもの」に対する批評や見解を視覚的に瞬時に表すことが可能となる。星条旗を黒人に対する構造的抑圧、警察権力による暴力として描き、その結果としての貧困・死に対する抗議、社会正義の欠如の告発、あるいは、国家理念と現実の乖離の明示といった直截な非難・批判がこの時期の黒人アーティストによるフラッグ作品の大部分を占めていた[15]。

こうした「イコノクラスム」は、神聖化されてきた愛国シンボルに対する同時代的な「冒涜的行為」に含めることができる一方で、「アフリカ」の積極的な描写との対比を通して見た場合、当時のBAMも含むブラック・パワー運動における自己認識の特徴も示唆している。すなわち、自己肯定の根幹としての民族的同一性や同胞への連帯感の高まり、他方、星条旗の描写に投影された「アメリカ」への帰属意識の著しい低下が対照を成している。「ニグロ」を脱却・打破した「ブラック」とは「アフリカ系アメリカ人」というよりも「アメリカにいるアフリカ人」、アフリカン・ディアスポラであるというのが、基本的な自己理解であった[16]。それを正しく表明できる旗は、当然ながら、汎アフリカ旗やブラック・パンサー旗といったアフリカ的ルーツを想起させる視覚イメージだけである。

BAMが目指した独自のアート／美学の創出は、絵画分野においてはAfriCOBRA（African Commune of Bad Relevant Artists）が主導的役割を果たしたとされている[17]。《Wall of Respect》の共同制作から発展した同グループは、「白人」を意識せざるを得ない「抗議」の図像から離れ、「ブラック」のみにコミットし、その精神を高揚させる視覚的イメージを構成するための一連の表現スタイル（人物具象、光り輝く色、アフリカ的リズムを彷彿とさせる変化を伴う反復、自由な対称的規則性、メッセージや内容を明示する言葉・文字の使用等）を明確に打ち出し、黒人向けのメディアや会議イベント等で積極的に発信していた[18]。1970年代前半には黒人美学の視覚的代表としてハーレム・スタジオ美術館（Studio Museum in Harlem）を始め東部の複数の場所で美術展が開かれ、77年にはナイジェリアで開催された汎アフリカ運動の最大の文化イベ

ント「FESTAC」に参加、メンバーが北米代表の役職を務める等、その思想や表現が国内外で広く知られていく[19]。AfriCOBRA の、意識を高揚させる輝く色彩のリズミカルな力強い表現は、ブラック独自の「ネーション」の「ヴィジュアル・ナラティブ」とも評され、BAM 視覚表現の「模範」の印象を強く与えることとなった[20]。

　1960 年代後半から高まるアフリカ系アメリ人の政治／美術的試み、特に上述した革命アートや黒人の美学の追求、BAM の諸活動といったものが、ブラック・アーツを「主流」にも匹敵する力強い存在へと押し上げていった[21]。同時期の視覚アートの表現者たちも、こうした意識改革や文化的地殻変動に参加・呼応し、触発され、その意義や作用を独自に感受しながら、自らの美術実践に取り組むことになる。本稿で取り上げるデイヴィッド・ハモンズもまたその一人であった。

3．ボディ・プリント・シリーズにおけるフラッグ作品

　ハモンズは 1943 年イリノイ州スプリングフィールドに生まれ、63 年にロサンゼルスへ移っていくつかの美術学校を経たのち 60 年代後半からロサンゼルスのアート・シーンに参加するようになる。ハモンズのアートとの本格的な関わりは 60 年代半ばから高まる BAM の活動期と重なっており、その同時代的な影響と切り離せないものであることは言うまでもないが、しかし BAM のいわゆる「本流」とは少し異なる状況での創作活動であったことは特筆すべきであろう。芸術において圧倒的優位に立つニューヨーク・東部ではない別の場所を求める表現者たちを惹き付けていたロサンゼルスにおいては、同時期の黒人アーティストの視覚芸術は前述した AfriCOBRA 作品とはやや異なる様相を呈していた[22]。BAM の典型的表現が視覚的な「分かり易さ」によって精神的高揚や政治参加を促進しようとするものであったのに対し、ロサンゼルスのブラック・アートはそうした分かり易さとは異なる方法でアフリカ系アメリカ人の文化や生活に触れる視覚表現を模索する傾向を有

していて「BAM の標準的な定式に対する別の選択肢を提供した」と指摘される実践となっていた[23]。LA アートの特質としての「標準」との偏差（加えて 30 年代生まれが中心となっていた BAM 表現者らよりも少し若いという世代的なズレ）は、BAM の求心的影響と同様、ハモンズのフラッグ作品の検証・理解にとって有効な手掛かりとなるはずである。

　ハモンズの初期の作品は、アーティスト自身（後には別の人も含まれる）の身体を画紙に様々に写し取り、そこに手書きやシルクスクリーンによるイメージを加え、時には布切れや木・鉄製の素材といった「ファウンド・オブジェクト」を組み合わせることもあるコラージュ的表現となっており、「ボディ・プリント（Body Print）」と呼ばれている[24]。油を塗った身体や髪の毛、着衣等を紙に押し付け転がり、剥がしたのちに顔料を振りかけると、油と付着した部分に印刷されたかのようにモノクロの輪郭の柔らかい X 線写真のような像が現れ出る。顔料の色合い、身体的要素（分厚い唇、縮れた毛髪など）の若干の強調によって「黒人」のポートレートが示されると同時に、皮膚の肌理やしわ、体毛、あるいは、服や布の素材感、折り目や襞が思いのほか細かく写し取られ、独特の触感を湛えた像となる。そこに別のイメージやモノがコラージュされ、また作品によっては言葉遊びや皮肉、批評の要素を含んだタイトルが付されて、作品の複雑なナラティブを構成する。それが、このシリーズの特徴となっている。

　ボディ・プリントには繰り返し登場するモチーフがいくつかあるが、その一つが星条旗のイメージである。駆出し時代のボディ・プリントは記録がないまま散逸しており、全体数も不明なままだが、少なくとも十以上の星条旗イメージを含んだ作品が確認されている[25]。星と縞模様のデザインは、カラーであったり、モノクロであったり、また、全体に占める割合は非常に部分的なものから、かなり大きなものまで、作品によって異なるが、「ブラック」の身体の直接的な圧痕と同様、一目でそれと分かるものとなっている。

　同時代のフラッグ作品が、星条旗イメージをアメリカ社会の黒人に対する暴力的構造・権力として描き怒りとともに抗議・告発するものであったこと

はすでに述べたが、ハモンズ作品にも同様のメッセージが強く打ち出された作品《Injustice Case》(1970) がある。1968 年に暴動の扇動を理由に逮捕されたボビー・シール（Bobby Seale、ブラック・パンサー党設立者の一人）の裁判をきっかけに制作された同作品は、白い画面に椅子に拘束された人物の横向きのモノクロの姿、そしてそれを額縁のように取り囲むカラーの星条旗が明瞭な対比を成す作品となっている。手足を縛られ、口を塞がれ、苦悶のうちに硬直する色の無い人物、拘束布と拘束で着衣に生じる何重ものしわが多様な濃淡で写し取られている。画面中央に可視化された警察・司法当局という国家機関による差別的虐待、この不正義のケースの枠組みとなっているのは星条旗の模様、すなわち「アメリカ」に他ならない。《Injustice Case》は黒人の身体の圧痕によって組織的暴力を具体化することで、それがシールのみならず、個々のアフリカ系アメリカ人を、延いてはその集合体を取り囲む構造的抑圧であることを明示している。

　ハモンズ作品において、星条旗が暴露すべき「敵」として非常に分かり易い形で登場するのは、しかしながら《Injustice Case》のみと言ってよいだろう。ボディ・プリントのシリーズにおけるフラッグ作品のほとんどは、同時代の傾向である星条旗＝アメリカに対する直接的かつ明確な糾弾とは雰囲気が少し異なっている。もちろん、星条旗がアフリカ系アメリカ人を拘束するものの記号として機能しているように見える作品もあるのだが、同時代のフラッグ作品と比べると、それは必ずしも明瞭とは言えず、正反対の解釈の余地すら残されているようにも見える。何より、ほとんど作品の主眼はBAM 的な非難・抗議とは別のところにあるように感じられるのである。

　例えば、最初期の作品となる《Boy with Flag》(1968) では、正面を向いたモノクロの人物（上半身は裸でジーンズをはいている）の姿の半分が画面の右側にあり、画面の左側は、その人物のもう半分を覆う形でカラーの星条旗が占める配置となっている。《Injustice Case》と同様、両者の対比が顕著な作品ではあるのだが、人物の顔は目鼻の位置が判別できる程度でほぼ無表情に近く、そこに明確な心情を読み取ることは難しい。また人物の左手の 4 本の

指のみが星条旗の前に出ているという点も、両者の関係に曖昧さを付与している。すなわち、この人物は星条旗によって身体の半分を抑え付けられているのか、それとも自ら星条旗を掴んで身体を付着させているのか、はっきりとは分からないのである。その判断はある意味で観る者次第とさえ言えるような構成なのである。

　同じような不明瞭さは、いくつかの作品で用いられている「星条旗をまとう構図」において一層深くなっている。例えば《Pray for America》(1969) は、横向きのモノクロの人物が手を合わせて祈る姿を写し出した作品だが、その人物が、まるで修道士のフードのように、頭から上半身にかけてまとっているのはカラーの星条旗である。黒に囲まれた縦長の白い楕円形に浮かび上がる祈りの形象は厳かな宗教画の雰囲気をも漂わせているように見える。背景として制作前年におきたキング牧師やロバート・F・ケネディの暗殺に触れる解説もあるように、この作品はタイトルを皮肉なしにそのまま受け取ることももちろん可能であろう[26]。しかし、一方で、公民権運動的なアメリカ的制度への信頼が崩壊し「ブラック・パワー」の高揚する時期に、この負荷の高い国家シンボルに対してBAMの思想に逆行するようなメイン・ストリーム的な受け止めは依然としてあり得るのか。彼が祈っている「アメリカ」とは果たしてどんなものなのか。不思議な静粛さが印象的なこの作品は観る者を凝視させるが、しかし、その判別は極めて困難なままなのである。

　一見して分かる明白な敵対や告発、暴露が最重要点ではないのだとしたら、同シリーズのフラッグ作品の多くは一体何を表現しているのだろうか。その糸口は《Black First, America Second》(1970) にあるように思える。この作品では、黒の背景に同じ人物の二つのモノクロの像と一つのモノクロの星条旗が写し出されている。右上の像は安らかな夢見心地の表情を浮かべ、その腕は波打つ星条旗を抱擁しているように見える。一方、胸から下を星条旗によって覆われた左下の像は、こわばった腕と手、大きく開いた口から、苦痛のなかで叫んでいるように見える。一つの星条旗に対する、同じ人物の二つの異なる表情と挙措が表裏一体的に配置された構図の《Black First,

America Second》——タイトルにある「ブラック」と「アメリカ」が、この二重の自画像における差異をそれぞれ指し示すものであるならば、ここで想起されるのはやはりW・E・B・デュボイスの「二重意識（double consciousness）」であろう[27]。

1903年に出版された『黒人のたましい』のなかでデュボイスは、白人中心のアメリカ社会で生きる黒人の苦境に底流する自己否定を生み出すアイデンティティの二重性を次のように分析している――「彼はいつでも自己の二重性を感じている。――アメリカ人であることと黒人であること。二つの魂、二つの思想、二つの調和することなき向上への努力、そして一つの黒い身体のなかでたたかっている二つの理想。しかも、その身体を解体から防いでいるものは頑健な体力だけなのである」[28]。アメリカ黒人を侵食し内側から引き裂き自壊させてしまうこの二重意識を打破すること、非アメリカ化された「アフリカン・ディアスポラ」としての「ブラック」の自己認識を確立することは、ブラック・パワー運動の最大の目標の一つであり、AfriCOBRAがその新しい自己イメージを具体化・促進させる創作実践を使命としていたことはすでに述べたところである。一方、同時代に制作された《Black First, America Second》というこのダブル・ポートレートでは少なくともアーティスト自身の（おそらくは多くのアフリカ系アメリカ人の）二重の集合的アイデンティティに焦点が置かれている。無論タイトルによれば「ブラック」が優先であり、「アメリカ」は劣後するのではあるが、星条旗を前にしたときに必然的に浮上する二重性を即座に解消して一つにする手前で、しばしそこに留まり視覚的な自己表象として（再）検討している[29]。そうした裂け目や矛盾、葛藤を含んだままの帰属意識の表出が、ハモンズのフラッグ作品を極めて曖昧にするのである。

アフリカ系アメリカ人のアイデンティティや表象の問題は、いくつものモチーフや素材を扱うボディ・プリントのシリーズを貫く問題意識の一つと言ってよいだろう。星条旗と同等、もしくはそれ以上に重要なモチーフとして繰り返し登場するのが「スペード（spade）」であるが、ハモンズは、アメリ

カ社会において黒人を差別的に指し示す言葉「spade」を、同音異義語であるトランプ札の記号やスコップ／シャベルとして視覚化し、自らのボディ・プリントと様々に組み合わせる作品をいくつか制作している[30]。「スペード」のモチーフを通して視覚的検証に付されているのは、他者から押し付けられた暴力的な表象と自己の意識との関係、両者の同一化の（不）可能性やせめぎ合いであり、ハモンズにとってボディ・プリント・シリーズがアフリカ系アメリカ人の自己表象やアイデンティティの問題と切り離せないことを如実に表している。フラッグ作品の場合、それは同時代の激動のなかで否応なく突き付けられる「アメリカ黒人にとってアメリカとは何か」という古くて新しい問いであり、「ブラック」と「アメリカ」や、「アフリカ系アメリカ人」と「アメリカ市民」との間の高い緊張と結び付いている。

このように見ていくとき、1975年に制作された「星条旗をまとう構図」の二つの作品は観る者を一層の凝視へと誘うだろう。《Untitled (Man with Flag)》でカラーの星条旗をまとう正面を向いたモノクロの人物はその特徴的な顔の骨格、髪型がフレデリック・ダグラスに酷似している。真黒な首元、その上にぼんやりと浮かび上がる、それ自体も薄暗いトーンの顔は眼と口を閉じ、画面は暗澹とした沈黙が支配している。「奴隷にとって7月4日とは何か」を典型とする卓越した文章力と雄弁さで知られるダグラスだが、ここでは黙想しているのだろうか、それとも言葉を喪失しているのだろうか。この暗い画面では彼がまとう色鮮やかな星条旗は高潔な理想のマントというよりも、むしろ拘束服のように見えてくる。一方、《Astonishing Grace》に写し出されたモノクロの人物の横顔は《Black First, America Second》における星条旗を抱く人物とほぼ同じ表情のプリントとなっている。毛糸の帽子を被るこの男性は、上半身がモノクロの星条旗に包まれており、ストイプの部分がまるでマフラーのように首元に巻かれ風になびいている。暖かさから来る心地よい表情を屈託なく浮かべているように見えるが、同時に「驚くべき恩寵」という大仰なタイトルには別の意図も感じられ、観る者はやはり困惑してしまう——この人物は心からそのように感じているのだろうか、あ

るいは敢えて意図的に楽観的な態度をとっているのだろうか。

　同時代の星条旗作品とは異なり、ボディ・プリントでハモンズが写し出すのは、アフリカ系アメリカ人の星条旗＝アメリカに対する複雑で多様な感情の機微である。解消や止揚を経ないまま、錯綜し、変わり易い心情の襞を、ある種のドキュメント＝記録のように、いくつものアングルから取り出し提出する。その解釈の難しさは、アイデンティティを占有しようとする国家シンボルとの交渉、差別的社会における身元確認の藻掻きの困難を強く反映するからなのである。

　ボディ・プリント・シリーズにおけるフラッグ作品のBAM本流との主眼的な違いを見てきたが、ここでもう一つの偏差について言及しておきたい。ハモンズの「スペード」作品について分析した秀逸な論考においてトビアス・ウォフォード（Tobias Wofford）は、身体の圧痕による「ブラック」の表象の特異性を「インデックス／指標」として捉え、同時代のブラック・ナショナリズム的な認識・表象とは異なるものと位置付けている[31]。人種的二項対立や分離主義を基盤とする「黒人性／ブラックネス」の強調やその真正性の追求は、還元主義的傾向を不可避的に呼び込み、1960〜70年代においては自己決定の主体として揺らぎのない不変の「本質」を有する「ブラック」という認識が思想的な前提となっていた。AfriCOBRAによる力強い存在感・現前の表現はそうした考えをほぼ正確に反映したものであったと考えることができる。他方、ハモンズのボディ・プリントは対象との類似性はあるものの、身体の痕跡であることから写真に対して生じる「不在／非在」の感覚も常につきまとっていて、「幽霊のような（spectral/ghostly）」「遺物・残存物（relic）」といった言葉でしばしば形容されてきた[32]。面影や残痕によってその「存在」が仄めかされる「ブラック」――このような要素を孕む自己表象が同時代の本質主義的理解とうまく合致しているとは言い難く、その意味で大胆で創造的な表象であったと言えよう。

　通常であれば容易に同時成立しないものの混在を可能にするボディ・プリ

ントは、ハモンズにとっては二者択一を回避する極めて優れた手法になっていた。細かく写し取られた身体の肌理やしわ等がもたらす驚くほどの質感は、「Black is Beautiful」（黒人の身体的特徴に対するそれまでの否定的な自己認識の打破・転換）の表明であり、観る者に触感的な「リアリティ」を感じさせる。と同時に、残痕によるX線写真のような「写し」が、存在感を希薄にし、幻影的な捉えどころの無さをも醸し出している。ウォフォードはハモンズ作品全般に見られる「インデックス／指標」のこのような効果を「生産的な不透明さ（productive opaque）」と呼び、意味（＝アイデンティティ）を取りつかれたように生み出そうとすると同時に、決定的で完全な意味を持つことを逃れ続けるものと論じている[33]。「ブラックネスの概念とのある種の関連性を指摘することは可能だが、その関連の本質、関連の意味は常に曖昧であり、流動的」[34]になる——こうした「ブラック」の表象が、ボディ・プリント・シリーズにおけるフラッグ作品の曖昧さにユニークさを加味するのである。

　では「ブラック」と「アメリカ」の両者の関係、その緊張や微細な揺れをも見つめる作品において、一方が流動性をも合図するとき、もう一方は果たしてそのまま不動不変でいられるのだろうか。同シリーズのフラッグ作品のなかで《America the Beautiful》(1968)はおそらく「ブラック」の不鮮明さが際立つ作品の一つであろう。顔の片側をそれぞれ写し取り二つの横顔を一つに合わせて正面を向いた顔へと構成したことで、全体的に横に広がり、目の間、鼻や口の歪曲が強くなっているため、この作品の人物は他の作品と比べてもやや異形感があり、観る者を少し戸惑わせるような不気味さを漂わせている。星条旗を頭から被り上半身を覆った構図はマリア像を想起させることから、「苦悶の表情」と指摘する声もあるが[35]、口角が若干上がっており少し微笑んでいるようにも見える。左手は星条旗の前で口元に伸びているが、星条旗が身体から外れないように手で押さえているのか、それともはにかむようなしぐさなのか。謎や不安を感じさせる「ブラック」の人物とその人物を包む星条旗——付されたタイトル「アメリカ、美しきもの」をハモン

ズ流の壮大な揶揄と捉えるなら、作品の内実はむしろ「アメリカ的グロテスク」[36]とでも呼べるものに近くなる。ここでは国家シンボルもまたグロテスクであり、その神聖で気高い「意味」も不安定で不確実にならざるを得ないだろう。流動的な「ブラック」の表象と組み合わせることで暴露されるのは、赤白青からなるこの図案・旗の、根本的な構築性、本質的な意味の決定的な欠如と言えるのかもしれない[37]。

　1960年代後半ロサンゼルスにおいてボディ・プリントという独創的な手法で創作活動を開始したハモンズだが、70年代半ばまでには別のスタイルを検討するようになる。二次元のフレームに収まるという意味で形式としては伝統的な範疇にあったボディ・プリント作品は、比較的早くから商業的成功を示し、いわば「売り物としてのアート」になりつつあるとハモンズは感じていたようである[38]。また伝統的な形式は、制作のために従来からある素材や備品を購入する必要（資金への依存）があること、そのフレームが作品と観る者との間に精神的な障壁を置いてしまう傾向があること等も、ハモンズにとっては問題であった[39]。BAMはメイン・ストリーム的／ブルジョア的な美学・思想、美術制度、アート・ビジネスを拒否し、その外部で独自の美学・活動を創出していくことを模索していたが、ハモンズもその方向性を間違いなく共有していたと言えるだろう。70年代半ば以降、ロサンゼルスからニューヨーク・ハーレムに拠点を移したハモンズの創作実践は、ファウンド・オブジェクトによる三次元のアッサンブラージュ（ミクスト・メディア・スカルプチャー）やインスタレーション、パフォーマンスが中心となっていった。

　だが、それは、ボディ・プリントにおける試みや問題意識の新たな展開と言うべきものでもあった。ファウンド・オブジェクトとしては、黒人コミュニティで容易に入手できると同時にブラックの身体との接触を感じさせる様々なモノ（インデックス）が作品に組み込まれていった。またボディ・プリントにおける主題も引き続き、しかしより立体的に検証されていくことに

なる（特に「スペード」に関しては、むしろこの主題との格闘がハモンズに三次元への移行の必然性を認識させた可能性も指摘されている[40]）。そしてボディ・プリントに見られた「曖昧さ」は、コンセプチュアルかつ抽象的な創作実践と接合され、作品の解釈をますます困難なものにしていく。そうしたなかフラッグ作品も、数は少ないながらも、断続的に制作されていった。次節ではハモンズのフラッグ作品のなかでおそらく最もよく知られている作品についてその諸文脈とともに検証してみたい。

4．《African-American Flag》

ニューヨーク・ハーレムを拠点に、ヨーロッパにも活動の場を広げていたハモンズは、1990年に久しぶりの実質的なフラッグ作品となる《African-American Flag》を制作する[41]。ヨーロッパにおけるアフリカ系アメリカ人の作品展示の極端な少なさを解消することを目的に、ハモンズを含むアーティスト七名の作品を集めた「Black USA」展が1990年アムステルダムにて開催された。《African-American Flag》は同展の「建物の外に設置する何か特別なもの」という依頼を受けて制作されたもので、開催期間中は隣接する広場（アメリカ合衆国総領事館も隣接する）の中庭に掲げられていた作品である[42]。機能的には星条旗と同様に布製の「旗」であり、全く同じ星と線条の図案で構成されているが、配色が大きく異なっている。通常の「赤・白・青」が、汎アフリカ旗と同じ配色の「赤・黒・緑」へと変更された特異な「アメリカン・フラッグ」である。

ボディ・プリントにおけるフラッグ作品を検証した後に《African-American Flag》に現出するように見えるのはやはり「二重性」のテーマであろう。それは「African-American」を敢えて使用したタイトルにも刻まれている。しかし、ボディ・プリントにおいて「身体の圧痕」と「星条旗イメージ」で別々に示されていた「ブラック」と「アメリカ」は、《African-American Flag》では色と形で表現されている。ボディ・プリントでは両者の組み合わ

せ方は、人物の表情やしぐさ、星条旗の使用の仕方によって、ほぼ無制限であったが、《African-American Flag》では両者はデザインとして収まり合っていて明確に分けることは難しく、他の組み合わせもほぼあり得ないように見える。すでに議論してきたようにボディ・プリントの多くのフラッグ作品は簡単な解釈を逃れ続けるものではあるのだが、人物の描写次第でアーティストの意図のようなものが微かに感じられる作品、あるいは曖昧さや複雑さそのものがメッセージとなりうる作品であると考えることもできる。他方、色と形だけから成る《African-American Flag》は、星条旗と同じく、内在的な意味・メッセージが欠如したシンボルであって、アメリカ社会という文脈において最低限に機能するのは「ブラック」と「アメリカ」の二重性のみであり、その具体的な作用や相関関係は観る者や作品が置かれる諸文脈に大きく委ねられている。《African-American Flag》は、三次元のコンセプチュアルな諸実践を経てハモンズが辿り着いた、制作者の意図という影響を最小限にできる、ボディ・プリント以上に判断のつき難いフラッグ作品と言えるだろう。

　当時のヨーロッパのアート状況──80年代からイギリスを中心に活発化していた「ブラック・アート・ムーヴメント」が「西欧美術史」に疑問を投げかけ、周縁化されてきた創作実践を可視化してきた──を考慮すると、「Black USA」展に掲げられた《African-American Flag》は、まずは米国のアフリカン・ディアスポラの表現者と作品への誇りと賞賛を込めた旗として多くの人に受け止められたことは間違いないだろう（ところで、隣接するアメリカ総領事館からはどのように見えていたのだろうか──悪ふざけのようにも見える「星条旗」を見てギョッとしたのか、またその驚く姿を想像して、ニヤリとした者はいなかっただろうか）。一方、多くの記事がこの作品との同時性を指摘する出来事は1990年のデイヴィッド・ディンキンズの就任による初のアフリカ系アメリカ人ニューヨーク市長の誕生である[43]。この文脈では《African-American Flag》は、何より、アフリカ系アメリカ人が政治的に進出できるようになった時代・社会を象徴している。それは、それまでほとんど評価さ

れてこなかったアメリカ史における黒人の貢献・功績を顕在化させると同時に、変わり得るアメリカという国に対する希望を表すものと捉えることもできるだろう。

1990年以降、ハモンズのフラッグ作品は《African-American Flag》をベースに展開されるようになるが、《African-American Flag》自体もいくつかの団体に寄贈・所蔵され、美術展・イベントなどで展示される機会が増えていった[44]。一目でそれと分かるにもかかわらず／だからこそ見慣れない、新しい特異な旗は、コミュニケーションや新しい解釈を喚起し、ハモンズ作品のなかでも最も知られる作品の一つとなっていく。2004年からはハーレム・スタジオ美術館のエントランスに掲げられるようになり、その通り沿いの複数の露店ではレプリカも販売されている[45]。70年代半ば以降、作品のインスピレーションや素材（ファウンド・オブジェクト）の源泉となってきたハーレム、その通行人たちを主たる観客に——BAMの思想そのままに——公共の場所に多くの作品を設置していたハモンズにとって、そのコミュニティの一角にはためく数多の《African-American Flag》は一つの独特なインスタレーションとして映るのではないだろうか。そして多くの住民・通行人にとってはその寄り合うシンボルは、このアメリカ有数の黒人地区の歴史や団結、困難や繁栄、文化的偉業や創造性といったものを指し示すにちがいない。

《African-American Flag》を取り巻く状況に新たな変化が生じるのは、2014年の白人警官による黒人青年マイケル・ブラウン射殺後に広がった抗議デモにおいてのことである。参加者が掲げる様々な標語やバナー、サインのなかに《African-American Flag》のレプリカが含まれており、それ以来、「ブラック・ライヴズ・マター（Black Lives Matter）」（以下BLM）に関連する活動においてしばしば登場するシンボルの一つになっていった[46]。しかし、この文脈での《African-American Flag》の「意味」はあまりにも多様で複雑であることが推察できる。ある者にとっては、構造的差別を受けるアフリカ系アメリカ人がアメリカ的理念に対し矛盾や葛藤を抱える状況を正しく視覚化したシンボルであり、またある者にとっては、社会正義や人種平等を求め

るシンプルな旗である。逆に BLM に反対する者にとっては恐怖や不信を覚える「敵」の旗であり、白人ナショナリズムの色濃い今日の星条旗や「ブルー・ライヴズ・マター（Blue Lives Matter）」の旗である「Thin Blue Line」と同様、その象徴環境においては《African-American Flag》もまた分断の意味合いを深めることになる[47]。あるいは、星条旗を神聖視する者にとっては冒涜や異端の印であり、他方、星条旗を欺瞞の象徴として糾弾する者にとっては、色の変更だけでは表面的に過ぎず中途半端であり、むしろ問題含みにも見えてしまう[48]。アート作品の文脈を離れ、ストリートと結び付いた《African-American Flag》は必然的により動的なプロセスに置かれることになる。2020 年以降の BLM の全米規模の展開に伴って衝突や混乱が増加するなか、ストリートのみならず、SNS も含めた多種多様なシンボルによって構成される象徴相関と連動して《African-American Flag》もその意味が流動化し複数化していくこととなった。

　ワシントン DC にある国立アフリカ系アメリカ人歴史文化博物館において 2021 年より「Reckoning: Protest. Defiance. Resilience」と題する美術展が開催されている[49]。今日も続く構造的差別に対するアフリカ系アメリカ人の苦闘を、映像や写真、彫刻、絵画といった様々な芸術媒体を通して探求・思考することを企図したこの美術展は、アメリカ史でも最大の動乱期の一つとなった同時代への芸術的な応答の一つと言えるが、考えることを促す数多くの展示作品のなかにはハモンズの二作品、《The Man Nobody Killed》(1986) と《African-American Flag》が含まれている。前者は 1983 年警察による拘束後に死亡した黒人グラフィティ・アーティスト、マイケル・ステュアート（Michael Stewart）を主題とした作品で、BLM 抵抗運動の直接的原因になったいくつもの事件の前に、すでに同様の死が歴史的に累積していることを感じさせるものとなっている。照明の落ち着いた静かな雰囲気のなかで掲げられる《African-American Flag》には、告発や憤怒、抵抗だけでなく、再び立ち直ることに向けて不可欠なプロセス（喪失の深い悲しみ、傷を癒すこと）を投影することもできるだろう（あるいは、すでにストリートにおいても、哀悼の

意を示す印として掲げられていたのかもしれない）[50]）。

　同展には、SNSでそのイメージが拡散され、同じくストリートのシンボルの一つとなったパトリック・キャンベル（Patrick Campbell）のフラッグ作品《New Age of Slavery》(2014) が、BLM運動にフォーカスした写真作品と隣り合って展示されている。ひび割れた白い星の間に銃撃、懇願、倒れ込む姿を散りばめ、赤のストライプにはリンチを想起させる形象を浮き出させた「敵を暴露／告発する」系譜に連なるフラッグ作品である。《New Age of Slavery》、《African-American Flag》、どちらも人種と国家の複雑な関係を主題としているが、メッセージが伝わりやすい前者と比べると、やはり後者の前では観る者はしばし考え込んでしまうのではないだろうか。その高度なミクスト・メッセージは、諸文脈でいくつもの、時には相反するような意味さえをも示唆するように見えながら、「ブラック」と「アメリカ」の間の最終的な答えや判断を一向に提出しないまま、星条旗が象徴するものについての再検討へと絶え間なく誘引し続けるのである。

5．おわりに

　ハモンズ作品は、主題、素材、形態等にかかわらず、「つかまえにくい／巧みに逃げる（elusive）」という言葉でとりわけ表現されてきたが、その特徴は「ポスト・ブラックネス」という概念に刺激された今日のアート実践との関わりにおいて興味深い先例としてしばしば言及されている[51]）。「ブラック・パワー」から、いわゆる「ポストモダニズム」や「多文化主義」の時代へと移り変わるなか、近年のアフリカン・ディアスポラのアートが経験してきた自己表象にまつわる種々の問題点やジレンマを踏まえ、新しい「ブラックネス」——人種主義に結び付く従来の「人種」の概念に囚われない異種混交的なものであると同時に、これまでの独自の歴史や経験にも接合されている「黒人性」——を模索する現在において、BAMの思想・美学を受け継ぎながらも非本質主義的要素を孕むハモンズ作品に少なからぬ関心が寄せられ

ている。様々なテーマ、素材、媒体を扱うハモンズ作品全体のなかで、フラッグ作品はごく一部ではあるが、本稿で検証してきたように、その独自の表象戦略が星条旗と組み合わさって特異なイメージを生成している。初期のボディ・プリントでは、緊張度の高い「ブラック」と「アメリカ」の二重性の複雑で曖昧な襞をいくつも提示し、《African-American Flag》ではその二重性を象徴記号の高い構築性と連結して、これまでにはなかった多義的で多機能な流動性のあるフラッグを創出した。

　数少ないインタビューのなかで、ハモンズは自分の作品の狙いを、黒人の観客が作品に自身の反映（reflection）を見つけることができるようにすることだと述べている[52]。同時代にフラッグ作品を連作してきたフェイス・リンゴールドが、通常の星条旗のみならず、ジャスパー・ジョーンズのフラッグ作品にさえ不完全さを感じて創作を開始したように[53]、ハモンズもまた星条旗に「ブラック」を見て取ることは不可能であると感じたのではないだろうか。新たに創出された、「痕跡」を確認できるフラッグ作品は、同時に単純化や固定化を逃れ続ける。それは「いじりまわす」ことで日常的に見慣れたナショナル・シンボルを異化し、その作用の効力で従来の見方を更新・刷新するように要求する。ハモンズの柔軟で捉え難い図像に今後何が見出されていくのか。それらは、星条旗＝アメリカン・フラッグに見出されるものの内実を思いのほか鮮明に映し出しながら、アートとアクティヴィズムの交錯するヴィジュアル政治において乱反射し続けることだろう。

1) "Interview: David Hammons" (originally published in *Real Life Magazine*, Autumn 1986), *ART PAPERS*, (Retrieved 20 Aug. 2024, from https://www.artpapers.org/interview-david-hammons/). インタビュー内では「スペード」というシンボルを念頭に置いた発言となっているが、ハモンズ作品で扱われるシンボル全体、特に頻出シンボルの一つである星条旗についても同様のことが言えるだろう。
2) 拙稿「1960年代におけるアフリカ系アメリカ人と星条旗」（『人文研紀要』105号、2023年、73-100頁）を参照。他にも以下を参照。Samella Lewis, *African*

American Art and Artists, University of California Press, 2003, pp. 165-172.
3) "Black Arts Movement (1965-1975)," *National Archives* (Retrieved 8 Jun. 2024, from https://www.archives.gov/research/african-americans/black-power/arts). BAM の牽引役の一人であったラリー・ニールも「ブラック・アーツはブラック・パワーの概念の美的・精神的な姉妹」と述べている（Larry Neal, "The Black Arts Movement," *The Black Aesthetic* (ed. Addison Gayle, Jr.), Doubleday, 1972, p. 257）。
4) 例えば以下を参照。Mark Godfrey, "Introduction," *The Soul of a Nation Reader : Writings by and about Black American Artists, 1960-1980* (eds. Mark Godfrey and Allie Biswas), Gregory R. Miller & Co, 2021, pp. 17-20, 26-30; 浜本武雄「訳者あとがき」アディソン・ゲイル・ジュニア編『黒人の美学』（木島始・浜本武雄 監訳）ぺりかん社 1973 年 410-413 頁; Tru Leverette, "Introduction," *With Fists Raised : Radical Art, Contemporary Activism, and the Iconoclasm of the Black Arts Movement* (eds. Tru Leverette), Liverpool University Press, 2024, p. 6.
5) James Smethurst, *The Black Arts Movement : Literary Nationalism in the 1960s and 1970s*, University of North Carolina Press, 2006, pp. 9-10, 14-15, 367-368.
6) BAM に理論的支柱を提供したロン・カレンガによる「ブラック・アーツ」の定義の一つ。Ron Karenga, "Black Cultural Nationalism" (originally published in *Black World*, January 1968), *The Black Aesthetic* (ed. Addison Gayle, Jr.), Doubleday, 1972, p. 32. また以下も参照。Kellie Jones, "Black Art West : Thoughts on Art in Los Angeles," *L. A. Objects & David Hammons Body Prints* (eds. Connie R. Tilton and Lindsay Charlwood), Tilton Gallery, 2011, p. 21.
7) 例えば以下を参照。Jones, *op. cit.* pp. 20-21.
8) 例えば以下を参照。Mark Godfrey and Zoe Whitley, eds., *Soul of a Nation : Art in the Age of Black Power*, D. A. P., 2017, pp. 36-37; William L. Andrews, Frances S. Foster, and Trudier Harris, eds., *The Concise Oxford Companion to African American Literature*, Oxford University Press, 2001, p. 153. なお、BAM では、表現者と観客が比較的平等に参加でき、声や身体で双方向に創造的なコミュニケーションをとることができる動的な形態により重きが置かれていた（Jones, *op. cit.* p. 21）。
9) 例えば以下を参照。Smethurst, *op. cit.* p. 90; "Wall of Respect" (originally published in *Ebony* 23, no. 2, Dec. 1967), Godfrey and Biswas, eds., *op. cit.* pp. 76-77; Mary S. Campbell, "Tradition and Conflict : Images of a Turbulent Decade, 1963-1973," *Tradition and Conflict : Images of a Turbulent Decade, 1963-1973*, The Studio Museum in Harlem, 1985, p. 57.
10) Godfrey and Whitley, eds., *op. cit.* p. 56.《Wall of Respect》制作の主要メンバー

であったジェフ・ドナルドソン（Jeff Donaldson）によれば、1967 〜 72 年の間にアメリカ中で 1500 以上もの壁画アートが制作されたという（Jo-Ann Morgan, *The Black Arts Movement and the Black Panther Party in American Visual Culture*, Routledge, 2018, p. 31）。壁画に加えて、革命のメッセージをコミュニティと共有する別の表現形態としては、ポスター・アートや、パンフレット／チラシ等に描かれた挿絵を挙げることができる。大量生産が可能で誰もが安価かつ容易に入手でき、至る所で掲示することができるため、ヴィジュアル・アーティストの多くが積極的に取り組んだ。代表例はブラック・パンサー党でデザイン全般を担当し、「闘争の正しい全体像」を提示するイラストで「ゲットーのノーマン・ロックウェル」とも呼ばれたエモリー・ダグラス（Emory Douglas）であるが、リンゴールドやドナルドソンらの例でも明らかなように、ポスターやチラシになることを前提に作品制作をするアーティストも非常に多かった（Emory Douglas, "Position Paper 1 on Revolutionary Art" (originally published in *The Black Panther*, Oct. 20, 1968), Godfrey and Biswas, eds., *op. cit.* p. 93 ; Godfrey and Whitley, eds., *op. cit.* p. 88）。

11) Campbell, *op. cit.* pp. 9, 59.
12) 例えば Barbara Chase-Ribound の「Monument to Malcolm X」シリーズ、Dana Chaldler の《Fred Hampton's Door》（1976）、Richard Hunt の《I've Been to the Mountaintop》（1977）などが好例として挙げられる。
13) 例えば以下を参照。Sharon F. Patton, *African-American Art*, Oxford University Press, 1998, p. 214 ; Nell I. Painter, *Creating Black Americans : African-American History and its Meanings, 1619 to the Present*, Oxford University Press, 2007, pp. 320-321, 337.
14) Ron Karenga, *op. cit.* p. 32.
15) 具体的には Jeff Donaldson《Aunt Jemaima & the Pilsbury Doughboy》（1963）、Faith Ringgold《The Flag Is Bleeding》（1967）、Phillip Lindsay Mason《The Deathmakers》（1968）、David Bradford《Yes, LeRoi》（1968）、John Outterbridge《Traditional Hang Up》（1969）、Key Brown《The Devil and His Game》（1970）、Dana Chandler《4（00）More Years》（1973）などがある。
16) Painter, *op. cit.* pp. 317, 325. 他にも例えば以下を参照。Addison Gayle, Jr., ed. *The Black Aesthetic*, Doubleday, 1972, pp. xxi-xxii, 46-56.
17) 例えば以下を参照。Morgan, *op. cit.* pp. 7, 36-47 ; Jones, *op. cit.* p. 21.
18) 例えば以下を参照。Morgan, *op. cit.* pp. 37, 41 ; Verner D. Mitchell and Cynthia Davis, eds., *Encyclopedia of the Black Arts Movement*, Rowman & Littlefield, 2019, pp. 19-20.
19) AfriCOBRA の美術展については Godfrey and Whitley, eds., *op. cit.* p. 88、

Morgan, *op. cit.* p. 40 を参照。「FESTAC (The Second World Black and African Festival of Arts and Culture)」については Godfrey and Whitley, eds., *op. cit.* p. 142 を参照。

20) Larry Neal, "Perspectives/Commentaries on Africobra" (originally included in *Africobra/Farafindugu 1979*, catalogue for exhibition held at Miami University, Oxford, Ohio, 1979), Godfrey and Biswas, eds., *op. cit.* p. 582.

21) "Black Arts Movement," *The Art Story* (Retrieved 20 Aug. 2024, from https://www.theartstory.org/movement/black-arts-movement/).

22) Tobias Wofford, "Can You Dig It? Signifying Race in David Hammons' Spade Series," *L. A. Objects & David Hammons Body Prints* (eds. Connie R. Tilton and Lindsay Charlwood), Tilton Gallery, 2011, p. 89.

23) Godfrey, *op. cit.* p. 34 ; Jones, *op. cit.* p. 58. ロサンゼルスの黒人アーティストらによる創作実践はアッサンブラージュ（それ自体ではあまり重要ではない素材や要素を組み合わせた三次元の立体性を持つ作品）を中心としたもので、AfriCOBRA の特徴である二次元性、明瞭さ、色彩の豊かさ、再現性等を必ずしも共有してはいなかった（Jones, *op. cit.* p. 58.）。このような廃棄物や収拾物の再構成によるミクスト・メディア的表現の背景には、ブリコラージュ（すでにある物を寄せ集めたり修繕したりして違う用途のための物を作る）にも似たアフリカ系アメリカ人の「伝統」があること、また、イタリア移民サバト・ロディアによる壊れたガラスやタイル等を用いた巨大なモザイク作品《Watts Towers》(1921-1954) がすでに存在し、60 年代初頭からポップ・アートやデュシャンらの概念芸術を積極的に受け入れていたロサンゼルスの美術状況があったと指摘されている（Wofford, *op. cit.* p. 89 ; Yael Lipschutz, "66 Signs of Neon and Transformative Art of Noah Purifoy," *L. A. Objects & David Hammons Body Prints*, *op. cit.* p. 217)。そうした美的環境のもと、最も暴力的な都市人種暴動・抵抗の一つとされるワッツ蜂起（Watts Rebellion）が 1965 年に発生、直接的かつ強烈な影響を与える。暴動と徹底的鎮圧による破壊・荒廃から生じた瓦礫・残留物を組み込んだ「残骸アート」は、ロサンゼルス・ブラック・アートの集合的ヴィジョンを可視化した。アッサンブラージュは内省的で、一般的な観客にとってはその思想や概念の読解・理解が困難なケースも多い。大衆へのメッセージ性を重視する BAM では抽象度の高いアートは「芸術のための芸術」＝メイン・ストリームの芸術と見做され厳しい非難が浴びせられたが、ロサンゼルスの創作実践はそうした対象にはならなかったようである（Godfrey, *op. cit.* pp. 28-29 ; Godfrey and Whitley, eds., *op. cit.* pp. 37, 76, 147-150)。インナー・シティの生活・苦境・怒りを拾集した「ジャンク・アート」は、近代的価値観を揶揄・破壊する欧米型アッサンブラージュと異なり、コミュニティの意識や体験を強調・強

化するものであり、また、BAM の標準型（変更不可能な「本質」としてややシンプルに描写する）に依拠することなく、移動や再生等の変化のプロセスにも注目しつつ「ブラック」の表出を模索した。その意味で BAM が追求する「黒人の美学」にローカル独自の視座とアプローチで奥行きや広がりを与えたとも言えるだろう。

24) 身体を用いて描くという方法自体は、例えばイブ・クライン（Yves Klein）による 1960 年の「Anthropometry」シリーズのように女性の身体をイメージを創り出すための物理的な道具・絵筆として用いた先例が存在するが、ハモンズの場合は、自身の身体が作品の主題かつ素材でもあり、シニフィアンとシニフィエの両方となって結果的に「画家」という特権的な立場を脱構築してしまうという、独自の方法を編み出したと評されている（Laura Hoptman, "An Introduction : David Hammons's Body Prints," *David Hammons : Body Prints, 1968-1979*, The Drawing Center, 2021, p. 12 ; Jones, *op. cit.* p. 45）。

25) Hoptman, *op. cit.* p. 11. 本論部で言及する作品以外では《Rabbi》(n.d.)、《Feed Folks》(1970)、《I Dig the Way This Dude Looks》(1971)、《Untitled (Man with Flag)》(n.d.) といった作品に星条旗イメージが組み込まれている。

26) "David Hammons, *Pray for America*, 1969" *MoMa* (Retrieved 12 Aug. 2024, from https://www.moma.org/collection/works/195260).

27) Godfrey and Whitley, eds., *op. cit.* p. 13.

28) W. E. B. デュボイス『黒人のたましい』（木島始／鮫島重俊／黄寅秀訳）岩波文庫 2000 年 16 頁。

29) 星条旗に対する二つの反応を比較的に同等に描いているように見えるこの作品に、タイトルが示す「ブラック」と「アメリカ」の順位を裏付ける明確な要素を指摘するのは難しい。ただし、右上の星条旗を抱く像の細部に皮肉的な含意を読み取ることは不可能ではない。星条旗＝アメリカに対する積極的な態度を取るように見える像だが、にもかかわらず顔を星条旗の反対側に向けている点、また星条旗が抱擁し返しているようには描かれていない点、すなわち抱擁はあくまでも一方通行であるように見える点は、ブラックの視点からアメリカに対して決して盲目的にはなれない関係を示唆し、疑問を付していると考えることもできるだろう。また同時に一方通行であり顔を背けることがあるにもかかわらず、離れることができない寄りすがる心情を読むことも可能であろう。

30) ボディ・プリント・シリーズにおいては《Spade (Power for the Spade)》(1969)、《Three Spades》(1971)、《Ace of Spades》(1974) といった作品が、またアッサンブラージュ作品としては《Bird》(1973)、《Spade with Chains》(1973) といった作品がある。

31) Wofford, *op. cit.* pp. 86-135. なお、「スペード」シリーズはボディ・プリント・

シリーズ以後もアッサンブラージュ作品として展開されていくため、ウォフォードが分析するハモンズ作品の「ブラック」表象には、身体の圧痕のみならず、身体に触れたモノなども含まれている。

32) Alexandre Stipanovich, "David Hammons 'Body Prints, 1968-1979' The Drawing Center/New York," *Flash Art*, 12 May 2021 (Retrieved 20 August. 2024, from https://flash-‐art.com/2021/05/david-hammons-the-drawing-center/); Apsara DiQuinzio, "David Hammons : Printing the Political, Black Body," *The Wattis Institute* (Retrieved 20 August. 2024, from https://wattis.org/our-program/on-our-mind/david-hammons-is-on-our-mind-2016-2017/david-hammons-printing-the-political-black-body-by-apsara-diquinzio); Hoptman, *op. cit*. p. 12.

33) Wofford, *op. cit*. pp. 132-133.

34) *Ibid*., p. 130.

35) DiQuinzio, *loc. cit*.

36) *Ibid*. また、タイトルである「America the Beautiful」の解釈については先例も含め以下を参照。Mark Godfrey, "Notes on Black Abstraction," *Soul of a Nation : Art in the Age of Black Power* (Mark Godfrey and Zoe Whitley, eds.), D. A. P., 2017, p. 153.

37) ソシュールやパースの記号学によれば、もとより、シンボル（象徴記号）とそれが指し示す対象との結び付きは、いかに自然で明白に見えるとしても、時代や地域等の特定の要素に条件付けられた社会的な約束・習慣という、ある種の恣意的なコードに依拠している。インデックス（指標記号）が、物理的・身体的な結びつき（痕跡）によって、強制的にこちらの注意をその対象に向ける指示作用を有するのに対し、シンボルは指示対象に対するそのような本質的な関係を持たないがゆえに、約束事の規則や文脈の変化によって不可避的に指示対象を変えることになる。

38) Hoptman, *op. cit*. p. 11.

39) Linda Goode Bryant and Senga Nengudi, "In Conversation," *David Hammons : Body Prints, 1968-1979*, The Drawing Center, 2021, pp. 25-28 ; Kellie Jones, "The Structure of Myth and the Potency of Magic," *David Hammons : Rousing the Rubble*, MIT Press, 1991, p. 28.

40) 例えば以下を参照。Wofford, *op. cit*. pp. 101-124 ; Jones, "The Structure of Myth and the Potency of Magic," *op. cit*. pp. 17-24.

41) この作品タイトルについては、《Untitled（African-American Flag）》やハイフンがないものも見られるが、ここでは比較的により多くの媒体で用いられている《African-American Flag》の表記に便宜上統一する。なお、1980年代以降に星条旗が使用された作品としては《How Ya Like Me Now?》（1988）もあるのだが、

アメリカ政治と人種の問題を扱う同作品が、最初にワシントンDCの通りにビルボードとして設置された際には星条旗は添えられておらず、後の展示で追加された。この作品では星条旗はアメリカ政治に付き物の、脇に添えられる小道具的な役割を果たしていると考えることができるだろう。

42) "David Hammons African-American Flag (20th Century & Contemporary Art Evening Sale New York Auction 15 November 2018)," *Phillips* (Retrieved 20 Aug. 2024, from https://www.phillips.com/detail/DAVID-HAMMONS/NY010718/36) ; Shantay Robinson, "How a Celebrated Artist Redesigned the Stars and Stripes to Mark His Pride in Black America," *Smithsonian Magazine*, 14 Jul. 2022 (Retrieved 20 Aug. 2024, from https://www.smithsonianmag.com/smithsonian-institution/how-a-celebrated-artist-redesigned-the-stars-and-stripes-to-mark-pride-black-america-180980401/).

43) 例えば以下を参照。Victotia Valentine, "At MoMA PS1, David Hammons's 'African American Flag' Beckons Visitors to 'Greater New York'," *Culture Type*, 11 Oct. 2015 (Retrieved 20 Aug. 2024, from https://www.culturetype.com/2015/10/11/at-moma-ps1-david-hammonss-african-american-flag-beckons-visitors-to-greater-new-york/). 他にもネルソン・マンデラの釈放や国旗焼却に関連する連邦最高裁判決との同時代性が指摘されている。"Stars and Stripes Reconsidered," *Smithsonian* (Retrieved 20 Aug. 2024, from https://www.si.edu/support/impact/artistic-journey/nmaahc) ; Ben Schwartz, "A Brief History of African American Flag," *Source Type*, (Retrieved 20 Aug. 2024, from https://www.sourcetype.com/editorial/4515/a-brief-history-of-the-african-american-flag).

44) 1990年以降のフラッグ作品としては《Whose Ice Is Colder?》（1990）や《Military-Folded African-American Flag》（1991）を挙げることができる。ニューヨーク市内の食料品雑貨店経営をめぐるライバル関係を皮肉った前者では、《African-American Flag》が韓国国旗やイエメン国旗とともに使用されている（"David Hammons, *African American Flag*, 1969," *MoMa*, Retrieved 20 Aug. 2024, from https://www.moma.org/collection/works/222169）。またアフリカ系アメリカ人と軍事・軍隊との関係に照準を当てた後者では、星条旗に対して定められている軍隊式の厳密なルールに則って《African-American Flag》が折りたたまれて展示された（Albert Boime, *The Unveiling of the National Icons: A Plea for Patriotic Iconoclasm in a Nationalist Era*, Cambridge University Press, 1998, pp. 63-65.）。《African-American Flag》自体は1990年開催の複数の美術展向けに合計15点制作されている。所蔵団体については "David Hammons African-American Flag (20th Century & Contemporary Art Evening Sale New York Auction 18 May 2017)," *Phillips* (Retrieved 20 Aug. 2024, from https://www.phillips.com/detail/

david-hammons/NY010317/2) を参照。
45) Robinson, *loc. cit.*
46) *Ibid.*; Bryant and Nengudi, *op. cit.* p. 30.
47) Murray Whyte, "Stars and Stripes? Whatever: Six Times Artists Subverted the American Flag," *The Guardian*, 2 Dec. 2016 (Retrieved 20 Aug. 2024, from https://www.theguardian.com/artanddesign/2016/dec/02/artists-american-flag-jasper-johns-dread-scott).
48) Ellen Shapiro, "Investigating the Legacy of David Hammons' African-American Flag," *PRINT*, 15 Mar. 2023 (Retrieved 20 Aug. 2024, from https://www.printmag.com/fine-art/investigating-the-legacy-of-david-hammons-african-american-flag/).
49) 同展は 2024 年 8 月時点においても開催中で、長期間にわたる企画展となっている。
50) ハモンズのフラッグ作品《Oh Say Can You See》(2017) は、喪に服すニュアンスを持つものとして見ることも可能であろう。この作品も《African-American Flag》をベースとしたものだが、全体的に色が褪せ、あちこちが裂傷し、いくつもの穴、全面に血が飛び散ったかのような跡があり、激しい闘い(とその後)を示唆する作品である。ただ、この作品のタイトル(米英戦争中の激戦を耐え、はためき続けた星条旗を讃える内容のアメリカ国歌の冒頭)も併せると、必ずしもシンプルに哀悼の意を示すとは限らず、風刺や皮肉のニュアンスも拭い去ることができない。2017 年という同時代性を反映させた様々な指摘(BLM を敵視するトランプ政権の誕生、オークションにおける《African-American Flag》の高額の落札等)も可能で、《African-American Flag》と同様、多様な意味を投影し得る作品となっている。
51) 例えば以下を参照。Wofford, *op. cit.* p. 89；Margo Natalie Crawford, *Black Post-Blackness: The Black Arts Movement and Twenty-First-Century Aesthetics*, University of Illinois Press, 2017, pp. 18-81. ハモンズを形容する頻出語としての「elusive」については以下を参照。Alex Greenberger, "Why David Hammons's Elusive Art Continues to Intrigue, Mystify, and Provoke," *Art in America*, 25 May 2021 (Retrieved 20 Aug. 2024, from https://www.artnews.com/feature/who-is-david-hammons-why-is-he-important-1234594002/)；Andrea Gyorody, "David Hammons," Hammer Museum, (Retrieved 20 Aug. 2024, from https://hammer.ucla.edu/now-dig-this/artists/david-hammons).
52) "Interview: David Hammons," *loc. cit.*
53) Faith Ringgold, *We Flew over the Bridge: The Memoirs of Faith Ringgold*, Duke University Press, 2005, p. 157.

ジェイムズ・ボールドウィンの遺言
―― 『私はあなたのニグロではない』――

中 尾 秀 博

1．はじめに

　ジェイムズ・ボールドウィン（James Baldwin, 1924-1987）の記録映画『私はあなたのニグロではない』（*I Am Not Your Negro*）は、2016年9月に開催された第41回トロント国際映画祭でドキュメンタリー部門最高賞の「観客賞」（People's Choice Award : Documentaries）を受賞し、翌2017年2月から米国で一般公開されている。トロント国際映画祭での上映と米国での公開の時期と前後するように、2016年11月の大統領選をドナルド・トランプが制し、2017年1月に第45代大統領に就任していた。ラウル・ペック（Raul Peck）監督の本作をジェイムズ・ボールドウィン（以下、ボールドウィン）の「遺言」として理解することは、本作がボールドウィンの没後30年に公開された意義に適ったことであるだろう[1]。

　『私はあなたのニグロではない』を考察する前に、ボールドウィンの「遺言」の二人の継承者――トニ・モリソン（Toni Morrison, 1931-2019）とヴァレリー・メイスン＝ジョン（Valerie Mason-John, 1962-）――を紹介しておこう。二人が「遺言」として継承したものを比較することで本稿の射程の両極が定まると考えられるからである。

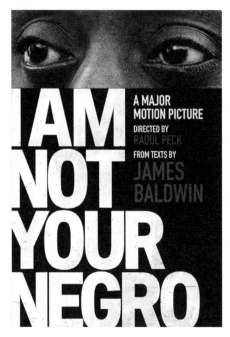

図 1　James Baldwin, *I Am Not Your Negro*, compiled and edited by Raoul Peck (Penguin Books, 2017).

2．トニ・モリソンの弔辞

　トニ・モリソンは、1987 年 12 月 8 日にニューヨーク市マンハッタン区のセント・ジョン・ザ・デヴァイン大聖堂で行われたボールドウィンの葬儀で弔辞を読んでいる。その弔辞はボールドウィンの「遺言」の肯定的な部分をハイライトしている[2]。

　弔辞の中でトニ・モリソンは、ボールドウィンから貰った三つの「贈り物」（gift）について語っている。一つ目の「贈り物」は「拠り所となる言葉」（"a language to dwell in"）、二つ目が「勇気」（"your courage"）で、三つ目が「優しさ」（"your tenderness"）。なかでも一つ目の「言葉」は、含蓄に富んでいる。

トニ・モリソンは、ボールドウィンの「思考」――「話し言葉であれ、書き言葉であれ」("your spoken and written thoughts")――以上のお手本はなかった、と「ジミー」("Jimmy" ボールドウィンの愛称) に語りかけ、「率直で、真に国際的な……アメリカ英語」("You made American English honest – genuinely international") を、「血の通っていない言葉ではなく、血まみれの言葉でもなく」「生き生きとした……端正な言葉」("In your hands language was handsome again ... neither bloodless nor bloody, and yet alive.") を完成させた、と称えている。

トニ・モリソンは、同年9月に『ビラヴド』(*Beloved*) を出版したところだった。代表作となる同書は、翌 1988 年のピューリッツアー賞（フィクション部門）を受賞する。この弔辞では作家の拠り所としての「言葉」の継承が宣言されている[3]。

かつてボールドウィン自身が「アメリカのニグロの人生の悲惨さについては、これまで言い表す言葉はないに等しかった」(For the horrors of the American Negro's life there has been almost no language) と慨嘆していたことを想起するとき、トニ・モリソンが弔辞で語ったボールドウィンからの「贈り物」としての「拠り所となる言葉」の尊さが胸に迫る[4]。

トニ・モリソンは弔辞の最後に、冒頭で紹介したボールドウィンから貰った三つの「贈り物」に戻って、「あなたは知っていましたよね、私にどれほどあなたの言葉とその言葉を作った精神が必要だったか。荒野を手懐けるために奮ってくれるあなたの猛々しい勇気をどれほど私が頼りにしていたか。あなたは決して私を傷つけることがないと私が確信できたことがどれほど私を励ましてくれたか。私がどれほどあなたの愛情に愛情を感じていたか、あなたは知っていましたよね。」(You know, don't you, how I needed your language and the mind that formed it? How I relied on your fierce courage to tame the wilderness for me? How strengthened I was by the certainty that came from knowing you would never hurt me? You knew, didn't you, how I loved your love?) とジミーに語りかけた。

3．ヴァレリー・メイスン゠ジョンの「まだ私はあなたのニグロです」

ヴァレリー・メイスン゠ジョンの『まだ私はあなたのニグロです』(*I Am Still Your Negro*, 2020) は、ボールドウィンに捧げられた「タブーとタブーに潜むタブーについて探索する社会正義の詩集」(a collection of social justice poetry exploring taboos and taboos within taboos) であり、その表題詩「まだ私はあなたのニグロです」("I Am Still Your Negro") が訴えているのは、ボールドウィンの没後30年余りが経過しても依然として「ニグロ」にとって厳しい社会の現実である。ここではボールドウィンの「遺言」の悲観的な視点が反復されている[5]。

> I was your Negro
> Captured and sold
> I am still your Negro
> Arrested and killed
>
> You made me a slave
> You made me homeless
> You made me an immigrant
> You made me illegal
>
> I was your Negro
> Captured and sold
> I am still your Negro
> Arrested and killed
>
> You made me a shooter

You made me a mugger
You made me a hustler
You made me a pimp

I was your Negro
Captured and sold
I am still your Negro
Arrested and killed

You made me a single baby mother
You made me a crack baby
You made me fatherless
You made me a drop-out

I was your Negro
Captured and sold
I am still your Negro
Arrested and killed

You made me an entertainer
You made me an athlete
You made me a writer
You made me a caretaker

I was your Negro
Captured and sold
I am still your Negro
Arrested and killed

You made me paranoid

You made me weapon

You made me predator

You made me intimidator

I was your Negro

Captured and sold

I am still your Negro

Arrested and killed

You made America Great Again

You made America White Again

You made me a Nigger Again

You made me Hate Again

I was your Negro

Captured and sold

I am still your Negro

Arrested and killed

　この詩は4行13連で構成されているが、奇数連は第1連の4行が6回リフレインされている。その1行目「私はあなたのニグロだった」（I was your Negro）は3行目「まだ私はあなたのニグロです」（I am still your Negro）と対を成し、2行目「捕らえられ売られた」（Captured and sold）は4行目「逮捕され殺された」（Arrested and killed）と対を成す（2行目が1行目を、4行目が3行目を補足している）。1・2行目が過去のアフリカ大陸からの奴隷貿易を、3・4行目が現在の米国の警察官による暴行殺人を表している。

　偶数連の主語「あなた」（You）＝「白人」は、目的語の「私」（me）を、

昔も今も「あなたのニグロ」である「私」を、恣にしている。第2連では「白人」以外の存在としての「私」が「奴隷」「ホームレス」「移民」「不法滞在者」として差別され、排斥される。第4連では犯罪者にされ、第6連では「ドロップアウト」などと半端者にされ、第8連では例外的に存在を許される「スポーツ選手」などが並び、第10連の「私」は社会的脅威に仕立てられる。

第12連の1・2行目ではトランプのスローガン（Make America Great Again）を下敷きに、「アメリカ」を目的語にして「グレート」で「ホワイト」な「アメリカ」の復活を渇望する保守反動的な風潮を表している。3・4行目では「グレート」で「ホワイト」な「アメリカ」が「私」を再び「ニガー」に貶め、再び「憎悪」の対象にしている。

ヴァレリー・メイスン゠ジョンが訴える「ニグロ」にとっての現実の厳しさは、奴隷制時代も奴隷解放宣言後も公民権法制定後も、変わらなかった。そして現在も、本質的には変わっていない。ボールドウィンの「遺言」に響いていた絶望的なトーンが再現されている。

4. 『私はあなたのニグロではない』

1979年6月30日付の出版エージェント宛の手紙で、ボールドウィンは公民権運動の時代に兇弾に倒れた友人たち——メドガー・エヴァーズ（Medgar Evers, 1925-1963）、マルコム・X（Malcolm X, 1925-1965）、マーチン・ルター・キング（Martin Luther King, 1929-1968）——について語ることで、「アメリカの物語を書く」（to tell his story of America）という構想を伝えていた。『リメンバー・ディス・ハウス』（*Remember This House*）というタイトルも考えられていたが、未完に終わっている[6]。

ラウル・ペック監督は『リメンバー・ディス・ハウス』のためにボールドウィンが用意していた僅か30ページの覚書を元に上映時間93分の『私はあなたのニグロではない』を製作しているが、その構成の核心は、ボールドウ

ィン本人の発言を記録した映像資料とボールドウィン作品からの引用文の朗読にある。

本作の冒頭シーンは、6部構成の本編が始まる前の導入部に相当するが、テレビ番組『ディック・キャヴェット・ショー』(*The Dick Cavett Show*) で、司会のディック・キャヴェットから「ニグロの市長もいますし、あらゆるスポーツにはニグロがいますし、政界にもニグロがいます……状況はとても好転していますが、まだ絶望的でしょうか？」(There are Negro mayors. There are Negroes in all sports. There are Negroes in politics … Is it at once getting much better and still hopeless?) と問いかけられたボールドウィンが、「とても希望があるとは考えていません……ニグロに何が起こっているかの問題ではありません……本当に問われなくてはならないのは、今この国に何が起ころうとしているのかということです」(I don't think there's much hope for it … It's not a question of what happens to the Negro here … the real question is what is going to happen to this country.) と切り返している [p. 4]。この番組の放送が1968年6月13日なので、1950年代以来の公民権運動の成果として、1964年7月に成立した公民権法 (the Civil Rights Act) から、65年8月の「投票権法」(the Voting Rights Act of 1965) と68年4月の「公正住宅法」(the Fair Housing Act of 1968) の成立で更に「状況が好転」していたことを踏まえた司会者の質問は穏当なものだったが、ボールドウィンの回答からは、ボールドウィンの意識が「この国」の根本的な問題に向いていることが伝わる。このシーンを冒頭に置いたラウル・ペック監督は、その根本的な問題を本作で詳にするという決意を込めている[7]。

ボールドウィンの発言を収めた映像資料は、合計6本が使用されているが、最初期の映像は1963年5月24日に「ボールドウィン・インタビュー」("Interview with James Baldwin") として収録された内容である。『ニグロとアメリカの約束』(*The Negro and the American Promise*) の番組名で、個別に収録されていたマルコム・Xとマーチン・ルター・キングのインタビューと併せて放送されている（本作のクレジットも「ニグロとアメリカの約束」）。聞き手はニ

ューヨーク市立大学教授のケネス・クラーク（Kenneth Clark）が担当していた。放送日は同年9月9日なので、メドガー・エヴァーズが殺害された同年6月12日より後になったが、ボールドウィンの収録はメドガー・エヴァーズの存命中に行われていた。

　このインタビューでボールドウィンが訴えているのは、「ニグロ」の未来を明るくするのも、暗いままにしておくのも「白人」次第であるということ。「ニグロ」は「白人」が発明したものであり（you the white people invented him）、「私はあなたのニグロではない」ということ［pp. 108-109］。このインタビューでの発言が映画のタイトルになっているのは、黒人差別問題の原点がここにあることを指摘したボールドウィンの「遺言」をラウル・ペック監督が継承しているからである。

　1963年8月28日の「ワシントン大行進」直後に収録されたテレビ番組『ハリウッド・ラウンドテーブル』（Hollywood Roundtable）には、歴史的なイベントに参加した著名人の一人としてボールドウィンが招かれていた。メドガー・エヴァーズ殺害後の番組出演である。本作では同席していたハリー・ベラフォンテ（Harry Belafonte）が「ワシントン大行進」の意義を語る映像が紹介されているが、「ワシントン大行進」の意義が活かされるも無駄になるも白人コミュニティ次第というベラフォンテの発言は、ボールドウィンの意識を共有している［p. 76］[8]。

　ボールドウィンが保守派の論客ウィリアム・F・バックリー・ジュニア（William F. Buckley, Jr.）と行ったケンブリッジ大学での公開討論会（ケンブリッジ・ユニオン主催）は1965年2月18日に開催されていたので、その時点ではマルコム・Xは存命だった（同年2月21日に射殺される）。本作では、討論相手のバックリーの発言が紹介されないだけではなく、討論のテーマもその決着についても言及されていないが、テーマは「アメリカン・ドリームは黒人の犠牲によって成立している」（The American Dream is at the expense of American Negro）か否かで、「成立している」というボールドウィンの主張が544対164の大差で勝ちを収めていた。

冒頭シーンの『ディック・キャヴェット・ショー』の映像は、本編第5部 (Selling The Negro) でも使用される。ボールドウィンが、ナット・ターナーが白人だったら「白人にとって、脅威の存在ではなく、英雄となっただろう」(... would be a hero for you instead of a threat) し、「マルコム・Xもまだ生きていたかもしれない」(Malcolm X might be still alive) と発言すると、イェール大学教授ポール・ワイスが、ボールドウィンは人種に拘泥しすぎている、「人間同士がつながる道はある」(there are other ways of connecting men) と諭そうとする［pp. 81-82］。ボールドウィンは、自分が1948年に国外へ脱出したのは、留まることが「社会的恐怖」(social terror)、「社会的危機」(social danger)、つまり「死ぬかもしれない」(you may die) 社会情勢であったから、と極限状況を説明し、ワイス教授の説く空疎な理想主義に命を預ける気はない、と反論する［pp. 87-89］。マーチン・ルター・キングは1968年4月4日に暗殺されているので、この番組が放送された同年6月13日の時点では、ついに三人とも亡くなっていた。テレビカメラは「死ぬかもしれない」状況の切迫感がすぐには理解できないようなワイス教授の表情を捉えていて、映像的にも印象的なシーンとなっている。

　テレビ番組は時間制限や司会者や他の出演者との対応もあるので、ゲスト出演者のボールドウィンが主導権を握ることは容易ではないのだが、少なくとも『私はあなたのニグロではない』に収録されているテレビ番組のボールドウィンは、一貫して冷静に、的確に、そして決然と発言をしている。いかに頑なな白人の出演者といえども、その冷静さ、的確さ、そして決然とした姿勢を揺るがすことはできなかった。

　ロバート・ケネディ元司法長官 (ex-Attorney General Robert Kennedy) の、「40年後には黒人大統領誕生も夢ではない」(in forty years ... we might have a Negro president) とのコメントに対して、ボールドウィンは「白人の耳には非常に進歩的な発言に聞こえるだろうが」(that sounded like a very emancipated statement ... to white people)、言外の「いい子にしていれば大統領にしてあげてもいい」(... if you're good, we may let you become president) を聞き取ったハ

ーレムでは「嘲笑と苦々しさと侮蔑」(the laughter and the bitterness and the scorn) で迎えられていた、と切り捨てる［pp. 70-71］。

　このケンブリッジ大学の討論会での映像の直後に、オバマ大統領夫妻（当時）が 2009 年 1 月 20 日の就任式パレードで満面の笑みを振りまいているニュース映像が続く。このシークエンスから、ケネディ元司法長官の「予言」が的中した、と解釈することも可能ではあるが、オバマが「いい子」にしていたから……と解釈することも可能である。ここは本作の映像編集担当のアレクサンドラ・シュトラウス（Alexandra Strauss）の手腕が発揮されているシークエンスの典型である。実際、オバマ大統領夫妻の笑みが好感を持って迎えられていたか、反発を招いていたか、それとも「嘲笑と苦々しさと侮蔑」で迎えられていたかは別として[9]。

　インタビューや討論会などでボールドウィン本人が発言する映像と並んで『私はあなたのニグロではない』にとって欠かすことができないのが、俳優サミュエル・ジャクソン（Samuel L. Jackson）によるボールドウィン作品からの引用文の朗読である。サミュエル・L・ジャクソンの抑制の効いたナレーションが（スクリーンでの個性的な俳優としての発声とは異なり）、ボールドウィンの肉声と紛れるほどで、作品全体に緊張感と統一感を持たせている[10]。

　ボールドウィンの映画評論集『悪魔が映画をつくった』（*Devil Finds Work*, 1976）に収録された映画評からの引用では、ハリウッド映画の根本的な黒人差別について容赦ない論評が披瀝されている。特に「ワシントン大行進」直後のテレビ番組『ハリウッド・ラウンドテーブル』にも同席していたシドニー・ポワチエ主演のヒット映画の分析では、たとえば『手錠のまゝの脱獄』（*The Defiant Ones*, 1958）でポワチエが脱獄仲間の白人に手を差し伸べる場面は、白人の観客に「白人は（黒人を差別するという）過ちを犯してはきたが、黒人に憎まれるようなことはしていない」（... though they have made human errors, they've done nothing for which to be hated）と安心させる演出である、とか［p. 61］。あるいは『招かれざる客』（*Guess Who's Coming to Dinner*, 1967）のポワチエの白人好みの役柄は、黒人にとって最悪の「極限に達してしま

た」(it is really quite impossible to go any further) とか [p. 64]。インタビュー番組などでの発言と同様に、ボールドウィンの文章は問題の本質を鋭く剔抉していて、ポワチエの役柄のステレオタイプ性に見られるように、ハリウッド映画がいかに白人至上主義に毒されていたか、(白人による) 映画評がいかに白人至上主義を再生産していたかが炙り出される[11]。

　ハリウッド映画のヒーローの代名詞であるジョン・ウェイン (John Wayne) については、西部劇映画の傑作とされる『駅馬車』(*Stagecoach*, 1939) や『探索者』(*The Searchers*, 1956) を例にとり、ジョン・ウェインがいつまでも勧善懲悪のヒーローを気取っていられるのは「成長する必要がないから」(John Wayne ... was in no necessity to grow up) であるが、それは「無邪気さが誠実さと並んで偉大なアメリカ的な美徳と考えられている」(Simplicity is taken to be a great American virtue along with sincerity) この国では、「未熟さも美徳と見做される」(immaturity is taken to be a virtue, too) ことになってしまうからである、と指摘する [pp. 77-79]。娯楽産業であるハリウッド映画の信奉する無邪気な勧善懲悪のストーリーに、未熟なヒーロー崇拝——「ヒーローが未熟である」という意味と「ヒーロー崇拝が未熟である」という二重の意味——に、ボールドウィンは精神的に「成長する必要がない」米国の病理の深刻さを見ている。

　ボールドウィンが三人の訃報に接する場面を回想する文章も、サミュエル・L・ジャクソンのナレーションで語られる。いずれも唐突で暴力的な死を知らされたボールドウィンが、生前の友人を追想しながら綴った文章である。アレクサンドラ・シュトラウスによる回想前後のシークエンス編集がナレーションの力を活かしている。

　1963年5月24日にボールドウィンが劇作家のロレイン・ハンズベリ (Lorraine Hansberry) たちと一緒にロバート・ケネディ司法長官 (当時) と面会し、人種差別の実態の悲惨さを訴え、長官に「倫理的コミットメント」(a moral commitment) を求めたエピソードが紹介され [pp. 43-44]、その次にメドガー・エヴァーズの殺害を知ったのはプエルトリコ滞在時、快晴でドライ

ブ中のカーラジオの臨時ニュースだったという話題になる。ここでメドガー・エヴァーズ暗殺の顛末を題材にした「しがない歩兵」("Only a Pawn in Their Game") をボブ・ディラン (Bob Dylan) が弾き語っている記録映像が挿入され、葬儀の写真と生前のスナップショットに合わせて、再びナレーションが、訃報に接した瞬間のボールドウィンは「メドガーがロード（道）をロアードと発音する癖」(the way he said *ro-ad* for road) を思い出していた、と告げる［pp. 45-47］[12]。

ジョン・ウェインの『探索者』のスチル写真に合わせて「未熟さも美徳と見做されるので……成長する必要がない」というナレーションに続けて、ロンドンのレストランで食事中にマルコム・X暗殺を知らされたというエピソードが語られる (pp. 79-81)。その後は、先住民を殺戮した白人が次は黒人を血祭りにあげないなどとは考えられないと発言する『ディック・キャヴェット・ショー』のボールドウィンの映像が流れる。

マーチン・ルター・キングの訃報は、『マルカム・X自伝』(*The Autobiography of Malcolm X*) 映画化の作業でパームスプリングズに滞在中に「まだ命はあるが、頭を撃たれた」(He's not dead yet, but it's a head wound) と電話で告げられたという回想が語られ［pp. 92-93］、ロバート・ケネディが大統領選挙の予備選で訪れていたインディアナ州インディアナポリスで急遽、マーチン・ルター・キング死亡の報告をするニュース映像が流れる[13]。

サミュエル・L・ジャクソンのナレーションでボールドウィンの文章を聴くことは、あたかも楽譜が歌われる／楽器で演奏されることで初めて誕生する音楽に耳を澄ますことに似ているかもしれない。本作のナレーション部分こそ、トニ・モリソンが弔辞で述べたお手本としてのボールドウィンの「思考」——「話し言葉であれ、書き言葉であれ」——の最上の表現法ではないだろうか。

かつてボールドウィンは、テッド・ヒューズ (Ted Hughes) 詩集の書評で、ヒューズの創作の源となっている「ニグロの話し言葉とニグロの音楽のパワーとビート」(the power and the beat of Negro speech and Negro music) が生活の

息吹の証であることを指摘していたが、本作で場面や時代設定や話題・視点が転換するときに BGM として使われているブルースや霊歌は、ボールドウィンにとって呼吸する空気のように不可欠な存在である[14]。

その一方で、レイ・チャールズ（Ray Charles）の声と表情が象徴する世界がドリス・デイ（Doris Day）が演じる役柄と歌う曲が象徴する世界と接触を持つことはない（there has never been any genuine confrontation between these two levels of experience）という分断が語られ、ドリス・デイ『恋人よ帰れ』（Lover Come Back）の一場面に続いて、リンチされて木の枝に吊るされた一連の「ニグロ」の写真に「私をリンチしてゲットーに閉じ込めたあなたたち自身がモンスターにならずに済むはずがない」（You cannot lynch me and keep me in ghettos without becoming something monstrous yourselves）「それだけではない。あなたたちは私を恐ろしいほど優位に立たせている」（And furthermore, you give me a terrifying advantage）「あなたたちが私のことを知っている以上に私はあなたたちのことを知っているのだから」（I know more about you than you know about me）というナレーションが被せられる［pp. 99-103］。

先述したように 1963 年 5 月 24 日に「ボールドウィン・インタビュー」として収録されたインタビューで、ボールドウィンは「ニグロ」は「白人」が発明したものであり、「私はあなたのニグロではない」と語っていたのだが、本作『私はあなたのニグロではない』は、このインタビューの続きで終わる。――「この国の未来は、なぜ「白人」が「ニグロ」を発明したか、と問いかけることができるか、できないかにかかっている」（the future of the country depends on that, whether or not it is able to ask that question）［p. 109］。

公民権運動について語られるとき、しばしば代表的な活動家として挙げられるのは、マーチン・ルター・キングとマルコム・X、そしてボールドウィンの三人である。まさに 1963 年 9 月 9 日に放送されたテレビ番組『ニグロとアメリカの約束』でインタビューに応えていた三人であり、この三人を「代表的な活動家」と考えることは、当時も今も通説である。

しかし、ボールドウィンが構想していた『リメンバー・ディス・ハウス』

は、メドガー・エヴァーズ、マルコム・X、マーチン・ルター・キングの三人について語ることで、「アメリカの物語を書く」ことであった。次々と兇弾に倒れた三人の友人について、生き残ったボールドウィンだけが書くことのできる「アメリカの物語」である。

　生き残ったボールドウィンは、「活動家」(activist) ではなく「行為者」(actor) という言葉を使って、三人の友人と自らを次のように区別している。

　　目撃者と行為者の境界線は実に細い線であるが、それでもその境界線は確実に存在する。
　　... the line which separates a witness and an actor is a very thin line indeed ; nevertheless, the line is real.

　つまり三人は「行為者」であるが、自分は「行為者」ではなく「目撃者」(witness) であるということをボールドウィンは自認していた。「行為者」(actor) には「役者」という意味もあり、「目撃者」(witness) には「生き証人」という意味もある。ボールドウィンとしては、自分は公民権運動の表舞台で活躍する「役者」ではなかったが、舞台袖で目撃してきた「生き証人」ではあると自覚していたのだろう［p. 30］[15]。

　その上で「自分の目撃者／生き証人としての責任は……できる限り広範に、そして自由に行動し、物語を書き、発表すること」(... my responsibility – as a witness – was to move as largely and as freely as possible, to write the story, and to get it out) であると結論し、『リメンバー・ディス・ハウス』を構想し、南部の取材にも臨んでいたのであった［p. 31］。

　『私はあなたのニグロではない』終盤のマーチン・ルター・キングの葬儀を回想するシーンで、サミュエル・ジャクソンのナレーションが、必死に涙を抑えていたボールドウィンが、ついに泣き崩れ、隣席のサミー・デイヴィスが腕を支えてくれた、と追想する。一呼吸おいて「アメリカのニグロの物語はアメリカの物語である。それは気の利いた物語ではない」(The story of

図2　Members of the Student Nonviolent Coordinating Committee, Atlanta, Georgia, 1964 (Richard Avedon).[16]

Negro in America is the story of America. It is not a pretty story）とナレーションが続く［p. 95］。

　「気の利いた物語ではない」が、「目撃者／生き証人としての責任」において、ボールドウィンが『リメンバー・ディス・ハウス』で語るはずであった物語であり、それを映像化したのが本作『私はあなたのニグロではない』である。

5．補遺（『カースト』と『オリジン』について）

　イザベル・ウィルカーソン（Isabel Wilkerson）のノンフィクション『カースト　アメリカに渦巻く不満の根源』（*Caste: the Origins of Our Discontents*）と同書を原作として製作されたウィルカーソンの伝記映画『オリジン』（*Origin*）について補足しておきたい[17]。

イザベル・ウィルカーソン（以下、ウィルカーソン）は、米国でアフリカ系アメリカ人を社会の最下層にとどめておこうとする力が人種差別問題の根源で働いていると考え、インドのカースト制度やナチスドイツによるユダヤ人虐殺と比較し、差別する根拠や社会制度などの共通点について考察した。同書は、2020 年 8 月の発売以来『ニューヨーク・タイムズ』紙のベストセラー週間ランキングに 1 年以上も留まり、第一位に到達したのが 2020 年大統領選の週であった[18]。

　エイヴァ・デュヴァーネイ（Ava DuVernay）監督によるウィルカーソンの伝記映画『オリジン』（*Origin*）は、2023 年 9 月に開催された第 80 回ヴェニス国際映画祭コンペティション部門に出品され、最高賞の「金獅子賞」（Leone d'oro）にノミネートされている。

　『私はあなたのニグロではない』では現代の #BLM 関連の写真や映像なども紹介されていて、ボールドウィンの提起した問題が未解決であることを示唆していたが、トランプが招いた #BLM へのバックラッシュや連邦議事堂襲撃・占拠事件が象徴するように、ウィルカーソンの原作『カースト　アメリカに渦巻く不満の根源』出版（以下、『カースト』）と伝記映画『オリジン』公開の時点で、状況はより深刻化している。

　『カースト』のエピグラフにボールドウィンの言葉が掲げられていることが示唆しているように、米国の人種差別構造の病理の考察について、ウィルカーソンがボールドウィンの問題意識を継承していることに疑う余地はない。

> もしわたしが話したとしても
> 誰も信じないだろうから。
> わたしを信じないのはまさに
> わたしが言ったことが真実であることがわかるから。
> Because even if I should speak,
> no one would believe me.

And they would not believe me precisely because
they would know what I said was true.[19]

　エピグラフに掲げられたこの箇所は、ノンフィクション『次は火だ』(*The Fire Net Time*) に収められた文章であるが、この 10 段落後に、トニ・モリソンの弔辞の紹介にあたって言及した「アメリカのニグロの人生の悲惨さについては、これまで言い表す言葉はないに等しかった」と述懐する文章がある。どちらにも自らの武器である「言葉」が伝わらない・通じない・見つからないという当時のボールドウィンが抱えていた落胆や焦燥が表れている。

　『カースト』本文ではボールドウィンの引用が 3 箇所ある——

　一つ目は、「最初の二四六年間に現在の合衆国であるこの地に暮らしたアフリカ系アメリカ人の大半は、かれらの身体や生命そのものに対して絶対的な権力を持っていた者がもたらす恐怖のもとで暮らし、かれらを支配する者たちのほうは、次々と繰り出す残虐行為についてなんの制裁も受けなかった」(The vast majority of African-American who lived in this land in the first 246 years of what is now the United States lived under the terror of people who had absolute power over their bodies and their breath, subject to people who faced no sanction for any atrocity they could conjure.)［p. 47］という奴隷制時代の凄惨な人種差別体制の説明へのコメントとして先述したボールドウィンの「アメリカのニグロの人生の悲惨さを表す言語はないに等しい」が引用されている[20]。

　次のボールドウィンからの引用「アメリカに来る前は誰も白人ではなかった」(No one was white before he/she came to America.) は、「南北戦争で負けた恨みを抱えた支配カーストの人びとが……再構築されたカースト制度のなかで……解放されたばかりの人びとがそれまで以上に最下層から出にくくなるようにした……こうして、新たに入ってきた移民……は一人一人が既存のヒエラルキーに足を踏み入れることになった。それは二極構造を持ち、奴隷制から生まれ、人間の色の両極端がその両端に置かれた」(... nursing resentments from the defeat in the war, people in the dominant caste ... in a reconstituted caste system . . . devised a labyrinth of laws to hold the newly freed people on the bottom rung ever more tightly. . . . Thus, each new immigrant . . . walked into a preexisting hierarchy, bipolar in construction, arising from slavery and pitting the extremes in human pigmentation at opposite ends.)。その結果、「ヨーロッパ人は新しく創られた、ヨーロッパから新世界に入った者全員が属する上位区分に入った……かれらが白人になったのは、アメリカ人になったときに起きたことだった」(Europeans would join a new creation, an umbrella category for anyone who entered the New World from Europe. . . . It was in becoming American that they became white.) という経緯を見事に要約している［pp. 48-49］[21]。

三つ目は、「従属カースト出身の国家元首が生まれたことを受け、一つの装置が位置についた」(An entire machinery had moved into place upon the arrival of the first head of state from the subordinate caste.) と始まる、オバマ大統領誕生による破廉恥な反動についての説明の件で引用されている。「ティー・パーティというオバマを中傷する右派の新党ができ、「わが国を取り戻す」と誓った……オバマの政敵たちは……大統領とファーストレディをサルとして描いた。反対派の集会では、人びとは銃を見せびらかし、「オバマに死を」と書かれたプラカードを掲げた」(A new party of right-wing detractors arose in the wake, the Tea Party, vowing to "take our country back". . . . His opponents . . . depicted the president and the First Lady as simians. At opposition rallies, people brandished guns and bore signs calling for "Death to Obama.")。「敵意が増大するなか、過去に例のない社会のヒエラルキーの逆転を受けて、アフリカ系アメリカ人に対する攻撃が抑えられないだけではなく、むしろ悪化するというのは驚くべきではない……」(With rising resentments, it would not be surprising that attacks on African-Americans might not only not have abated but would worsen under the unprecedented reversal of the social hierarchy.)「そうするなかで国に医療制度を作り替えることに成功し、気候変動、クリーンエネルギー、同性婚、量刑改革……警察による残虐行為の調査などの問題に率先して取り組み、同時に国を不況から脱出させた」(In so doing, he managed to reshape the country's healthcare system and lead on such issues as climate change, clean energy, gay marriage, sentencing reform, and investigation into police brutality ... while guiding the country out of recession.）結果、「オバマの存在そのものによって自分が負かされたと感じていた人のあいだにあった不満を煽った」（... inciting the tremors of discontent among those feeling eclipsed by his very existence.）［pp. 318-319］[22]。

　オバマの大統領としての業績や高い支持率が覆い隠していた不安の底流について、ウィルカーソンがボールドウィンから引いたのは「世界で起こる変革は、どんなものでも非常に怖いものである。それは自分自身の現実について持つ感覚を実に激しく攻撃してくるからである」（Any upheaval in the universe is terrifying because it is so profoundly attacks one's sense of one's own reality.）であった。ボールドウィンがこの文章の直前で「大半のアメリカの白人が考える危険とはアイデンティティの喪失である」（... the danger, in the minds of most white Americans, is the loss of their identity.）と言っていること、「白人の憎悪の根底にあるのは恐怖、底なしで名状し難い恐怖である」（The root of the white man's hatred is terror, a bottomless and nameless terror.）とも言っていたことを繋いでみると、ウィルカーソンの引用の意図が明確になる[23]。

　ウィルカーソンは、このようにボールドウィンを的確に引用することによって、『カースト』の論述に芯が通ることを期待していたのかもしれない。トニ・モリソンに倣えば、ボールドウィンからの「贈り物」と考えることができるだろう。

　一方、『オリジン』ではボールドウィンへの言及はない。代わりに（？）トニ・モリソンが二度、登場する。一度は、主人公のウィルカーソンが米国社会のヒエラルキー構造の虚構性を説明するときにトニ・モリソンを援用する場面。もう一度は、ウィルカーソンの執筆中のシーンで、カメラが書棚に積んである数冊の紙装版を写した際に、一番上に『ビラヴド』が置いてあるという場面。原作『カースト』ではトニ・モリソンへの言及はないので、脚本も担当しているエイヴァ・デュヴァーネイ監督が、ボールドウィンに代えて、トニ・モリソンを登場させたのだろうか。映画的に違和感はなかったこ

とは言うまでもない。

　自らがアフリカ系アメリカ人女性として初めてサンダンス映画祭の監督賞を受賞（*Middle of Nowhere*, 2012）し、アフリカ系アメリカ人女性として初めて1億ドル以上の予算の映画監督（*A Wrinkle in Time*, 2018）となったエイヴァ・デュヴァーネイが、アフリカ系アメリカ人女性として初めてノーベル文学賞を受賞したトニ・モリソンの登場で『オリジン』におけるアフリカ系アメリカ人女性の存在感をさらに高めることを狙ったとしても不思議ではない。トニ・モリソンはランダムハウス出版でアフリカ系アメリカ人女性として初めての編集者（1967-83）であったという。

1) 2017年のアカデミー賞長編ドキュメンタリー賞は惜しくもノミネート止まりだった。本稿では本作の日本公開時のタイトル表記に倣って二人称を「あなた」と訳しているが、この「あなた」は「白人」を指しているので、文脈によっては「あなたたち」とすべき場合もある。
2) トニ・モリソンがボールドウィンに初めて会ったのは1973年、ランダムハウス出版の編集者としてであった。
3) トニ・モリソンの弔辞は1987年12月20日付『ニューヨーク・タイムズ』紙（Late City Final Edition Section 7 ; Page 27, Column 1）に拠る。トニ・モリソンは1993年にノーベル文学賞を受賞する。
4) James Baldwin, *The Fire Next Time* (1963 : Vintage Books, 1991), p. 69.
5) *I Am Still Your Negro* (University of Alberta Press, 2020). ヴァレリー・メイスン゠ジョンは「父方母方ともに奴隷の家系」で「苗字が先祖のトラウマの記憶を負っている」が「国家に属さない先住の人間」である、と自己規定している（"ID," xiii）。「タブーとタブーに潜むタブーについて探索する社会正義の詩集」（"Introduction," xvii）。
6) James Baldwin, *I Am Not Your Negro*, compiled and edited by Raoul Peck (Penguin Books, 2017), p. 3. 以降、本稿では作品中の引用文はこのテキストに拠ることとし、文末の［括弧内］に該当ページ数を記載する。引用文のテキストは、註で断らない限り、トニ・モリソンが編集を担当している「ライブラリー・オブ・アメリカ」シリーズの『エッセー集』（*James Baldwin : Collective Essays*, 1998）を参照している。トニ・モリソンは同シリーズの『初期小説・短篇集』（*James Baldwin : Early Novels and Stories*, 1998）の編集担当でもある。
7) 6部のタイトルは以下の通り―― I: Paying My Dues, II: Heroes, III:

Witness, IV : Purity, V : Selling The Negro, VI : I Am Not A Negro

Toni Pressley-Sanon "Techniques for truth-telling from *Haitian Corner* to *I Am Not Your Negro*" は、ボールドウィン同様にラベリングを嫌っているペック監督を、単なる「社会派」に分類せずに、言葉やイメージの力で観客の視野を広げる技を備えた監督として論じている。Jamie Baron and Kristen Fuhs, eds, *I Am Not Your Negro : A Docalogue* (Routledge, 2021).

8) ボールドウィンとハリー・ベラフォンテに加えて、マーロン・ブランド（Marlon Brando）、チャールトン・ヘストン（Charlton Heston）、シドニー・ポワチエ（Sidney Poitier）、映画監督のジョーゼフ・マンキーウィッツ（Joseph Mankiewicz）と放送ジャーナリストのデヴィッド・シェーンブルン（David Schoenburn）が「円卓」を囲んだ。司会役はシェーンブルン。

現代の視点からすると、チャールトン・ヘストンが同席していたことに驚くかもしれないが、この席に女性ゲストが皆無である点に公民権運動の時代の限界を見ることができるかもしれない。当時のアフリカ系アメリカ人の男性中心主義については、E. C. Scott ""Some One of Us Should Have Been There with Here": gender, race, and sexuality in *I Am Not Your Negro* and contemporary Black experimental documentary" に詳しい。*I Am Not Your Negro : A Docalogue*.

9) 『私はあなたのニグロではない』で使用されている資料は、奴隷制時代の記録写真や公民権運動の報道写真・ニュース映像にとどまらない。現代の #BLM 関連の写真や映像なども紹介されていて、ボールドウィンの提起した問題が依然として未解決であることを示唆している。

10) サミュエル・L・ジャクソンが声優としてのキャリアを積んでいることを再認識しておきたい。

11) *Devil Finds Work* (Dial Press, 1976) in *James Baldwin : Collective Essays*. 邦題は1977年に時事通信社から出版された山田宏一訳に倣っている。ボールドウィンが指摘している黒人男性の性的アピールの二重性（*I Am Not Your Negro*, p. 63）については、L. Rascaroli "James Baldwin's embodied absence" が掘り下げている。*I Am Not Your Negro : A Docalogue*.

12) D. A. Pennebaker, *No Direction Home* (1967).

13) そのロバート・ケネディも同年6月6日に暗殺されるが、本作での言及はない。

14) "Sermons and Blues" *New York Times Book Review* (March 29, 1959) in *James Baldwin : Collective Essays*, p. 615.

15) Dan Sinykin "The Apocalyptic Baldwin" は、ボールドウィンが「目撃者／生き証人」の役割を放棄して「終末論者」に転身したと論じている。*Dissent* 64, no. 3 (Summer 2017).

16) 米国の有名ファッション誌で活躍した Richard Avedon（1923-2004）は、数多くの著名人の肖像写真を撮影したことでも知られている。本編第 3 部（Witness）で使用されているこの写真は、かつてニューヨーク市ブロンクス区の高校の同級生として文芸誌の編集に携わったアヴェドンとボールドウィンによるフォトエッセー集 *Nothing Personal* の最終ページを飾っている。Richard Avedon and James Baldwin, *Nothing Personal* (Atheneum, 1964).
17) 原作の日本語訳は『カースト　アメリカに渦巻く不満の根源』（岩波書店、2022 年）の秋元由紀訳に拠る。
18) 2021 年 1 月 6 日、現職大統領としての再選を果たせなかったトランプが選挙結果を否定したことで、暴徒と化したトランプ支持者たちが連邦議事堂を襲撃・占拠する。この事件についても、ウィルカーソンは 2023 年に加筆された同書「後書き」（Afterword）で、「カースト」という「不満の根源」が該当することが証明された、としている。
19) *The Fire Next Time* (1963 : Vintage Books, 1993), pp. 53-54.
20) 『カースト』第 2 部「人間の分類の恣意的構築」（The Arbitrary Construction of Human Division）第 4 章「ロングラン上演とアメリカのカーストの出現」（A Long-Running Play and the Emergence of Caste in America）。テキストは 2023 年に「後書き」を付して出版されたランダムハウス社の 2023 Random House Trade Paperback Edition に拠ることとし、文末の［括弧内］に該当ページ数を記載する。
21) ボールドウィンの引用は "On Being White . . . and Other Lies" (*Essence*, April 1984) in *The Cross of Redemption* (Vintage Books, 2010), p. 167. この箇所も『カースト』第 2 部「人間の分類の恣意的構築」第 4 章「ロングラン上演とアメリカのカーストの出現」から。
22) 第 6 部「反動」（Backlash）第 25 章「台本の変更」（A Change in the Script）。
23) *The Fire Next Time*, p. 9.「白人の憎悪の根底にあるのは恐怖」の出典は *Devil Finds Work* in *James Baldwin : Collective Essays*, pp. 524-525 および *I Am Not Your Negro*, p. 60. 同じ段落で「黒人の憎悪の根底にあるのは激怒」（The root of black man's hatred is rage）と対比されている。

『マーク・トウェイン自伝』にみる
著者晩年の批評精神
――フィリピン・アメリカ戦争におけるモロ族虐殺事件――

井 川 眞 砂

1．はじめに――没後100年に刊行　新版『マーク・トウェイン自伝』

　本稿のテクストである『マーク・トウェイン自伝』全3巻[1]の出版は、2010年（トウェイン没後100年）に始まった。『マーク・トウェイン自伝』の出版を死後100年まで禁じたのは他ならぬ著者自身である。そうと聞けば、この度の出版は著者の願い通りだったと思われるかもしれない。だが実際の事情はそう単純なものではなかった。つぎの二つの発見がなければ、その実現は難しかっただろう。

(1)　トウェインは『自伝』の最終形を決定していた（この発見が全ての始まりだった）。

(2)　『自伝』準備段階の原稿であれ、そこに何を収め何を収めないかを決めていた。

つまり、「トウェインは『自伝』原稿を不完全で未完成のまま遺した」とするそれまでの前提は間違いだったのである。『ハックルベリー・フィンの冒険』の手書き原稿発見の場合は原稿自体が行方不明だったのだが、『自伝』原稿の場合はマーク・トウェイン・ペーパーズの整理箱の中に現に存在した。それにもかかわらずトウェインの意志は隠されたまま、発見できなかった。それまでの前提が発見の邪魔をしたことは想像に難くない。原稿が不完

全で未完成であるからには、その編集方法は編者の自由度にすっかり任されたってよいなどという前提は成り立たないのである。上記二つの重要な発見によって、著者の意志にそった新版『自伝』が刊行された意義は大きい。

ロバート・H・ハースト編集主幹による「マーク・トウェイン没後100周年記念特別講演——マーク・トウェインの〈文学遺産の箱〉を編集して」[2]の質疑時間、「マーク・トウェイン・ペーパーズの編集活動40年で何か忘れ難い出来事はありますか、あればどのようなことですか」の私の問いに、「それはふたつ。ひとつは1990年秋に『ハック・フィン』の手書き原稿前半部分が発見されたこと、いまひとつはトウェインが『自伝』原稿を完成させていたことを突き止めたことです」、と即答があったことを思い出す。なるほど『自伝』原稿をめぐる発見は、『ハックルベリー・フィンの冒険』の手書き原稿前半部分665枚がカリフォルニアのある民家で発見されたことに匹敵するほど驚くべき発見だったのである。

とはいえ、遺されたその自伝原稿は50万語を優に超える膨大な遺稿である。その編集作業の難度は途方もないものであり、これを成し得るのはマーク・トウェイン・ペーパーズ編集委員たちの40年におよぶ「専門家集団の技量 "the collective skills and expertise"」（Smith XVII; Acknowledgments）をおいて他には考えられず、多くの研究者や批評家たちも彼らの力量に期待した。具体的な編集活動は2005年に始まったというから、10年におよぶ作業になる。マイケル・J・キスキスも同じくその編集作業は彼らに期待するしかない、それが実現すれば間違いなくきわめて有益なものを得ることができるに相違ない、と述べていた。ただしその一方で彼は、でき上がった『自伝』を読む読者の苦労も想定せざるを得ず、トウェインが生前に同意出版した『北米評論』の連載版（「我が自伝からの抜粋」）を『マーク・トウェイン自伝』に選ぶことも一法ではないか、と今般の編集が始まるよりもずっと前にその提案（Introduction xxiv-xxvi）をしていた。

いまや、ついにその『自伝』全3巻は完成し大勢の読者や研究者に供されている。カリフォルニア大学出版局は当初第1巻初版を7,000部と見積もっ

『マーク・トウェイン自伝』にみる著者晩年の批評精神　71

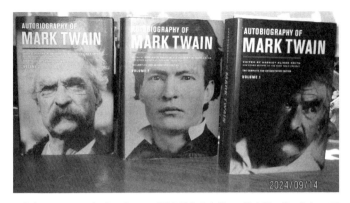

各巻およそ750頁、全3巻、50万語を超える大部の口述自伝。第1巻を50万部出版する等、好評を博す。

図1　*Autobiography of Mark Twain,* 3 vols. The Complete and Authoritative Edition. Edited by Harriet Elinor Smith and Other Editors of the Mark Twain Project (University of California Press, 2010-2015).

ていたというが、間もなく50万部を印刷し『ニューヨーク・タイムズ』のベストセラー・リストに定着したのだった。「ハリエット・E・スミスが率いるバークレーのマーク・トウェイン・プロジェクトによって非の打ちどころがない準備がなされ、決定版トウェイン自伝が出版され、大いにその売り上げを伸ばしている」(Scharnhorst, "His Discontents" 346) とシャルンホルストは述べ、この記念碑的編集・出版の完成を心から喜んでいる。

　こうして現在、既刊の『マーク・トウェイン自伝』は5篇ある。生前、トウェインの同意のもとに出版されたジョージ・ハーヴェイ編『北米評論』連載版 ("Chapters from My Autobiography," 1906-1907)、アルバート・B・ペイン編 (*Mark Twain's Autobiography.* 2 vols., 1924)、バーナード・デヴォート編 (*Mark Twain in Eruption,* 1940)、チャールズ・ナイダー編 (*The Autobiography of Mark Twain,* 1959)、そして最新のカリフォルニア大学版全3巻 (2010-2015) である。上記『北米評論』連載版は、今日、つぎの単行本他で読むことができる。す

なわち、マイケル・J・キスキス編（*Mark Twain's Own Autobiography: The Chapters from the* North American Review, 1990）や、シェリー・フィッシャー・フィッシュキン編（*Chapters from My Autobiography.* The Oxford Mark Twain, 1996）。読者は 5 篇のいずれを好むだろうか。トウェインの語りそのままに、彼の意図した通りの『自伝』が刊行されたいま、さらに新しい『自伝』を今後編集するとすれば当然その編集方針の是非も含めて問われることになるだろう。

2．アメリカ軍によるモロ族虐殺事件を論評する
―― 1906 年 3 月 12 日と 14 日の『自伝』口述

　トウェインは『自伝』第 1 巻でアメリカ軍によるフィリピンのモロ族虐殺事件について口述する。1906 年 3 月 12 日（月）と 14 日（水）の両日のことである。だがそのために、彼は「60 年前」の学友たちについての「とても興味を引く」[3]話を中断せねばならない。なぜならその話よりもモロ族虐殺事件の方が「もっとずっと興味を引く、今日の大きな事件」（*Ibid.*）だからである。そのニュースは、突然飛び込んできた。本稿では、この両日の口述をトウェインによる反帝国主義言説の事例として、少々立ち入って取り上げたい。

　トウェインは懐かしいハンニバル時代の友人たちについて、その前日の 3 月 8 日に話し始めたばかりであり、ハックルベリー・フィンのモデルが誰かを知りたい（もしかしたら A・O・トンクレイではないのか）という問い合わせに、ハックのモデルはトム・ブランケンシップだと返信したのがきっかけで、昔を思い起こしていたのである。少年時代の思い出を、彼らのその後の人生や、いまは墓に眠る友の生涯をまるで俯瞰するかのようにしみじみと語っていたところだ。その話はいったん中断し、当面「脇に置くしかあるまい」（*Ibid.*）と彼はそう決め、まさに「今日」の問題を『自伝』の中で話題にする。トウェイン『自伝』は過ぎ去った過去だけでなく著者が生きる「い

ま」を生き生きと語り、回顧的な語りとともに同時代的な語りから成る。

2-1　モロ族虐殺事件の概要を語る

　この事件は「一昨昨日[3月9日]の金曜日、フィリピン駐留アメリカ軍司令官からワシントンの政府に宛てた公式外電によって、突如、世間に知らされた出来事だが、その概要は以下のとおりである」(403)と、トウェインは話し始める。フィリピン・アメリカ戦争の終結宣言は1902年にセオドア・ローズヴェルト大統領によってなされたはずであるが、これはいったいどういう事態なのか。事件の概要把握のためにも、長さを厭わず彼の概説を拙訳によって示しておこう（以下、テクストからの引用は拙訳による）。

　　浅黒い肌の未開人モロ族は、ホロの町からそう遠くない死火山の噴火口で守りを固めていた。この8年間というもの我々アメリカがモロ族の自由を奪いかねなかったために、彼らは非友好的であり、激しい敵意を持っていたのである[4]。そうした態度であるからには、モロ族の存在は脅威だった。我が軍の司令官レナード・ウッドが偵察を命じ、モロ族は女性と子どもを含め600名であること、噴火口は海抜2,200フィート[約660メートル]の山の頂上にあること、我がキリスト教徒の兵士が大砲を運び上げて接近するにはきわめて困難な場所であること等が判明した。そのためウッド司令官は奇襲作戦を命じたうえ、その遂行を見届けるべく自らも山に登った。我が軍は曲がりくねった難儀な坂道を大砲を担ぎながら進軍した。大砲の種類は明記されていないが、ある急斜面で巻き上げ機を使い、その大砲を300フィートほど引き上げた。一行が噴火口の縁に到着すると、戦闘が始まった。我が軍の兵士の数540名。加えて、補助部隊として雇われた現地人警察分隊（その数、明示なし）と、我がアメリカ海軍の分隊（その数、明示なし）とが援護した。しかしおそらく、戦う両部隊の数はほぼ同数だったろう——すなわち、噴火口の縁に我が軍側の兵士600名、噴火口の底にモロ族側の男女、子ども600

名。噴火口の深さ、50 フィート。

「その 600 名を殺せ、あるいは捕虜にせよ」、とウッド少将は命じた。

戦闘が始まり——〈戦闘 battle〉の用語が公式に使われている——我が軍は、大砲や百発百中の照準補整器付き小銃を発砲しながら噴火口を降りて行った。未開人側は猛烈に反撃した。公式外電には未開人が使った武器の記載がないため私の推測にすぎぬが、おそらくそれは投石用のレンガのかけらを使った応戦だったのではないか。モロ族の使う武器は、これまで主にナイフやこん棒だったからである。さらに何か持っているとしても、交易品として入手した役に立たないマスケット銃［旧式歩兵銃］だろう。

公報によると、両軍とも桁外れに大きな勢力を注ぎ、戦闘は 1 日半続いた。そしてアメリカ軍が完全に勝利した。完勝の根拠は、600 名のモロ族に誰ひとりとして生存者がいない事実にある。また、この勝利の輝かしさは別の事実からも不動である。すなわち、600 名の我が英雄のうち、命を落とした者はわずかに 15 名だけだという事実である。

ウッド少将もそこで見物をしていた。彼の発した命令は「奴らを殺せ、**あるいは捕虜にせよ**」であった。ケチな我が軍の兵士たちは司令官の命令の〈あるいは〉の意味を都合よく解釈し、自分たちの好みに応じて殺せ、**あるいは捕虜にせよ**と理解したようだ。兵士たちの好みとは、彼の地フィリピンにあってはこの 8 年間——キリスト教徒の犯す殺戮だった。

公報では、わが軍の「英雄的行為」や「勇敢な行為」をきちんと褒めたたえ大いに賞讃し、死んだ 15 名に哀悼を捧げるとともに負傷した 32 名の傷を詳述した。合衆国の後世の歴史家に役立つように細かく忠実に負傷兵の傷について描写し、飛んできたレンガのかけらで片方の肘をひっかいた兵士の名前を記し、同じく鼻の先端をひっかいた別の兵士の名前も記した——海底ケーブルでは 1 語につき 1 ドル 50 セントも掛かるというのに。

『マーク・トウェイン自伝』にみる著者晩年の批評精神　75

Jolo Island

ホロ島（Jolo Island）

　スールー諸島（The Sulu Archipelago）の中央部に位置するホロ島には、北部沿岸線やや西の地点にホロの町があり、その町から遠くない位置にダホ山（Mount Dajo）がある。
　スールー諸島では 14 世紀後半頃からイスラム社会が形成され、米西戦争時にはスルタン（sultan of Sulu）を頂点とする部族国家が成立していた。1902 年、T・ローズヴェルト大統領がフィリピン・アメリカ戦争の終結を宣言したとき、フィリピンはまだ敗北してはいなかった。フィリピンのイスラム教徒、すなわちモロ族は、アメリカによる植民地化に頑強に敵対しており、1906 年 3 月の本事件発生時、ダホ山（死火山）山頂の噴火口（防備堅固な場所）に退却していた。

図 2　フィリピン群島の地図

翌日［3月10日］のニュースは、前日の報道内容を確認してアメリカ兵15名の死者と32名の負傷者の名前を**再び**記し、傷についてもう一度述べ、ふさわしい形容詞で箔づけの飾りをしていた。(403-404：太字強調はトウェイン)

　フィリピンで「いま」何事が起こっているのか。「ただならぬ」事件の概要がこうして示されると、なるほど「今日」の時事問題が彼の「興味を引く」わけが伝わってきそうである。モロ族がアメリカに対してなぜ非友好的なのか、彼はその理由を十分示唆しており、この事件がいったいどのような性格であり何が問題なのかを考察するうえで、要を得た概説になっている。

　そして上記概説からは、モロ族の600名が兵士たちではなさそうであることも伝わってくる。しかも彼ら黒い肌のモロ族を絶滅せんとする意識とは、ムアフィールド・ストーリーの指摘するようにアメリカ南部で黒人をリンチする[5]、あるいはアメリカ西部でインディアンを征伐するのと同質の意識ではないのかと咎めたくもなる。太平洋の日付変更線の向こう側から、海底ケーブルによる外電でワシントンならびにニューヨークへつぎつぎ届く新しい情報は、新聞を通してトウェインに事態の推移を伝え、彼は事件発生報道（3月9日［金］）からウッド司令官の新着外電報道（3月13日［火］）までの5日間の展開を同時進行的に論評していく。

　その論評はトウェインの反帝国主義言説の具体例である。それゆえ少々内容に立ち入って検討し、虐殺の実態や、本事件に対するアメリカ社会の沈黙、海外領土侵略を続けるローズヴェルト政権の怪しい内幕暴露などについて論じ、トウェイン晩年の批評精神の一考察としたい。

2-2 〈戦闘 battle〉ではなく、〈虐殺 slaughter〉こそ適語である

　公報では〈戦闘〉という用語が使われるが、はたしてこの事件を〈戦闘〉と呼べるのか。「戦争史に残る戦い」(404) から南北戦争、ナポレオン戦争、米西戦争などにおける〈戦闘〉例をとりあげ、トウェインは両軍の死傷者数

を比較してみせる。南北戦争中のある〈戦闘〉では両軍合わせて従軍兵士の10パーセントが死傷し、ワーテルローでは両軍兵士5万名が死傷した。キューバでは我が軍の死者（戦場で265名、病院でその14倍）に対し、敗者スペイン軍は2パーセントの死傷者だった。こうした数字と比べれば、モロ族の死者数は異常である。アメリカ軍とモロ族ともに各600名のうち、我が軍は死者15名に負傷者32名、しかるにモロ族は女性、子どもを含めて600名全員が絶命。「殺された母親を探し求めて泣き叫ぶ赤ん坊さえ一人も残さず滅ぼしたのだ」(404)。まこと「この勝利は、合衆国というキリスト教国の兵士がこれまでに成し得た偉業としては、比類なき輝かしい勝利ではないか」(404)と、皮肉たっぷりに嘲う。

　噴火口の底でいかなる事態だったかを知れば、とても〈戦闘〉などとは呼べまい。「〈虐殺 SLAUGHTER〉こそが適語である」(405)と述べ、〈虐殺〉の使用に大いに賛同する。大文字表記の大見出し「"WOMEN SLAIN IN MORO SLAUGHTER" モロ族虐殺で女性たちも殺害」が新聞トップ全段抜きで精一杯の大声をあげていた（3月11日［日］）。「たしかにこの場合、大辞典にだってこれ以上の適語は見つかるまい」(405)と評し、この用語選択をした記者への讃辞を響かせる。彼の手元には、9日の新聞はもとより「翌日10日のニュース "Next day's news"」、「その次の日、日曜日 "The next day, Sunday"」、そして今朝12日の朝刊があるはずだ。この日の『自伝』口述には事件の真相に迫ろうとする彼のかつての記者魂が、100年以上を経たいまも伝わってきそうである。トウェインの『自伝』の「いま」が生きる。

2-3　なぜか世間は沈黙している

　こうした戦争に伴う議論を進めるとき、世論の力が重要な要素だと考えるトウェインにとって、世間の受け止め方を知ることが欠かせない。

　それでは、この事件は世間でどのように受け止められているのだろう？　金曜日の朝［3月9日］、ただならぬニュースをただならぬ見出しで、

どの新聞もが401万3千人のこの町［ニューヨーク］の人びとに報道したのだった。しかしどの新聞も社説ではこの記事について論じなかった。同じ金曜日の夕刊のどの社説もやはり我が軍の功績について論じるものはなかった。この事件についてのニュース記事を再掲載するにもかかわらず、社説で書くことはないのである。翌日の朝刊でも、やはり、社説には何もなかった。この事件のことを祝福するとか、あるいは事件に言及するとか、そのいずれであれ一行たりとも論じるものはなかったのだ。朝刊で事件に関する統計上の数字の追加や詳細な内容を軒並みに報道するにもかかわらず、社説ではいっさい何も扱わない。追加記事が同じ日（土曜日）の夕刊に掲載されたが、やはりこれについての論評は一言もなかった。読者の投書欄に割り当てられる金曜日と土曜日の朝刊と夕刊のその欄(コラム)にも、この〈戦闘〉については誰も何も書かなかった。投書欄では、大抵、問題が大きくても小さくても何事であれ、沈黙することなどまずないのであり、この欄に寄せる市民の熱い声で溢れるのが常なのだが、この事件については賞賛の声も非難の声もなく、すでに述べた通り、この2日間、社説欄同様に誰も書く人はいなかった。(404-405)

要するに、9日（金）と10日（土）の2日間は、どの新聞も沈黙を守り社説で一言も論じなかった、新聞投書欄にも誰も書く人はいなかった、とトウェインはそう見做す。この事件に対する世間のこの反応は「沈黙している」としか考えられない。当然トウェインは物足りなさ、はがゆさを感じていることだろう。先刻のムアフィールド・ストーリーもまた、彼の評論「モロ族虐殺」の中で「アメリカ市民の沈黙」(qtd. in Zwick, *Weapons of Satire* 168) を咎めている。事件発生後まだそれほど時間は経過していないとはいえ、かつて全米で「反帝国主義運動がひとつの社会運動」(横山54) とみられるほどに広範囲に戦われたころ（1898年11月ころから1900年11月ころ）を振り返れば、年月が経ったということなのか。かつてのような世論の高まりはみられない

ということなのか。ときはすでにローズヴェルト大統領２期目の 1906 年 3 月である。世間で一般に評判のよいローズヴェルト政権批判などとてもできないといった風潮がもしかしたらあったとでも言うのだろうか。トウェインならずとも、当時の世間の反応について、21 世紀の我われ読者も気になるところである[6]。

「その 2 日間は、大統領も新聞の編集長たち同様に沈黙した」(405)。そして、この（モロ族虐殺）事件に対する大統領声明が出る。3 月 10 日付の声明は翌 11 日（日）の新聞に掲載・公表されたが、新聞各紙は大統領声明に対しても一切のコメントをせず、声明だけを記事にして伝えたのである。これでは世間の沈黙が破られたことにはなるまい。大統領声明だけが一方的に国中に拡散されたようなものではないか。

その声明とはいかなる内容であり、それをトウェインはどう受けとめたのか。

> 私が知る限り、合衆国 8,000 万市民の中で、またとないこの特別の機会に公式の声明を出す特権があるのはただ一人――合衆国大統領だけである。金曜日をまる一日、大統領は他の人たちと同じように慎重に沈黙した（下線は引用者）。しかし土曜日には何か言わねばならないという職務を自覚し、ペンを執ってその義務を果たした。もし私がローズヴェルト大統領をよく知っているなら――もちろん知っているのだが――この声明を発するにあたって大統領はこれまでに彼が書いたり話したりした中でいちばん辛くて恥ずかしい思いをせざるを得なかっただろう。私は彼を責めているのではない。仮に私が彼の立場だったとしても、その立場上、彼が述べざるを得なかったことを私も述べたにちがいない。それは慣習であり、古い伝統なのだ。だから彼はそれを忠実に守るしかなかった。そうせざるを得なかったのである。大統領はこう言った――
>
> ワシントン発

3月10日

在マニラ　ウッド宛
　　貴官、および貴官指揮下の将校ならびに兵士諸君は、アメリカ国旗の栄誉をかくも高めた。その輝かしい武勲を讃え、ここに祝意を表す。
　　　　　　　　　　　　セオドア・ローズヴェルト（署名）（405）

　上記下線部に今いちど注目してみよう。「金曜日をまる一日、大統領は他の人たちと同じように慎重に沈黙した"studiously silent"」。事件の第 1 報があった「金曜日のまる一日……慎重に沈黙した」大統領の姿は、一見したところ、同じく「金曜日のまる一日……慎重に沈黙した」トウェイン自身の姿とまるで重なる。トウェインが自らを大統領の立場において（国民に対して「いま」いかなる声明を発し、どう行動するかを）想像できたのは、実際にトウェイン自身が「慎重に沈黙」し、（フィリピンで「いま」何が起こっているのかをよりよく知ろうとして）彼自身の 9 日の行動を執ったからではないか。「研ぎ澄まされた」トウェインの「強烈な現実感覚」は、まさにここでも「虚偽の世界と対峙して」（亀井、『週刊読書人』）機能したようだ。トウェインだからこそ気づける「慎重に沈黙した」大統領の姿である。だが、両者の「沈黙」の内実はじつは鋭く対峙していた。なぜならトウェインは「慎重に沈黙」して 9（金）と、『自伝』口述作業が休みの土曜（10 日）と日曜（11 日）を含めた 3 日分の新聞報道に丁寧に目を通し、情報を収集しようとした節があるからだ。その努力が先にみたトウェインの「モロ族虐殺事件の概要」として整理されたと考えられる。12 日の口述は、そうした 3 日間の情報収集作業に基づく論評であるとみてよいだろう。

　大統領声明は慣習に従ってなされたに過ぎないとはいうものの、「この公式声明のどこにも大統領の心情から発せられた言葉はない」（405）と言い、トウェインは大統領やアメリカ軍の行為を許さない。『自伝』では雑誌掲載評論の場合などにありがちな、読者を困惑させかねない韜晦とは異なり、トウェインが伝えたいそのままの、より素の声が聞こえて来る。

武器を持たない無力な600名の未開人を罠にかかったネズミのように噴火口の穴底に閉じ込めたうえ、1日半をかけて山の上の安全な位置から一人一人つぎつぎと虐殺していくことが、少しも輝かしい武勲などではないことを大統領は完璧に知っている。……我が軍の無知な暗殺者たちはアメリカ国旗の栄誉を高めたのではなく、彼らがフィリピンで8年間ずっとやり続けてきたようにやってしまったことを──つまり国旗の栄誉を穢してしまったことを、彼は完璧に知っているのだ。(405)

軍服を着た殺人者が海外領土でアメリカの国旗を辱めているのであるから、それを指摘するトウェインは明確に合衆国批判を始めている[7]。ウッド司令官が指揮したその行為は讃えるべき武勲ではなく、国旗を穢す恥ずべき行為であり、それを讃えるローズヴェルト大統領声明はその立場上の祝意だといって済ませられるものではない。

　そもそも本事件に対する世間の沈黙をトウェインが物足りない、あるいははがゆいと感じていることに変わりはないのだが、彼はこの沈黙をこの先どのように描写するのか。それというのも、たとえ世間が沈黙していようとも事態は進展し世間には新たなニュースが届くのだから、必ずしもこれまで通りの沈黙とはいかなくなる。情報の修正・訂正もあるだろうし、事件に対する認識もこれまでよりも深める必要が生まれ、より真実に近づくことになってこよう。それはまるで新聞記者が取材を進めていきながら事態の核心に近づいていくかのようであり、新聞読者のトウェインは情報を読み解きながら、事件の真相に近づいていく。実際トウェインはそのような展開の口述をしていくのであり、世間の沈黙の描き方をどうやらいま一歩先へと進めるようである。

　「その次の日、日曜日──昨日［11日］のことだが──海底ケーブルで新たなニュースが届いた」(405)。それは、噴火口の底でいかに残酷な事態が展開したかをいっそう具体的に伝える情報であり、「さらにもっとただ事ではないニュース、さらにもっと誉れ高き国旗のニュース」(405)なのである。

電信の見出しを列挙すれば、「子どもたちも一緒にクレーターで全員集団死 "With Children They Mixed in Mob in Crater, and All Died Together."」[8]（405）、「死者の数900名に "Death List is Now 900."」、「4日間の闘い "Fighting for Four Days."」、「ダホ山頂での激しい戦闘、遺体の性別見分け不能 "Impossible to Tell Sexes Apart in Fierce Battle on Top of Mount Dajo."」（406）は、いずれもじつに苛酷で残酷だった状況を新たに伝える。「1日半の闘い」ではなく「4日間の闘い」、「600名」ではなく「900名」だというのである。「自分たちの自由のために闘う」（406）モロ族にとってそれは「痛ましい時間であったにちがいない」（406）。一方のアメリカ兵は、安全な地点から照準補整器付き小銃や大砲を使ってこれをやったのである。決して「白兵戦」（407）などではない。それが分かってなお世間は沈黙し続けるのか、それでよいのか。そういう思いにさせる新たな情報であり、そういう思いにさせるトウェインの語りの展開である。

　12日の口述最後に取り上げる公式外電の見出しは、こうである。「勇敢に指揮するジョンソン中尉、大砲爆破で胸壁から吹っ飛ぶ "Lieutenant Johnson Blown from Parapet by Exploding Artillery Gallantly Leading Charge."」この公式外電に胸打たれたローズヴェルト大統領は、負傷したジョンソンに見舞電を送る。しかしトウェインはこの外電が伝える滑稽な内容を指摘して、嗤い飛ばす。「ジョンソンはおそらく我が軍ただ一人の負傷兵であり、その負傷はどんな宣伝にも使える価値あるものだった。〈ハンプティー・ダンプティー〉が塀から落ちて怪我して以来、類似のどんな大事件にもまして世間で大騒ぎを巻き起こした」（406）。何度も何度も新聞で話題になることによって、ジョンソンは軽傷であるばかりか、じつは味方の大砲の弾丸による負傷だったことまで明らかになる。なぜならモロ族は大砲を持っていないのだから、という落ちまでつく。大いに宣伝されたこの将校の「名誉の負傷」はいまや歴史に残る記録である、と皮肉る。

　それどころか彼はこの事態が滑稽話などでは終わらぬことを指摘する。ローズヴェルト大統領が直ちにジョンソンに見舞電を送ったその行為により、

トウェインがすぐにも思い起こすのは、米西戦争中のキューバでローズヴェルト陸軍中佐［当時］が指揮下の義勇騎兵隊ラフ・ライダーの一兵士に見舞電を送ったことである。フィリピンのモロ族虐殺事件の現司令官レナード・ウッド医師もまた、当時、キューバにおけるローズヴェルト指揮下の義勇騎兵隊ラフ・ライダーの隊員だった。ローズヴェルト大統領がモロ族虐殺事件で負傷したジョンソン中尉（じつは彼もラフ・ライダーの元隊員）に見舞電を打ち返礼電を受けとる行為によって、ローズヴェルトとラフ・ライダーとレナード・ウッドと負傷兵ジョンソン[9]との繋がりが浮かび上がってくるのであり、その繋がりを指摘するトウェインの感覚はさすがに鋭い。ローズヴェルト現大統領と元ラフ・ライダーの関係性、ないしは結合の「粘着性／一貫性 "Oh, consistency! consistency! thy name"」（Twain, "Welcome Home" 7）を浮かび上がらせる。こうして現実政治の背後に潜む怪を暴露し、「これには歴史がある。これは後世へと引き継がれるだろう」（406）と洞察する。そして読者に対しては、いつまでも沈黙していてよいのだろうかと思わせ、考えさせる。この点に、世間の沈黙を描写する方法上の進展がある。

2-4 世間の沈黙は国民を目覚めさせるか

この日（3月14日）、トウェインは主に二つの問題を論じる。一つは、この事件に対する世間の沈黙がなおも続いている問題についてである。これをどう捉えるか。いま一つは、ローズヴェルト大統領とウッド司令官の怪しい結びつきについてである。義勇騎兵隊ラフ・ライダー時代の絆によってウッド司令官の昇格はルールを無視して生み出された。こうした点はフィリピン・アメリカ戦争の背後に潜む胡散臭さであり、ローズヴェルト現政権の実態暴露の側面を持つ。

まず世間の沈黙についてであるが、モロ族虐殺事件第一報が報道されてからすでに5日間、世間の沈黙（新聞社説や新聞投書欄の沈黙）が不気味に継続するなか、わずかに投書欄に大統領を非難する声が出ることは出た。しかし、社説欄の沈黙は依然として続いた。それでも「私はこの沈黙が続くこと

を願う。この沈黙が続けば、最大級の憤りと同じくらい雄弁で破壊的で効果的な役割を果たすのではないか……この沈黙はきっと眠ったような国民を目覚めさせようとしているはずだ。国民はこの沈黙がどういう意味かをきっと考えようとしているはずだ……世界を驚愕させた事件後5日間も沈黙が続くとは、日刊紙が発明されて以来この地上で初めての出来事である」(407、下線は引用者)と述べ、彼は一見強がりともとられかねない見解を述べる。しかしそのように述べることによって、この沈黙に彼が絶望しているわけではないことを示唆するのである。

ウッド司令官の公式外電内容の変化(すなわち、言い訳や釈明が始まること)を、世間の沈黙との関係においてトウェインはどうみているか。「昨日の午後」(3月13日)に届いた新着電報の発する気配では「彼がうすうすだが、世間の沈黙のいたるところに誰かを責めるような非難めいた思いが潜んでいることに気づいている」(408)ようだとトウェインは言う。その証拠に、戦闘で女性や子どもを殺害したのはやむを得なかったからだと釈明し始めたのである。モロ族が女性や子どもを盾に使ったから、やむなく武力で殺害せざるを得なかったのだ、と。この言い訳、この変化は、世間の沈黙の効果、沈黙の威力が表れた証拠ではないのかと言わんばかりである[10]。

新聞が沈黙を続けている状況下にあって、3月13日に開催された午餐会(ヨーロッパへ発つジョージ・ハーヴェイ[11]の旅の安全祈願)では、この事件の話でもちきりになる。(モロ族虐殺という)輝かしい武勲のことが大いに話題になったというのだから、意見が交わされたことは間違いない。ここでハーヴェイの意見が紹介され、彼は「この事件の衝撃や恥辱は国民の胸にだんだん深く食い込んで胸の中で化膿し、それ相応の結果をもたらすことになるだろう。共和党やローズヴェルト大統領は潰れるのではないかと私は思う」(407)と明確な意見を語っており、たいへん興味深い。

ハーヴェイがはっきりと意見表明してくれたから、トウェインは応じやすかったのではないか。「私はそうした予測が当たるなんてことはないだろうと思う。それというのも、貴重なものや望ましいもの、よきものや価値ある

ものが必ず手に入ると約束するような予言はまずもって当たらないものなんだ。この種の予言は大義のために闘うりっぱな戦争のようなものであり——そうした戦争はきわめてまれだから、あまり当てにはできないものだ」と応答する。

　今は眠ったような国民であってもトウェインはその現状に絶望しているわけではなさそうだ。しかし、ハーヴェイの見通しに対しては「そうはならないだろう」のニュアンスで応じる。つまり、国民はきっと目覚めるようになるという点で絶望はしていないが、近いうちに「共和党やローズヴェルトが潰れるだろう」とは考えない。こうした重要な時事問題を彼は『自伝』の中で語るだけでなく友人たちと交流して意見を交わし、あるいはスピーチをしたり雑誌に寄稿したりして、現実世界から逃避するということがない。

2-5　ローズヴェルト大統領の芳しいペット

　ついでトウェインが論じるのは、大統領二人（ローズヴェルトとマッキンリー）がみせた歓喜と、その歓喜の裏に潜む策謀の共通性／一貫性／粘着性（すなわちフィリピン・アメリカ戦争の背後に潜む黒い内幕）についてである。

> ローズヴェルト大統領の芳（かぐわ）しいペットであるウッド司令官は［モロ族を虐殺した］その輝かしい功績によって大統領を歓喜させた。そのことで私が思い出すのは、先の大統領マッキンリーが我を忘れるほど歓喜したときのことである。それは1901年、ファンストン［Frederick Funston］大佐が、フィリピンの愛国者アギナルドの山中の潜伏先を突き止め、嘘と裏切りと変装によるじつにさまざまな恥ずかしい手練手管で彼を騙して捕虜にするという……「輝かしい武勲」を立て、それを伝える外電がホワイトハウスに到着したときのことである。(408)

当時の新聞が伝えるところではマッキンリー大統領はその歓喜と感謝の思いを制御することができず、一種のダンスに似た身体の動きでその忘我の思い

を表現するしかなかったのだということだ。ここでトウェインが指摘する一貫性／粘着性 "consistency" とは、我を忘れるほど歓喜する二人の大統領という点のみならず、その大統領二人がウッドとファンストンの「功績」にそれぞれ破格の褒美を与える点にある。すなわち彼らを義勇軍から正規軍（制服組）へ（何人もの立派な兵士たちを飛び越えて）特別昇格させる点での一貫性／粘着性の指摘である。ウッドもファンストンも義勇兵としてアメリカ西部でインディアン征伐に参戦した。同じく二人はキューバで対スペイン戦争に、やはり義勇兵として参加した。いまや二人はともに、フィリピン・アメリカ戦争でアメリカ正規軍の高位に在る（ウッドは少将 Major General であり、ファンストンは准将 Brigadier General である）。こうして、マッキンリー大統領とローズヴェルト大統領によってアメリカの国旗と軍の制服は穢されたのである。その結果、いままたウッド司令官が全責任を負うモロ族虐殺事件によって、アメリカの国旗と軍の制服が穢されることになった。二人の大統領によるこの罪は、歴史上で繰り返されてきた犯罪であり、これからも受け継がれていくだろう、と。そこまで論じてトウェインは本論評を語り終える。いま一度亀井俊介のトウェイン評を引用すれば、「強烈な現実感覚を研ぎ澄まし、虚偽の世界と対峙していた」（『週刊読書人』）トウェインがここにいる。

　著者の同意のもとに生前公刊された「我が自伝からの抜粋」（雑誌『北米評論』連載）では、トウェインはこの評論（モロ族虐殺事件）の収録を差し控えた（「まだ使えない "not usable yet"」と遺稿に記す）。その結果、既刊5篇のマーク・トウェイン『自伝』中、本評論を収録するのはペイン版（1924）とカリフォルニア大学版（2010）のみである。ただしペインは、3月14日の口述分のうち、約5分の1を省いて出版した。そのため、アギナルドを捕らえた褒美としてマッキンリー大統領が義勇兵ファンストンを正規軍の准将へ破格に昇格させたと指摘・暴露する箇所が全て省かれ、大統領が歓喜して喜ぶ点だけが強調される。ウッドを評するトウェインの主張は全面的に省かれてしまう[12]。トウェインはフィリピン・アメリカ戦争の背後に潜むそうした疑わしい策謀を指摘して最終二つのパラグラフに纏め、『自伝』の中の「モロ

族虐殺事件」論評を締め括るのである。

　すでにこのとき、トウェインは "A Defense of General Funston," (*North American Review*, May 1902) を公刊し、また "Major General Wood, M.D." を執筆済みだったので、『自伝』の中でファンストンとウッドの二人についてストレートに語ることに何ら困難はなかっただろう。もともとトウェインがそのファンストン批判を執筆した時期（1902年2月から4月半ば）とは、輝かしい英雄としてファンストンが帝国主義の支持者たちに歓迎され、彼の手柄を引っ提げて国中を講演してまわっていた時期に重なっており（Zwick, Introduction xl）、作家の方はそうした現実に対抗していた。しかし、ローズヴェルト大統領は囚われの身のアギナルドを降伏させ、1902年7月4日、フィリピン・アメリカ戦争の終結を宣言するのである。

3．思想的立場を反帝国主義に切り替えて帰国
　　―― 19世紀末から20世紀初頭のアメリカ反帝国主義運動

3-1　トウェインの帰国

　モロ族虐殺事件発生時よりも時は数年遡ることになるが、1900年10月15日、アメリカ大統領選挙の3週間前、トウェインはヨーロッパでの長い異境生活を終え、帰国した。桟橋に船が着くとすぐに、待ち構えていた大勢の新聞記者たちに取り囲まれて彼は思想的立場を反帝国主義に切り替えたことを告げたのだった。主要には、大英帝国植民地諸地域への世界一周講演旅行（1895年7月～1896年7月）で「白人による大規模な黒人支配をみた」（Cox 245-46；井川 55-57）ことによって、トウェインは「目覚めた」（Ziff 219）といえよう。彼はその旅行記『赤道に沿って』（1897）を出版し、また関連する資料や本を数多く読み、執筆活動に励んだ。そうした日々を海外で過ごすうちに自身の思想的立場が変わったのである。この点に記者たちが大いに注目したのはいうまでもない。この告知は、作家としての彼のキャリアにおいても、また帝国主義をめぐる熱い政治戦／大統領選最終盤においても、きわめ

て報道価値の高い情報だった。翌日このニュースが「反帝国主義者マーク・トウェインの帰国」(『ニューヨーク・ヘラルド』紙)他の見出しになってひろく報道されたことは周知の通りである。

〈反帝国主義者〉という言葉をどのような意味で使っているのかと記者から問われると、彼は「アメリカ人がこの地球上で自分たちの国を膨張させることに賛成なのか反対なのか帰国したばかりの私にはよく分かりませんが、もし賛成ならば残念だと言わねばならないでしょう。それが国の発展にとって賢明なことであるとか、あるいはどうしても必要なことであるとは思えないからです」(qtd. in Scharnhorst, *Final Years* 259)と答え、世界一周講演旅行時に南アフリカで体験した国境紛争や、彼の理解するモンロー・ドクトリンの考え方を援用したという。トウェインは膨張主義の立場をとらない、だから思想的立場は反帝国主義である、と説明するのである。

1895年、世界一周講演旅行に出発したとき、じつは彼は「熱烈な帝国主義者」(*Ibid.*)だったという。「アメリカの白頭鷲に叫び声を上げながら太平洋へと突き進んでもらいたいと願っていたのです。ロッキー山脈の中だけで満足してしまうなんて、白頭鷲には退屈でふがいないことのように思えたのです」(*Ibid.*)。「しかしその後、私はもう少し考えるようになり、パリ講和条約［1898年12月10日、アメリカとスペイン間で締結］を注意深く読んで分かったのですが、アメリカは解放を目的としているのではなく、フィリピンの人びとを服従させようとしているのです。征服のために出撃したのであり、解放のためではなかったのです」(Twain, "Anti-Imperialist Homecoming" 5)。「私が思うに、フィリピンの人びとには彼らの国の諸問題の解決を彼ら自身のやり方で進めてもらうことが、我われの喜びであり義務なのです。だから私は反帝国主義者なのです。どこの国であれ、白頭鷲には他国に攻め入って鉤づめで襲ってもらいたくないのです」(qtd. in Scharnhorst, *Final Years* 259)と、帰国早々その立場を鮮明に発信した。本章では、おのれの立場を鮮明にしたトウェインが反帝国主義運動にどう関わっていくかを、アメリカ反帝国主義連盟との関連でみていきたい。

帰国後ほぼ1カ月を経た1900年11月10日、大統領選挙結果（共和党大統領マッキンリー／副大統領T・ローズヴェルトの圧勝）が判明した直後、トウェインは彼の帰国歓迎会（"Welcome Home : Lotos Club Dinner Speech"）で、この現状に「諦めるつもりのない」彼の姿勢を示すことになったようだ。その後のトウェインの実際の活動ぶりをみるにつけ、このスピーチにはそう感じさせるものがあったといえよう。

　もちろん実際のスピーチでは、マッキンリーを大差で再選させてしまった1、2日前の大統領選挙（再選という、その堅固で変わらぬ一貫性"consistency"）を皮肉交じりにではあれ確認せざるを得なかったし、「すでに4年間、我われはある大統領を試し、その間ずっとその男の欠点をみてきたのに、それなのに1、2日前には考えを変え、再び同じ男を選んだのです」、と述べざるを得なかった。また我われは、ある華やかなラフ・ライダーをすでに知事として試してきて彼をとても気に入っていたものの、いまやその男は副大統領である、と。ただし同じその日のスピーチで、自分にはまだ納得できないことがあると匂わせ、それを納得できるようにしたいものだと伝えようとする（気配が彼にはある）。

　　そう、みなさんは私の留守中も、じつにさまざまな努力を重ねて来られました。その中には記憶に値するものがいくつかあります。私が国の外に出ていたとき、みなさんはある立派な戦争をしました。歴史を紐解いても、それはまれにみる戦争であります——立派な戦争というものは非常に珍しいので歴史の中でもほとんど注目されることがありません。しかしその戦争のおかげで我が国はキューバを解放し、キューバをこの地上にある3つか4つの自由な国の仲間に迎えたのでした。そしていま我が国はあの哀れなフィリピン人を解放しようとして、その第一歩を踏み出しました。我われのいちばん立派な目的がなぜ、みたところ不成功に終わったのか、それがどうしてなのか私には少しも理解できそうにないのです。(Twain, "Welcome Home" 7, 6)

もちろんこのスピーチからは、キューバをアメリカの保護国にしようとする動き（1901年）を危惧するところはほとんどみられない。それよりもキューバをスペインから解放させたことを喜ぶ点に力点があるようだ。そして以下のようにスピーチを結ぶ。

> 7年前[13]、みなさんのゲストとして私がここに呼ばれたとき、私は意気消沈して老人のようでした。しかしみなさんは私を励まして下さり、生きている喜びを下さいました。そしていま、私はふたたび若さを取り戻し、異境の地から帰国いたしました。新鮮な気持ちであり、元気です。もう一度、人生を始めたいと思います。みなさんから受けた歓迎が私の再出発を後押ししてくれています。これがどうして朝までしか続かないあの安逸な夢などでありましょうか。現に私をこの世界で若返らせてくれているではありませんか。ありがとうございました。(8)

「彼はこのとき、まさしく腕慣らしをしていた」（Zwick, *Weapons of Stire* 6）とズウィックが評する通り、元気そうである。自分が反帝国主義者であることを世間に告知したことによる決意がこのスピーチから伝わってくるようだ。

帰国後のトウェインは、反帝国主義関連の評論を多数書くようになる。その中に短いものだが「19世紀から20世紀への挨拶　マーク・トウェインによる速記録」（"A Salutation to the Twentieth Century," Taken down in shorthand by Mark Twain, December 30, 1900）がある。

> みなさんに**キリスト教国**という名の高慢な既婚夫人を紹介しよう――中国山東省の膠州や満州、そして南アフリカやフィリピンで海賊まがいの数々の略奪をやってのけ、ようやく夫人はご帰還だ。不名誉と不品行の泥にまみれた着衣を引きずり、ひどい姿そのものである。魂には卑しさを、ポケットには賄賂の大金を、そして口にはりっぱな偽善の言葉を溢れさせんばかり。夫人に石鹸とタオルを渡して遣りたまえ。ただし姿見

は隠しておくこと。（強調はトウェイン）

1900 年 12 月 31 日
いや、その姿見も渡したまえ。そうすれば他のみなと同じように、夫人もその姿を見て道に外れた過ちから解き放たれるかもしれない。(12-13)

　この 20 世紀への挨拶でトウェインは、キリスト教国の名のもとにアジア・アフリカに侵攻する植民地支配を告発する。ズウィックによれば、この挨拶はもともと赤十字社からの依頼で執筆したが、彼らの宣伝のためだけに彼の名前が使われたため、それを取り下げた。『ニューヨーク・ヘラルド』紙（1900 年 12 月 30 日）に掲載されると国中の新聞に再掲され、また今度は、ニューイングランド反帝国主義連盟の手で小さなカードに印刷され、全国に配布された。最後の二行連句はこの挨拶を連盟に郵送するとき、トウェインが書き加えたものだろうという (*Weapons of Satire* 12)。

　こうしたトウェインの活発な講演ならびに執筆活動を、ニューヨーク反帝国主義連盟がそのまま放置しておくはずはなく、1901 年 1 月、彼は連盟に招かれ、喜んでその副会長職を引き受けた。連盟にはすでにアンドルー・カーネギー、ウィリアム・ジェイムズ、ウィリアム・ディーン・ハウエルズらがいた。連盟を通して彼は数多の出版物を受け取り、執筆に活かす。一方、連盟のリーダーたちとも頻繁に交流し、厚い信頼を得た (Zwick, Introduction xxi)。

　反帝国主義活動の一環としてトウェインが執筆した著作／スピーチからいくつか例を挙げれば以下のようなものがある。

"Welcome Home : Lotos Club Dinner Speech," *Boston Transcript*, November 12, 1900.

"A Salutation to the Twentieth Century," *New York Herald*, December 30, 1900.

"To the Person Sitting in Darkness," *North American Review,* February

1901.［リプリント版 12 万 5 千部を全国に普及、反帝国主義をめぐる論争が大きく広がる］

"Patriots and Traitors : Lotos Club Dinner Speech," March 23, 1901.

"To My Missionary Critics," *North American Review*, April 1901.［宣教師たちによる "To the Person Sitting in Darkness" 批判に対するトウェインの反批判］

A Defense of General Funston," *North American Review,* May 1902.

"Major General Wood, M.D."［December 1903. 出版見合わせ］

"The Czar's Soliloquy, *North American Review,* March 1905.

King Leopold's Soliloquy : A Defense of His Congo Rule, September 1905.［1905 年 4 月、出版を拒否される；1905 年 9 月、ボストン P. R. ウォレン社よりパンフレット形式の出版］

"The War Prayer."［1905 年 3 月、出版を拒否される；死後出版］

そうした執筆活動を知れば、トウェインに対する世間の風当たりが強くなり、「反逆者」呼ばわりされるようになったとしても不思議はないかもしれない。一例を挙げれば、「マーク・トウェインはヨーロッパから帰国後、我が国の国旗が穢れているなどと話しているようだが、そんな彼のスピーチをまともに聞くわけにはいかない」(Dr. Frank Van Fleet, February 27, 1901) といった批判がなされた。それに対しトウェインは、ロータス・クラブでのスピーチ「愛国者と反逆者」(March 23, 1901) で反論する。私への批判は「私が政治問題としての戦争に反対したことに反発するものでした……しかし私を批判するその主張では人が反逆者であることを証明してはいないのです。反逆者である証拠は一体どこに在るのでしょうか……政治問題においては国民の意見は分かれ、半分は愛国者であり半分は反逆者という状態かもしれません。そういうときは、どちらの側が愛国者なのかそうでないのかは誰にも分からないのです」("Patriots and Traitors" 67-69)、と。このように、不当な批判に対しては堂々と反論する——それを社会に向けて発信する。このスピーチ

は、そうしたトウェインの積極的な姿勢を示す事例である。

3-2 アメリカにおける反帝国主義運動

　反帝国主義者としての発信を続けるトウェインは、ニューヨークの反帝国主義連盟の副会長職を引き受けた。反帝国主義運動とはどのような運動体であり、その連盟と彼はいかにかかわっていくのか。

　アメリカにおける反帝国主義運動はトウェインの帰国以前、1898年6月にボストンで始まった。同年4月米西戦争が開戦し、キューバやフィリピンで戦闘が拡大する中、ハワイ併合条約がまさに成立しようとしていた時期である。海外領土の武力による併合、とりわけマニラ湾での勝利後はフィリピンの領有に抗議して、ニューイングランドの旧エリート層に属するボストンの改革者たちを中心に200〜400人が集まった。呼びかけ人は、プリマス植民地初代総督末裔のガマリエル・ブラッドフォード老政治評論家だった。そして、同年11月に、反帝国主義連盟（Anti-Imperialist League）を結成した（横山 56-64）。米西戦争は早くもアメリカが勝利し（同年8月）、アメリカ・スペイン間の講和条約がパリで調印されるや（同年12月10日）、反帝国主義運動はパリ講和条約の批准阻止に向けアメリカ連邦議会に対するきわめて大きな戦いを展開した。これに呼応してAFLなどの労働組合も批准阻止を表明した。この間にアメリカにおける反帝国主義運動は連盟の「周囲で展開された」もっと幅広い反帝国主義運動も含めて全国にひろがり、いくつもの地域、いくつもの階層に拡大した。1899年2月6日、連邦議会が講和条約批准を（1票差で）決議すると、それに落胆することなく、反帝国主義連盟は「今度はフィリピン戦争即時停戦とフィリピン独立の承認とを唱えて、労働者・農民の組織化に取り組み、各地で「自由会議」を開催し、またフィリピン従軍兵士たちの手紙の編集・出版活動、志願兵帰還促進活動、従軍兵士への反戦パンフレット送付活動など、広範囲に活動を展開した」（高橋 45）。その過程で反帝国主義運動は全国化し、1899年7月中旬、その運動基盤を4万人の会員、40支部に拡大して（横山 80）、10月には全米反帝国主義連盟

(American Anti-Imperialist League）をシカゴで設立するまでになる。

　そして 1900 年、トウェインがヨーロッパから帰国する年、10 月以降は彼の実体験とも重なってくるのだが、反帝国主義運動は〈1900 年大統領選挙〉をめぐって政治戦の様相をみせる。民主党のブライアンを支持するか、それとも第三政党を結成して反帝国主義を貫くかをめぐる内部対立に悩みながらも、「帝国主義」か「反帝国主義」かを選挙戦の最大の争点に設定して国民の支持を呼びかけた（高橋 45）。しかしその結果は、先述のとおりマッキンリーが（大差で）勝利し、ブライアンは敗北した。

　こうした経緯を論じながら、高橋章は彼の著書『アメリカ帝国主義成立史の研究』の中で、アメリカにおける反帝国主義運動をつぎのように総括する。

> 選挙でブライアンが敗れたため運動は弾みを失った。しかしその後も、フィリピンにおけるアメリカ軍の残虐行為を暴露し、また復活し始めていたキューバ併合の動きに反対するなど、［反帝国主義運動が］海外植民地帝国建設の策動に歯止めをかけたことは争えない。(45)

　そうした高橋の認識を念頭に置いてみるなら、我らのトウェインはどうみえるか。反帝国主義運動が「弾みを失った」というにもかかわらず、大統領選挙の敗北後であれ、彼はかなり元気に作家活動を続けている。アメリカの反帝国主義運動を当初から担ってきたわけではない、帰国したばかりのトウェインにとって、合衆国に帰国したからには反帝国主義者として自分にできる執筆ないしはスピーチ活動に励まねばなるまいといわんばかりの奮闘ぶりをみせている。「弾みを失った」時期のアメリカの反帝国主義運動に、1901 年 1 月、先述のとおり彼はニューヨーク反帝国主義連盟の副会長として参画するのである（副会長職は名誉職の位置にあり、他にも著名人が名を連ねていた）。反帝国主義運動は政治的には挫折するものの、その後も運動のモラル・インパクトは持ち続けたという。

さらに高橋章は、反帝国主義連盟運動の問題点を指摘し、傾聴すべき論点を挙げる。その問題点とは、反帝国主義の意味が曖昧であったことである。「概していえば、それは世界的潮流となっていた〈帝国主義〉に反対するものではなく、せいぜい海外植民地領有に反対することを意味しており、また海外市場の拡張、つまり海外通商や海外投資の推進についてはとりわけ反対しはしなかった。またその動機についても、伝統的膨張主義に対する反発や人種差別意識に基づく立論が多かった」(45-46) と論じ、1960年代に活躍した注目すべき歴史学研究者のW・A・ウィリアムズおよびウィスコンシン学派による解釈を援用する。彼らは帝国主義論争に関し、それを「1900年前後におけるアメリカ膨張主義の戦術をめぐる論争として捉え」、反帝国主義連盟もその一つとして位置づけるのである。したがって、反帝国主義連盟は「反帝国主義的膨張主義者（Anti-Imperial Expansionists）」として分類され、「彼らは自称〈反帝国主義者〉であるが、海外市場の必要性を確信する点では人後に落ちない膨張主義者である。19世紀半ばのイギリス帝国の指導者と同様な〈自由貿易の帝国主義者〉であるともいえる」(46) として、その担い手としての「反体制的文筆家」や「マグワンプ」、「民主党の政治家」、「北東部上流階級」、「西部の農民」などを例に挙げる。トウェインの場合、上記分類の中でも「反体制的文筆家」や「マグワンプ」などに重なってしまいかねない。その実際はどのように重なり、またどのようにずれるのか。大筋でいえばやはり「反帝国主義的膨張主義者」に含まれてしまうのか、本稿ではそうした議論をすることがかなわぬものの、改めて19世紀末から20世紀初頭アメリカの反帝国主義運動の実態ならびにトウェインの立場を考察していく必要があろう。

　全米反帝国主義連盟は、1904年、フィリピン問題への対応をめぐって内部対立が生じ、全米組織や、その支部であるニューヨーク反帝国主義連盟他が解散する。それによって1905年2月、ニューイングランド反帝国主義連盟が全米組織に組み替えられた。トウェインは、新たに組み替えられたそのアメリカ反帝国主義連盟の副会長の一人として、連盟を支持していくことを

表明する。生涯、決して反帝国主義連盟を辞めることはなかった。モロ族虐殺事件について論評したのは『自伝』における口述ではあれ、1906年3月のことである。全米反帝国主義連盟解散後も、彼は世界の現実から逃避することなくその動向を見つめ続け、またときにその動向に立ち向かい、最晩年にいたるまで旺盛な執筆活動を展開し続けた。その作家活動の一つに『マーク・トウェイン自伝』の口述作業（活動）があることを忘れてはならないだろう。

4．おわりに──口述による新版『マーク・トウェイン自伝』

「アメリカ軍によるモロ族虐殺事件」論評前後の口述作業日程（1906年2月26日［月］から3月16日［金］まで）を一覧表にしてみると以下のようになる。

『自伝』の口述作業は、70歳になったトウェインが1906年1月9日から

作業日		口述内容／［口述のない日の出来事］
2月26日（月）	自伝口述作業	スージーによるトウェイン伝記「スージーは両親と一緒にニューヨークへ行く」
2月27日（火）	口述なし	
2月28日（水）	口述なし	［ハートフォードでのパトリック[14]の葬儀に参列］
3月1日（木）	口述なし	［ハートフォード・クラブでの午餐会に招かれる］
3月2日（金）	口述なし	
3月3日（土）		
3月4日（日）		
3月5日（月）	自伝口述作業	クレメンズ夫人、ホワイトハウスでのクリーブランド歓迎会出席に際しクレメンズ氏に忠告ほか
3月6日（火）	自伝口述作業	クリーブランド元大統領に宛てたクレメンズ氏の手紙
3月7日（水）	自伝口述作業	スージーによるトウェイン伝記「4時の汽車でハートフォードへ帰宅予定」、ジョン・ヘイの小事件ほか
3月8日（木）	自伝口述作業	ハックルベリー・フィンのモデルはトム・ブランケンシップほか

3月9日（金）	自伝口述作業	クレメンズ氏、ハンニバルでの学友数名について語る
3月10日（土）		
3月11日（日）		
3月12日（月）	自伝口述作業	クレメンズ氏、600名のモロ族殺害について論じる
3月13日（火）	口述なし	［ジョージ・ハーヴェイの旅の安全祈願午餐会に招かれる］
3月14日（水）	自伝口述作業	モロ族虐殺の続き、ハーヴェイの午餐会、モロ族事件についてゲストの意見
3月15日（木）	自伝口述作業	1906年3月5日、クレメンズ氏、ウエストサイド青年協会で講演、パトリックの葬儀に参列ほか
3月16日（金）	自伝口述作業	60年前の学友たち―クレメンズ氏の初恋の一人メアリー・ミラーほか

本格的に始めたものである。土、日を除いてほぼ毎日、午前11時ころから2時間ばかり、口述作業に従事した。速記者ジョセフィーン・S・ホビー (Josephine S. Hobby, 1862-1950) がそれを書き留め、すぐにタイプスクリプトに仕上げていった。熟練の速記者であり、かつまた敏感に反応するよき聴き手でもあったホビーを見出せたことで、トウェインは口述筆記を文章作成の方法として活用できるようになった。20年にわたりトウェインが追い求めてきた文章作成が、思いもよらず自由になったのである。もっとも、口述筆記自体の実験は1885年の早い時期から試みていた。

『セントニコラス』誌編集長のメアリー・M・ドッジ (Mary Mapes Dodge, 1831-1905) の秘書だったホビーは、ドッジの死後、アルバート・B・ペインの勧めでトウェインの速記者になったようである。熟練の速記者だけあって、トウェインの口述を正確に生き生きと書き留めた。当然のこととはいえ、彼女は〈勝手な要約や簡略化はしない〉、〈機械的な書き写しではない〉ばかりか〈分かり難いところ〉や〈聞き漏らしたくないところ〉などを聴き手としてときに質問もした。トウェインはこの〈よき聴き手〉を得て、語り易かったことだろう。聴き手に向かって語ったことになる。

聴き手には二人が選ばれたが、もちろんその一人は速記者ホビーである。

もう一人は、トウェインの公的秘書アルバート・B・ペインであったり、またもう一人の「秘書」イザベル・ライオンであったりした。女性であるホビーは話の内容によって、あるいは罵り語が発せられそうな場合に席を立つように促されたらしい。女性の速記者がトウェインの語りの場に同席している意味・意義はまだ十分研究されているとはいえず、今後検討されてよいとシャルンホルストは述べている（"His Discontents" 349）。

　上記の『自伝』口述作業一覧にざっと目をやるだけでも、老作家トウェインの勤勉ぶりを見て取ることができるだろう。この作業以外にも創作・執筆活動を平行させていたことはいうまでもないが、『自伝』口述作業がこの時期の活動のかなりのウエイトを占めていることも分かってくる。多いときには1週間に4、5日も語るのだから、そもそもその作業自体が楽しいものでなければ続かないだろうし、また語る話題が無ければ続けられないだろう。だがその作業は1909年12月26日まで、休みがちな時期も含めほぼ4年間も続いた／続けたのである。口述作業への熱意がなくては決して成し得まい。ましてや著者自身が物語ることを喜びとし、物語る世界を楽しむことなしにできることではないだろう。トウェインは「つぎつぎとたゆみなく語った」という。彼自身の実人生・実体験の世界には、彼の語る物語／芸術へと変容させ得る／虚構化し得る物語の原話がいくつも見つかる世界だったのではなかろうか。

　この口述作業を始めるにあたり、ペインは彼の編集になる『マーク・トウェイン自伝』第1巻（ix-x）の中で次のように記している。

> こうした了解[15]で、我われは口述作業を始めた。午前中の2時間、1週間に数日、二人の聞き手を選び彼はつぎつぎとたゆみなく語った（"[H]e talked pretty steadily to a selected audience of two"）。人生の過去と現在を気の向くままに行ったり来たりしながら、何であれその時思いついた事件や逸話やその結論などを、誰にも真似できないやり方で繋がりのある話として語るのだった。（Paine 1 : ix-x）。

「ついに私は自伝を紡ぐのに最も適したやり方をまちがいなく見つけた……**いちばん興味を引くことだけを語る**（"The thing uppermost in a person's mind is the thing to talk about"）」という方法である。それは「日記と歴史が結び合った」（283：1906年1月16日口述、強調はトウェイン）紡ぎ方であり、楽しい作業になった。そして優に50万語を超える遺稿になったのである。つまり自伝口述作業に充てる時間においても、またそのエネルギーにおいても、著者が力を注いだ晩年の作業が実際こうした形に実ったことになる。それだけに最晩年の重要な著作といえるだろう。しかもそこには、いかにも人間臭い、文学と呼び得る数かずの物語世界がつぎつぎと展開するのである。それは「人間やその世界への烈々たる好奇心」（亀井、『週刊読書人』）が紡ぎ出したものに他ならない。編者ハリエット・E・スミスは、本『自伝』を「トウェイン文学の最後の傑作 "his last major literary work"」（Introduction 57）と呼んでいる。なかなか見事な呼称ではないか。

1) Mark Twain, *Autobiography of Mark Twain*, 3 vols. The Complete and Authoritative Edition. Edited by Harriet Elinor Smith and Other Editors of the Mark Twain Project (U of California P, 2010-2015).
2) 「マーク・トウェイン没後100周年記念大会」特別記念講演、ロバート・H・ハースト「マーク・トウェインの〈文学遺産の箱〉を編集して―マーク・トウェイン・ペーパーズでの40年」（日本マーク・トウェイン協会、慶應大学日吉キャンパス、2010年10月8日）。Robert H. Hirst, "Editing Mark Twain's 'Box of Posthumous Stuff : Forty Years in the Mark Twain Papers." Special Lecture at Japan Mark Twain Society 2010 Annual Meeting, Keio University at Hiyoshi, October 8, 2010. 久保拓也による抄訳を『マーク・トウェイン研究と批評』第10号、南雲堂、2011年、14-25頁に掲載。
3) *Autobiography of Mark Twain*, Vol. 1, p. 403. 同書からの引用は（　）内数字で頁数を、必要に応じて巻数を示す。
4) 米西戦争開戦（1898年4月末）以来の8年間を指す。アメリカ軍は（同年5月にマニラ湾で、また同年8月にキューバで）それぞれスペインに勝利する。対スペイン戦においては、いずれもフィリピン軍やキューバ軍と共に戦って勝利した。にもかかわらずアメリカは単独でスペインとの間にパリ講和条約を締

結し（同年12月10日）、スペインはフィリピン（ならびにプエルトリコ、グアム）をアメリカに割譲、キューバを放棄することが決まる。しかしアメリカは、フィリピンの期待を裏切ってその独立を認めず、翌1899年2月4日、フィリピン・アメリカ戦争が開始する。フィリピン軍にとっては、スペインからの独立戦争がアメリカからの独立戦争にとって替わったことになる。圧倒的なアメリカ占領軍を前にして、フィリピン共和国軍は激しく熾烈な戦いで抵抗を続けるが、ついにアギナルドの逮捕・降伏後、1902年、ローズヴェルト大統領が戦争の終結を宣言した（参照：高橋 34-44 他）。しかしそれでもフィリピンは完全に敗北してはいなかったのであり（Zwick, *Weapons of Satire* 168）、アメリカ軍は駐留し続けるのである。フィリピン南部のスールー諸島に暮らすイスラム教徒モロ族には、アメリカ側との協定で一定の自治が認められていたのに、アメリカ側の支配が次第に強まっていた。

5) Moorfield Storey, "The Moro Massacre" (Boston : Anti-Imperialist League, [1906] qtd. in Zwick, *Weapons of Satire* 168). 反帝国主義連盟はこのモロ族虐殺に抗議し、すぐさまリーフレット2種を出版した。上記ストーリーのリーフレット論評では、モロ族虐殺に、黒人をリンチするのと同様の精神構造を嗅ぎ取る。

6) 本『自伝』編者の注によれば、当時のニューヨークの新聞（*Evening Post, Evening Sun, Globe and Commercial Advertiser, Times, Tribune, World,* and others）のうち、3紙（*Evening Post, Evening Sun,* and *Globe and Commercial Advertiser*）が金曜日（3月9日）に事件の第一報を報じ、翌土曜日（3月10日）になって *Times, Tribune, World* 他が朝刊でその事件を報じ、わずかに2紙（*Evening Post,* and *World*）が事件に関する社説を報じたとある。新聞社説が実際には決して皆無だったわけではない、と分かる貴重な情報である（616 n. 404.32-41）。続いて「イーヴニング・ポスト」紙の社説として、「ほとんど難攻不落の要塞を攻撃するために、2,100フィートもの山の上への進軍を正当化できるなどという、いかなる言い訳があるのだろうか。モロ族を兵糧攻めで降伏させることはできなかったのか」("The Latest Moro Slaughter," New York *Evening Post*, 10 Mar 1906, 4) が引用・紹介される。このようにトウェインは、『自伝』であっても彼の実体験をいつもそのまま語るわけではない。けれどもトウェインに言わせれば、当時の世間の現実は「沈黙」同然なのであり、彼の「実体験を芸術的に変容」させ虚構化することは当然あり得ることだとみてよいだろう。

若島正が彼の論文「ナボコフの自伝『記憶よ、語れ』を読む」(30) で指摘するように、ナボコフの自伝には「実体験を芸術的に変容」させる語りがあり、また「それは小説を作るときと同じ」語りである、と論じる。じつはトウェインの『自伝』でも「実体験を芸術的に変容」させ虚構化する場面を見つけることは、それほど困難ではなさそうだ。

7) 公刊済みの「暗闇に坐せるひとへ」(フィリピン・アメリカ戦争と中国におけるアメリカ人宣教師たちの活動を鋭く批判)や、「ファンストン准将を弁護する」(ファンストン准将を皮肉たっぷりに弁護するレトリックを使いながら、トウェインはファンストンを痛烈に批判し、社会にとって脅威になりかねない人物として描写、一方帝国主義に関しては間接的な言及に留まる)では、雑誌掲載を意識したトウェインのレトリックは必ずしもストレートではない。そうとはいえ大きな論争をまきおこした前者についてズウィックは「帝国主義やフィリピン・アメリカ戦争に関するマーク・トウェインのもっとも大きな影響力を及ぼすとともに論争を呼んだ評論である」(*Weapons of Satire* 22) と明言する。

8) 「子どもたちも一緒に」の見出しに関してトウェインは、「子どもたちはいつも我われにとって無垢やいたいけなさの象徴である。色褪せることのないその雄弁さのおかげで宗教も国籍も消えてしまい、もっぱら子どもたち——ただだ子どもたちとして彼らを見る。もしその子どもたちが脅えて泣きながら困っていたら、我われが哀れに思うのはごく自然なことである……我われは……そこに自分たちが身近に愛する小さな子どもたちの姿を見るようになるのである」(405) と述べ、国籍や宗教や膚の色の差異に拘泥することの愚を論じる。

9) 3月10日の『トリビューン』紙は、ジョンソンが(正しくはゴードン・ジョンストン Gordon Johnston が) 元ラフ・ライダーの隊員だったと報じており(617 n. 406.23)、トウェインもこの記事を読んでいると考えられる。

10) ウッド司令官からの別の新着外電にはこうある。思わず笑ってしまうほど可笑しいのだが、「モロ族の多くの者が死んだふりをし、負傷者の救助に当たったアメリカ軍の看護兵を惨殺した」と言うのである。しかしアメリカ軍はいったい何のためにモロ族の負傷者を救出するのか？　まもなく全滅させる相手に一時的な安楽を与えることの有用性はどこにあるのか？　この外電を打電する前に、ウッド司令官は電文を手直しすべきではなかったかと述べ、トウェインはその虚言振りを嘲うのである。

　ウッドの電文といえば、「暗闇に坐せるひとへ」の中でアメリカ軍の電文が紹介される場面がある。暗闇に坐せる人びとに本当のことを伝えた方がいいと言って、アメリカ軍が戦争で使った本音の電文 (1900 年 11 月 18 日) が紹介される——「「政府は長引く戦闘にうんざり」、「対フィリピン反乱軍*への本格的戦闘ま近」、「慈悲は無用である」 *注：「反乱軍」だって！　そのおかしな言葉を暗闇に坐せるひとにはっきりとは聞かせないようにしなさい。[MT] (36)」。

11) George Harvey (1864-1928)。『ハーパーズ・ウィークリー *Harper's Weekly*』誌や『北米評論 *North American Review*』誌の編集長。1903 年、トウェインとハーパー社の独占契約を主導する。『北米評論』連載「我が自伝からの抜粋」の編者。

12) 『自伝』口述 (3月14日分) からペイン版『マーク・トウェイン自伝』で省

略された箇所（最後の2パラグラフ）を示せば以下の通りである。
　　マッキンリー大統領は［ファンストンを］賞讃したくてたまらず、自分のその気持ちをまた別の形でも表した。彼は義勇軍の大佐に過ぎないその男をたちまちのうちに正規軍の准将に特別昇格させ、志操の正しい制服を身に着けさせたのである。それは、潔癖で尊敬すべきベテラン将校たち100人を飛び越えての昇格だった。こうして大統領は、軍服と国旗と国と彼自身の面目を潰したのである。
　　ウッドはアメリカ西部で数年間、外科医としてインディアン征伐に従軍した。ローズヴェルトは西部でウッドと知り合いになり、恋に落ちたのだ。彼は、非道なキューバ・スペイン戦争で陸軍連隊長の地位を提示されると中佐の任に就き、ウッドがより高い地位を得られるように自分の影響力を使った。戦争が終わるとウッドはキューバ総督になり、自身のためにさらに悪臭ふんぷんたる記録を作り始めた。ローズヴェルト大統領の下で、この医者は陸軍のより高い地位へつぎつぎと押し上げられてここまで来た──その特別昇格はつねに何人ものより優れた兵士たちを飛び越えての昇格だった──そしてついにローズヴェルトはウッドを正規軍の少将にすることを望んだのである（その地位は、最高司令官とその地位の間にたった5人の少将しかいない高い地位）。アメリカ議会上院がウッドのその地位への正式推薦を認めないかもしれないことはローズヴェルトにも分かっていた、というよりもそれを承知していたので、彼はあるまじき工夫を凝らしてウッドの任命をやってのけた。やろうと思えば大統領権限でウッドを任命し、議会上院会期中、議会の合間にそれを正式に任命することができるのだがそうした機会はなく、彼がそれを作り出す他はなかった。特別議会が正午に終わりかけ、その終了を伝える議長の小槌が振り下ろされようとしたまさにそのとき定例議会が即刻始まり、ローズヴェルトはそこにストップウォッチで20分の1秒の合間があって決議できると主張した。その瞬間には議会上院はどこも開会していなかった。こうしたごまかしによって、評判の悪いこの医者をアメリカ軍と合衆国の幹部職へ押し上げたのである。
　　アメリカ議会上院は、それを拒否するだけの気魄がなかった。(408-409)

13)　7年前とは、1893年11月を指す。ロータスクラブが初めて自前のクラブを所有し、それを祝う晩餐会にトウェインが招かれた。一方、彼の方は事業の行き詰まりによる一家の経済の逼迫で苦境にあり、1891年6月以来ハートフォードの家を畳んでヨーロッパに移り住んでいた。

14)　アイルランド生まれのパトリック・マッカリア（Patrick McAleer, 1844?-1906）は、トウェイン一家の御者として22年間、いつも用意周到な仕事ぶりで誠実に仕えた。トウェインは自身の結婚式の日に自分たち新郎新婦を乗せた青年御者

パトリックの若き日の姿がいまもごく自然に思い起こされる。パトリックの葬儀で彼は棺側葬送者を務めた。

15) 速記者には1時間につき1ドルを、書き留めた速記録からのノート起こし（タイプ打ち）には、100語につき5セントを支払う。ホビーは速記者でありタイピストだった（251）。

参 考 文 献

井川眞砂「大英帝国植民地への旅―『赤道に沿って』世界を一周するトウェイン」（『マーク・トウェイン研究と批評』第4号、2005年）51-61頁。

───「晩年のマーク・トウェイン― *Following the Equator* (1897) にみる反帝国主義の修辞学(レトリック)」（『Proceedings: The 85th General Meeting of the English Literary Society of Japan, 25-26 May 2013』2013年）17-18頁。

大井浩二『米比戦争と共和主義の運命―トウェインとローズヴェルトと〈シーザーの亡霊〉』彩流社、2017年。

───『ホワイト・シティーの幻影―シカゴ万国博覧会とアメリカ的想像力』研究社出版、1993年。

亀井俊介（書評）「システムにこだわらない自由な〈語り〉の魅力」、カリフォルニア大学マーク・トウェイン・プロジェクト編『マーク・トウェイン―完全なる自伝』第1巻（和栗了・市川博彬・永原誠・山本祐子・浜本隆三訳、柏書房、2013年）」（『週刊読書人』第3028号、2014年2月21日）5頁。

───（監修）『マーク・トウェイン文学／文化事典』彩流社、2010年。

高橋章『アメリカ帝国主義成立史の研究』名古屋大学出版会、1999年。

中野聡『歴史経験としてのアメリカ帝国―米比関係史の群像』岩波書店、2007年。

橋本正邦『新訂 アメリカの新聞』日本新聞協会、1988年。

横山良「アメリカ反帝国主義運動試論―その諸グループと帝国主義理解を中心に―」（『史林』57巻3号、1974年5月）54-103頁。

───「アメリカ帝国（主義）論研究史断章―レーニン「独占」概念と高橋章氏の業績によせて―」（『甲南大学紀要・文学篇』164巻、2014年）249-254頁。

若島正「ナボコフの自伝『記憶よ、語れ』を読む」（『マーク・トウェイン研究と批評』第11号、2012年）24-30頁。

Anderson, Frederick, editor. *A Pen Warmed-up in Hell: Mark Twain in Protest*. Harper & Row, Publishers, 1972.

Cox, James M. *The Fate of Humor*. Princeton UP, 1966.

DeVoto, Bernard, editor. *Mark Twain in Eruption: hitherto unpublished pages about men and events*. Harper & Brothers, 1940.

Fatout, Paul, editor. *Mark Twain Speaking*. U of Iowa P, 1976.

Fishkin, Shelley Fisher, editor. *Chapters from My Autobiography.* 1906-1907. The Oxford Mark Twain. Oxford UP, 1996.

Griffin, Benjamin and Harriet Elinor Smith, et al., editors. *Autobiography of Mark Twain.* Vol. 2. The Complete and Authoritative Edition. U of California P, 2013.

———. *Autobiography of Mark Twain.* Vol. 3. The Complete and Authoritative Edition. U of California P, 2015.

Hirst, Robert H. "Editing Mark Twain's 'Box of Posthumous Stuff': Forty Years in the Mark Twain Papers." Special Lecture at Japan Mark Twain Society 2010 Annual Meeting, Keio University at Hiyoshi, October 8, 2010.

———. "On Publishing Mark Twain's Autobiography." NPR Stories about *Autobiography of Mark Twain.* December 1, 2010. http://www.npr.org/books/titles/137953078/autobiography-of-mark-twain.

Kiskis, Michael J., editor. *Mark Twain's Own Autobiography: The Chapters from the North American Review,* With an Introduction and Notes by Michael J. Kiskis. U of Wisconsin P, 1990.

Neider, Charles, editor. *The Autobiography of Mark Twain.* Harper & Brothers, 1959.

Paine, Albert Bigelow, editor. *Mark Twain's Autobiography.* 2 vols. With an Introduction by Albert Bigelow Paine. Harper & Brothers, 1924.

Scharnhorst, Gary. *The Life of Mark Twain: The Final Years, 1891-1910.* U of Missouri P, 2022.

———. "Mark Twain and His Discontents." *Resources for American Literary Study.* Vol. 35, 2010. DOI 10.7756/rals.035.010.345-351.

Smith, Harriet Elinor, et al., editors. *Autobiography of Mark Twain.* Vol. 1. The Complete and Authoritative Edition. U of California P, 2010.

———. Introduction. *Autobiography of Mark Twain.* Vol. 1. Edited by Harriet Elinor Smith, et al. pp. 1-58.

Twain, Mark. "Anti-Imperialist Homecoming." *Mark Twain's Weapons of Satire.* Edited by Zwick, pp. 3-5.

———. *Following the Equator and Anti-imperialist Essays.* 1897, 1901, 1905. The Oxford Mark Twain. Edited by Shelley Fisher Fishkin. Oxford UP, 1996.

———. "Patriots and Traitors: Lotos Club Dinner Speech." *Mark Twain's Weapons of Satire.* Edited by Zwick, pp. 67-69.

———. "A Salutation to the Twentieth Century." *Mark Twain's Weapons of Satire.* Edited by Zwick, pp. 12-13.

———. "To the Person Sitting in Darkness." *Mark Twain's Weapons of Satire.* Edited by Zwick, pp. 22-39.

———. "Welcome Home : Lotos Club Dinner Speech." *Mark Twain's Weapons of Satire*. Edited by Zwick, pp. 6-8.

Wortham, Thomas, editor. *My Autobiography : "Chapters" from the North American Review*. With an Introduction by Thomas Wortham, Dover Publications, Inc., 1999.

Ziff, Larzer. "Mark Twain." *Return Passages: Great American Travel Writing, 1780-1910*. Yale UP, 2000, pp. 170-221.

Zwick, Jim. Introduction. *Mark Twain's Weapons of Satire*. Edited by Jim Zwick, pp. xvii-xiii.

———, editor. *Mark Twain's Weapons of Satire : Anti-Imperialist Writings on the Philippine-American War*. Syracuse UP, 1992.

メルヴィルとそのアイルランド問題——序説

福 士 久 夫

　以下は本稿の長いまえおきである——

　筆者は現在、ハーマン・メルヴィル（1819-1891）が諸作中に書き込んだアイルランド／アイルランド人／アイルランド人移民にかかわる社会的、文化的、歴史的などの種々の事象についての記述と考えられる記述を、直接的なものも、間接的なものも含めて全面的に摘出し、そしてそれらの摘出された記述を、それらが置かれていると考えられる、あるいは筆者のメルヴィル文学への問題関心に則して適切であると考えられるコンテキストの中に位置づけて解読し追究することによって、メルヴィル文学におけるアイルランド問題／アイリッシュ・マターズとでも呼び得る主題の諸相を全面的に究明する研究に取り組んでいる。

　筆者がこのような研究を志すに至ったきっかけは、2020～2023年間に、どれも拙論ではあるが、以下の5編の論文——(1)「視点、アイロニー、コンテキスト、歴史、そしてジャクソン——メルヴィルの『レッドバーン』を再読する」（福士 2020）、(2)「アイルランド／アイルランド人／アイルランド人移民とハーマン・メルヴィル」（福士 2021a）、(3)「生垣、放浪者、メルヴィルの『レッドバーン』」（福士 2021b）、(4)「メルヴィルの『レッドバーン』と「野蛮なアイルランド人」という句をめぐって(I)」（福士 2022）、(5)「メルヴィルの『レッドバーン』と「野蛮なアイルランド人」という句をめぐって(II)」（福士 2023）——を書く中で、上述のような主題に逢着した、あるいはそれを発見したという手ごたえを得たことにある。これら5編の拙論は、

基本的には、メルヴィルの諸作品のうち、『マーディ』と『レッドバーン』——これら2作品は、筆者のみるところでは、メルヴィルの諸作品のうちで、筆者の言うアイルランド問題／アイリッシュ・マターズをもっとも濃密に扱っている——しか扱っていないが、筆者はこの間の取り組みの中で、この主題にかかわる一定の記述が、これら2作品以外のいくつもの作品に見出し得ることを確認ずみである。

しかしながら、筆者が知るかぎりでは、こうしたメルヴィルの記述を総ざらいして主題的に論ずる先行研究は、内外のメルヴィル研究の中には見当たらない。つまり、本研究の足掛かりにし得るような、あるいはメルヴィルのアイルランド問題はどのような問題であり、どのように論じられるべきであるかについてのヒントを見出し得るような先行研究は見当たらないのである。そして、先行研究が見当たらないということは、メルヴィルがその文学的キャリアの全期間を通じてアイルランド問題に一定の関心をいだきつづけたことに、研究者たちはあまり関心をはらっていない、あるいはメルヴィルがアイルランド問題に関心をいだいていたことを知っていても、主題的に論じなければならないほどの問題ではないと考えていることを示しているかもしれない。いずれにしろ、結果的に、メルヴィルのアイリッシュ・マターズは概してあまり知られていないということになっているのではあるまいか。とするならば、メルヴィル文学におけるアイルランド・マターズというあまり知られていないかもしれない主題を、あるいは、ことによると独特な光芒を放っているかもしれない主題を明るみに出そうとする本研究にも、それなりのレゾンデートルが存するといえるであろう。

筆者は、メルヴィルが諸作品の中に書き込んだ、あるいは埋め込んだ、アイルランド問題にかかわる記述の解明に取り組む研究においては、直接的な記述群と間接的な記述群に分けて取り組むのが適切であると考えている。

前者、直接的な記述群とは、(1)「Ireland」、(2)「Irish」、(3)「Hibernia」、(4)「Hibernian」などの、それらの記述がアイルランド問題についての記述であることを明瞭に示す指標語をともなっている記述群のことである。

(3)と(4)の語に、手元の『リーダーズ英和辞典（第3版）』（以下において、『リーダーズ』と略記）にしたがって簡単な語義を付すならば、以下のとおりである。(3)「ヒベルニア〔アイルランドのラテン語名〕．」(4)形容詞として、［ヒベルニア（人）の、］アイルランド（人）の．名詞として、［ヒベルニア人、］アイルランド人」。直接的な記述群は、こうした指標語を目印にして検索し得るのであるから、ウェブ（Web）上にメルヴィル諸作品のいわゆるe-bookやe-textが（種々）公開されていることもあり、労を厭いさえしなければ、確認し摘出することが可能である。本稿の段階において、筆者はメルヴィルの諸作品のうち、散文作品については、遺作の『ビリー・バッド』も含め、長編小説、短編小説、スケッチ、エッセイ、講演記録などほぼ全面的にチェックできたと考えているが、詩作品については、未チェックの作品がいくつかある。長編詩『クラーレル』――メルヴィル諸作品のテキストとして本稿が用いたNN版メルヴィル全集の第12巻（本稿の用いる略号では、Cla）に所収――と、NN版全集第11巻（本稿の用いる略号では、NN 11）に収められている3冊の詩集『戦闘詩篇』、『ジョン・マー』、及び『ティモレオン』については、チェックできたが、NN版全集第13巻（本稿の用いる略号では、NN 13）所収の詩集『雑草と草花』、詩集『パルテノペー』、及び「Uncollected Poetry」として収められている詩篇群については、未チェックである。また本巻には「Uncollected Prose」として「ラモン」、「ダニエル・オームの物語」、「薔薇の下」の3篇、及び3つの断片が収められているが、これらについてはチェック済みである。

　では、次に、前者の場合のような明確な指標語をともなっていない後者の間接的な記述群についてはどうであろうか。これらの間接的な記述群については、いかなる記述群を、いかなる根拠に基づいてアイルランド問題に（間接的に）関連する記述であると判断するかは、論者によって異なるかもしれない。筆者は内外のメルヴィル研究の中に、メルヴィル（1819-1891）の生きた19世紀において、あるいは19世紀を生きたメルヴィルが知り得たかぎりにおいて、アイルランド問題がどのような問題であったかについての知見を

──何人かの研究者が『レッドバーン』を論じてアイルランド人移民問題を指摘していることなど以外には──ほとんど見出し得なかったので、歴史学や社会学の分野、米文学や英文学、あるいはアイルランド文学の分野の諸文献の中にそうした知見を求めざるを得なかった。（ちなみに、それらの諸文献のうちで、筆者が最初に読み、その後も何度か通読して多くを学んだのは、わが国のアイルランド史家による2つのアイルランド史、すなわち、大野真弓編『イギリス史（新版）』(1965年)中の別枝達夫が執筆分担した「第8章　アイルランド」と、上野格・森ありさ・勝田俊輔編『世界歴史大系アイルランド史』(2018年)である。）結果的に筆者は、アイルランド問題を論ずることは、植民地主義、帝国主義、ナショナリズム、征服、戦争、反乱（抵抗）、貧困、飢餓、飢饉、救貧（法）、移民などの諸問題──これらの論点はどれもみなアイルランドにかかわる特定の歴史上の事実と結びついている──を論ずることでもあるという感を深くしたし、これらの諸論点のほとんどが今日の現実の世界において今なおたえずどこかで取り沙汰されている論点でもあることに思いが至り、愕然としないでもない。が、とまれ、筆者は、これらの諸論点をも手がかりの1つにして、後者の、前者の場合のような指標語をともなっていない一定数の記述（群）をアイルランド問題と関連する記述（群）であると判断することになるであろう。

　本稿が以下の算用数字で区切られた相当数の節からなる本論において果たそうとする目的は3つである。第1の目的は、メルヴィルが諸作品の中に書き込んだアイルランド問題に関する直接的な記述群の網羅的な摘出である。しかしながら、本稿では、摘出された直接的記述群を、基本的には摘出のレベルにとどめ、それらをしかるべきコンテキストに位置づけて論ずる──それらの記述がアイルランド問題としていかなる意義や奥行きを有しているかなどについての解明を試みる──ことはしない。それは本稿以後の課題である。しかしながら、摘出した記述群を通覧するだけでも、メルヴィルのアイルランド問題の範囲やそれをみる視角などを一定程度窺い知ることができるであろう。第2の目的は、のちの「直接的な記述群の網羅的な摘出」におい

ては割愛される——なぜ割愛されるのかといえば、アイルランドのアレゴリーである「ヴァーダンナ」という指標語があらわれる箇所が多数（28箇所）であり、一定のコンテキストを添えて網羅的に摘出するとなると多くの紙数が必要とされるからである——『マーディ』の第152章に見出し得る直接的記述群を、いくつかに限定して多少とも踏み込んで論ずることである。そしてその際の論述は、以下の2つの狙いを念頭に置きながらおこなわれる。(1)『マーディ』において扱われているアイルランド問題が、それ以外の作品で扱われていない他のどのようなアイルランド問題とつながっているとみなし得るかを探ること、また、(2)そのような探究を通じて、メルヴィルの諸作品のうち、どの作品の、どの部分を、本稿のいう間接的記述群として摘出し得るかを展望すること。最後に、第3の目的として、上でのべたような経路で筆者が獲得するに至っているアイルランド問題／アイリッシュ・マターズにかかわる知見に照らして筆者が論じてみたいと考えているメルヴィルのいくつかの作品のいくつかの箇所——本稿の言う間接的記述群——を開示することである。こうして、本稿は、「メルヴィルとそのアイルランド問題」の全面的研究のための準備的研究に留まる。筆者が本稿を「序説」とする所以はその点にある。

　本論に入る前に、最後に、本研究「メルヴィルとそのアイルランド問題」における筆者の方法のことにも触れておきたい。筆者が本研究において導きの糸としたいと考えているのは、ティモシー・B・パウエルが『仮借なき民主主義——アメリカルネッサンス期文学の多文化主義に立つ解釈』(2000)において提唱した「歴史的多文化主義」の立場である。パウエルが『仮借なき民主主義』の「仮借なき民主主義を理論化する」と題された「イントロダクション」において述べているように、この解釈の立場は、メルヴィルが『白鯨』(1851)の最終段階の改訂に取り組んでいたときに、ナサニエル・ホーソーンに宛てて書いた手紙の中の一節——「貴兄は小生の標榜する万端における仮借なき民主主義のことを見たり聞いたりしたらちょっとした怯みの感覚を覚えるかもしれません」(Cor, 190)——に着想を得て、「歴史的多文化

主義版の「仮借なき民主主義」」(Powell, 63) として構築された解釈視角である。このパウエルの「歴史的多文化主義」については、筆者はすでに2つの拙論――「最近のメルヴィル批評におけるジョン・ブラウン」(福士 2016a) 及び「ティモシー・パウエルの「歴史的多文化主義」に立つ『白鯨』論に向かって」(福士 2016c)――において、賛同する立場から、かなり詳細な紹介を試みたことがあるけれども、そのエッセンスをここで改めてみておくことにしたい。

パウエルは『仮借なき民主主義』の「イントロダクション」において、「歴史的多文化主義」は「3つの根本をなす解釈原理」に基づいているとし、以下のように書いている。

> 最初の原理は、「アメリカ」は**常**に多文化的な国であったとする原理である。(略) 第2の解釈原理は、歴史的多文化主義のコンテキストは文学テキストを (しばしば当該テキストの著者がけっして意図しなかった仕方で) 抜き難く形成しているとする原理である。ストウの『アンクル・トムの小屋』(1852) はこの原理の雄弁な一例である。小説の結末で事実上すべての生きながらえている黒人の登場人物たちをアフリカに送ったことを理由に厳しい批判にさらされたあとで、ストウはアメリカ植民協会 (the American Colonization Society) の見解を支持する**つもり**はなかったと弁明した。ストウの意図にかかわらず、19世紀のもっとも有名な奴隷制廃止論の立場に立つ小説の結末は、「アメリカ」に自由黒人たちの居場所があったのかどうかについての白人アメリカの根深いアンビヴァレンスに対する意味深い洞察となっている。[私の] この研究をこれらの著者たちが**承知**のうえで時代の多文化的な難局に取り組んだときの方策にのみ限定することは、単一文化主義 (monoculturalism) の力がはたらいて人に「論理」や「美意識」の外衣、あるいは「正気」の外衣さえ被わせることがあることについてのより深い理解にみずから目を閉ざす危険を冒すことである。著者たちはしばしばおのれの作品のうちにひそむ

単一文化的なサブテキストに無自覚であったけれども、それでもなおこれらの単一文化主義の力は文学テキストのなかに明瞭にみてとることができるのである。最後に、第3の原理は、この時期［＝アメリカルネッサンス期］を理論的にニュアンス豊かに理解するためには、ひとりひとりが国民の想像の共同体を自分の思いどおりに言葉にすることをゆるされているところの、互いに競い合う文化の声の多様性を斟酌することが必要であるとする原理である。自由主義的な複数主義が統一を強調するのとは異なって、この［歴史的多文化主義に立つ］研究は、「アメリカ」を単一イデオロギーのコンセプトへ還元しようなどと企てることはない。それとは異なって、ナショナルな想像界についての鋭い対照をなす文化的諸解釈を対話的な関係の中に置いてみるときにはっきり見えるようになるのは、イデオロギーの一貫性や論理的な明晰性の権威をもってしては決着をつけることのできない非常に複雑なアポリアである。（Powell, 10. 強調はパウエル）

パウエルは続くパラグラフにおいて、上の引用の最後の一文にみえる「アポリア」という用語に3つの観点から更なる説明を加えている。まず、哲学的な観点からは、デリダの『哲学の余白（Margins of Philosophy）』を援用していうには、アポリアとは「論理的な諸矛盾が同時に存在することを許される哲学的空間」（10）の謂いであるが、

> 本研究において詳細に検討される諸矛盾は、「アメリカは民主的な国である、アメリカは民主的な国ではない」、「アメリカは人種主義の国である、アメリカは人種主義の国ではない」などの諸主張である。歴史的な観点からいうなら、このアポリアは、支配的な白人社会の単一文化主義をめざす抜きがたい意志と1845-1855年間における文化的多様性の爆発の対峙として定式化することができる。19世紀の中葉は激烈な社会変動の時代であり、女性運動の開始、奴隷制に関する国民的な論争、「イ

ンディアン問題」、ジャガイモ飢饉を逃れるアイルランド移民の大量移入などによって刻印されていた。文学的な観点からいうと、このアポリアはおそらくは、『白鯨』の結末における渦巻のイメージによってもっともよく描写されるであろう。『白鯨』の結末において、ピークオッド号の多文化的な乗組みの「仮借なき民主主義」は鯨［捕鯨船ピークオッド号が仕留めようとしている白い鯨］の破壊的な白さと衝突する——「幾重にも同心円をえがく渦は、一艘だけのこった［捕鯨］ボートそのものとその乗組みの全員をとらえ、……旋回し、生あるものも生なきものも区別なく、ただグルグルと旋回する大渦のなかに巻きこみ、……ピークオッド号を視界からかききけした」［MD, 572（第135章）］。(10-11)

では、本論に入る。

1

本節においては、メルヴィルの散文長編作品第1作『タイピー』(1846)と第2作『オムー』(1847)における指標語の用例が摘出される。

メルヴィルの散文作品第1作『タイピー』には、指標語のうち「Hibernian」のみが、1回だけ、次の箇所にあらわれる。（指標語は太字で表記される。以下同様。）第7章——《この藪の下で雨宿りした1、2時間のあいだに、わたしは病気の徴候を感じ始めたが、それは前夜の野晒しのせいだとすぐに見当がついた。寒さゆえの身震いと燃えるような熱が間をおいて交互におそって来た。またいっぽうでは、片脚がひどく腫れてずきずき痛むので、毒蛇にでもかまれたのではないかと半分うたがったほどだ。われわれがさきほど這い出てきたあの山峡は毒蛇の性に合う生息地だったにちがいない。ついでにここでひとこと述べさせてもらうが——のちに知ったことだが——ポリネシア全島は、**ヒベルニア島**（the **Hibernian** isle）と同様、いかなる毒蛇も生息していないという評判をとっている。もっとも私は、聖パトリック（Saint Patrick）がポリネシアを訪れたことがあったのかどうかを調べてはっきりさ

せるつもりはないけれども》(T, 48-49)。

　引用文中にみえる「Saint Patrick」は、『リーダーズ英和辞典（第3版）』（以下において、『リーダーズ』と略記）によれば、生没年が389?-?461で、アイルランドの守護聖人であり、アイルランドから毒虫と蛇を追放したと伝えられる、とされている。このことから、「Saint Patrick 」も本稿のいう指標語に追加するのが適当であるようにも思えるが、筆者が本稿の段階で調査し得た限りでは、メルヴィルがSaint Patrickを引き合いに出すのは、『タイピー』のこの箇所においてだけである。

　メルヴィルの散文作品第2作『オムー』(1847) には、「Irish」（「Irishman」を含む）の用例が3回あらわれる。

　用例1（第37章）――《彼らのもうひとりの仲間の男は彼らとは違った服装をしていた。黄色のフランネルの部屋着のような服を着て、つば広のマニラ帽をかぶっていた。大柄で、でっぷりしていて、彼もまた矍鑠とした50男であった。まるで秋の紅葉のような面差し――美しい青い目、みごとな白い歯――で、きびきびしたアイルランド訛の言葉（a racy Milesian brogue）を喋った。要するに彼は**アイルランド人**（Irishman）だった。名前は、マーフィー神父。この名前で彼は、ポリネシアのプロテスタントの宣教師が仕切っている新開地のどこへ行ってもよく知られていて、徹底的にきらわれていた。ごく若いときにフランスのカトリックの寄宿学校に送られ、その地で聖職に就いたが、その後は、1、2度しか生まれ故郷に戻っていない》(O, 142)。

　引用文中の「Milesian」という語は、『リーダーズ』によれば、イベリア半島からアイルランドに渡ってアイルランド人の祖となったと伝えられる伝説のアイルランド征服者Milesius（ミレシウス）［Miledh（ミーレ）がラテン語化してMilesiusとなった］にちなむ語で、「アイルランドの」あるいは「アイルランド人」の意をもつ。本稿の段階での筆者の調査では、この語は、『オムー』のこの箇所においてのみ使われている。

　用例2（第37章）――《マーフィー神父はきびきびした足取りでわたしら

の方へ進んできた。神父は口を開くなり、わたしらの仲間に彼の国の者がいるかどうかと訊いてきた。ふたりいた。ひとりは16歳の若者——目もとのぱっちりした、巻き毛の髪の毛をした悪たれ者だった。若い**アイルランド人** (Irishman) だったので、もちろん、名前はパット（Pat）だ。もうひとりは醜いやつで、どちらかと言えば、憂鬱面のごろつきだった。マギー（M'Gee）とかいう名前だったが、こいつの人生の見通しは、年端もいかぬうちにシドニー（Sydney）送りになったことで、台無しにされていた。少なくともそういう噂だった。ただの中傷だったのかもしれないけれども》(O, 142)。

　用例3（第37章）——《パットのことを思いやって、彼の慈悲深い同国人がはらった関心は、わたしらにとってもとても役に立った。わたしら一同全員がカトリックに改宗して、毎朝ミサにでかけたのだから、なおさらであった。〔略〕まったくもって、このすばらしい老**アイルランド人** (Irishman)〔マーフィ神父〕は聖衣をまとったバラ色の人であった。顔も魂も、いつだって、赤く燃えたっていた。だから、この御仁の欠点を暴露するのはケチな根性ということになるかもしれぬが、神父はしばしば濃い話をしたし、ときには、その物腰は明らかに奇矯であった》(O, 144)。

　「Hibernian」の用例は以下の一件のみ。第37章——《翌朝、神父のフランス人の従者が、わたしらの若い**ヒルバニア人**（Hibernian）のためのひと包みの衣類と、わたしら一行のための約束のパンをかかえて姿をあらわした。パットは着衣が破れて膝も肘も露出していたのだし、またわたしらと同じで、腹の中も一杯じゃなかったのだから、この贈物はいっそう大歓迎であった》(O, 143)。

2

　本節では、メルヴィルの散文長編作品第3作『マーディ』(1849)における指標語のあらわれる箇所の摘出をおこなう。

　『マーディ』は寓意物語であるとされている。「マーディ（Mardi）」とは、『マーディ』においては、南太平洋に位置する架空の群島世界全体をあらわ

す名前である。「マーディ（世界）」を構成する島々、あるいは国々は、それぞれマーディ流の名前を有している。しかしながら、これらの国々には、（『マーディ』出版当時に実在した）現実の国々や地域も含まれている。マーディ流の名前と実際の国々あるいは地域の名前との対応関係は、メレル・R・デーヴィスの『メルヴィルの『マーディ』——海図なしの航海』(1952) によれば、以下のとおりである (Davis, 145 n. 7)。ドミノーラ (Dominora) →イングランド、カリードニ (Kaleedoni) →スコットランド、ヴァーダンナ (Verdanna) →アイルランド、ポルフィーロ (Porpheero) →ヨーロッパ、フランコ (Franco) →フランス、ヴィヴェンツァ (Vivenza) →合衆国、南部のコロンボ (Kolumbo of the South) →南アメリカ、棕櫚と没薬の島々 (Isles of Palms and Myrrh) →南海諸島、オーリエンダ (Orienda) →東洋 (the Orient)、ハモーラ (Hamora) →アフリカ。

さて、『マーディ』には、本稿のいう指標語はいっさいあらわれないが、アイルランドのアレゴリカルな名称であるヴァーダンナは第152章に28回、第153章に3回、第161章において1回用いられている。ここでは「Verdanna」が多数回あらわれる第152章からの摘出はおこなわない。第152章に見出し得るヴァーダンナ関連の記述群については、本稿の「まえおき」で予告した仕方でのちに検討を試みるからである。ここでは、第153章と第161章にあらわれる用例の摘出のみをおこなう。

第153章における「Verdanna」の用例。第1の用例——《潮の流れが引き潮に転じたのに乗じて、滑るように**ヴァーダンナ**を離れたわれらは、眼前の海峡を切り抜けた。そして、もっと広々とした潟になんとかたどり着いたあと、船の舳先をポルフィーロに向けた。ポルフィーロの偉大なる諸王からわが殿は栄誉に満ちた歓待を約束されていたのである》(M, 497)。第2用例——《日は今やわれらの背後に沈まんとしていて、ドミノーラの白い絶壁と**ヴァーダンナの緑の岬**を照らし出していた》(198)。第3用例——《とかくするうちに、フランコで発生した猛火の嵐は、ポルフィーロの遠隔の谷にも新たな炎を燃え上がらせた。**ヴァーダンナ**からは狂乱の叫び声と不吉な感じ

の歓喜の声が風に乗って運ばれてきた。ドミノーラでは、不気味な光がともろうとしていた》(499)。

　第 161 章における「Verdanna」の用例は以下の 1 件のみ。──《だが、日ごとに、大群衆が海辺に押し寄せ、新しい情報を定期的に運んでくるカヌーを待ち受けた。1 時間が過ぎさるごとに、新しい叫びが起こり、大気を震わせた。「万歳！　王国がまたひとつ焼け落ちて、地の隅に追いやられたぞ！〔略〕共和国がまたひとつ黎明を迎えているぞ！　手をつなげ、自由の民よ、手をつなげ！　ドミノーラが地に塗れる［知らせ］を聞くのも、痛ましい**ヴァーダンナ**がわれらのように自由になる［知らせ］を聞くのも、もうすぐだぞ。ポルフィーロの火山という火山が爆発しているんだ！　だれが民に抗しうるというのか。〔略〕われらが死ぬる前に、自由の民よ、全マーディが自由になるのだ」》(524)。

3

　メルヴィルの散文長編作品第 4 作『レッドバーン』(1849) には、指標語のうち、「Ireland」は──目次中の第 27 章の章題と第 27 章自体の章題にあらわれる 2 例をのぞいて──11 回、「Irish」は 21 回あらわれ、「Hibernia」と「Hibernian」はそれぞれ 1 回あらわれる。

　「Ireland」の 11 件の用例は以下のとおりである。

　第 1 用例（第 12 章）──《船の全乗組みをこの憐れで惨めなジャクソンという人物の気まぐれに屈服せしめたものが何であったのかについては、私が言うべきことではない。私が知っているのは、それが事実であったということだけである。しかし私は今も疑わないのだが、もしジャクソンが青い目をしていたら、あるいはもっと違った顔をしていたなら、船乗り仲間も彼をあんなに怖れたりはしなかっただろう。それに私を驚かせたのは、海員のひとりに、**アイルランド**のベルファスト (Belfast) 出身で、ひじょうに屈強で愛想のいい青年がいたのだが、これが乗組みのあいだで何の注目を引くこともなければ影響力もない、それどころか、やじられ、踏みにじられ、からかい

と物笑いのタネにされ、なかんずくジャクソンにはひっきりなしに罵倒され無視されていたことだった。ジャクソンはこの青年を心底憎んでいるように思われたが、そのわけはこの青年が体力と風采にめぐまれていたから、とりわけ、赤い頬をしていたからなのではなかろうか》(R, 59)。

第2用例（第23章）——《まだ語っていないのは3等船客のことだ。その数は20人か30人程度で、たいていの者は手仕事をする職人たちだった。アメリカでしばらく富裕に暮らし、妻子を連れて故国へ帰るところだ。3等船室の船客で私が知っていたのはこれらの人たちだけだったが、**アイルランド**の南端、クレア岬（Cape Clear）にさしかかったある日の朝早く、突然、ひとりの背の高い、よれよれの布団生地を着た、亡霊のようなアイルランド人があらわれた。〔略〕みんなはびっくりした。今までこの亡霊を見たことがなかったからだ》(111)。

第3用例（第27章）——《ついに、ある朝、私が甲板に出ると、**アイルランド**が見えてきたとみんなが知らせてくれた》(124)。

第4用例及び第5用例（第27章）——《**アイルランド**が見えてきただって！　外国が実際に見えるだって！　私はぐっと見据えたが、北東に青味がかった、雲のような斑点が見えるだけであった。あれが**アイルランド**なのか。いやはや、目立ったところも、驚くようなことも何もないではないか》(124)。

第6用例（第27章）——《**アイルランド**！　私はロバート・エメット（Robert Emmet）のことを思い、彼がノーベリ卿（Lord Norbury）の前でおこなった最後の演説のことを思った。私はトミー・ムーア（Tommy Moore）のことを思い、そして彼の愛欲詩のことを思った。私はカラン（Curran）のこと、グラタン（Gratan）のこと、プランケット（Plunket）のこと、オコンネル（O'Connell）のことを思った。〔略〕私はいま眼前に見える岸辺に粉々に打ち上げられた華麗な船アルビオン号のことを思い、乗組んでいる船を棄てて、ダブリン（Dublin）や巨人の土手道（Giant's Causeway）に是非行ってみたいものと考えた》(124-125)。

第7用例（第32章）――《わたしらの船の船番の老人は生粋のリヴァプールっ子で、海を相手に永いこと暮らしてきた男だったが、この桟橋について面白い話をしてくれた。1688年の対**アイルランド**のウィリアム王の戦争のとき、イングランドの軍隊を運んだ船が王の桟橋（キングズドック）の開通式の日に入ってきたが、それがなんと1世紀あとの1788年のことだった》(164)。

第8用例（第40章）――《ブランズウィック桟橋は王子桟橋の西隣にあるが、最も興味深い見物場所の1つである。ここには3王国 (the three kingdoms) の各所を往復する種々の黒い蒸気船〔略〕が停泊する。ここに来ると、飢える**アイルランド**から輸入された大量の生産品が見られる》(198)。

第9用例（第51章）――《そうだよな、あれは**なんづかしい**〔強調はメルヴィル〕**アイルランド**とはあんまり似とらんだろが》(259)。

第10用例（第53章）――《ハイランダー号の3等船客のなかに**アイルランド**のアーマー (Armagh) 出身のふたりの女がいた。ふたりは姉妹で、どちらも寡婦であったが、どちらにも双子の息子がいた。ふたりの話では、どちらの双子も同年同月日に生まれたとのことだ》(267)。

第11用例（第58章）――《こんなにも夥しい数の貧しい外国人がわたしらのアメリカの岸辺に上陸することが許されるべきなのかどうかという世論を沸騰させている話題は、ここでは止めにしよう。それは止めにして、ここではたった1つのことだけを考えようではないか。すなわち、彼らがこの国に来ることができるというのなら、彼らはこの国にやって来る権利を神によって授けられているからなのだ、と。たとえ彼らが全**アイルランド**とその悲惨を持ち込むのだとしても、である。なぜというに、全世界は全世界の相続財産にほかならないからだ。〔略〕移民はこの国にやって来るし、きっとやって来る運命にあるし、やって来る意志がある以上、どうやって来るのが一番よいのかだけを考えようではないか》(292-293)。

4

　次に『レッドバーン』における「Irish」(「Irishman」を含む)の用例を摘出する。

　第1用例 (第18章)──《ジャクソンは、世界のすべての場所のことを知っているように見えたが、ジャックを非難して、やつは**アイルランド生まれのコックニー野郎** (*Irish Cockney*) [強調はメルヴィル] だと罵った。これを聞いて私は了解した。ジャックは、生まれはアイルランド人 (Irishman) なのだが、ロンドンで、それも、ラドクリフ・ハイウェイ (Radcliffe Highway) かいわいで卒業したのだ、と。しかしジャックの言葉からは、アイルランド訛 (brogue) はいっさい聞き取ることはできなかった》(R, 87)(本引用文中の地名「Radcliffe Highway」については、Ratcliffe Highway の誤記であろうと筆者は考えている (福士 2021a, 617))。

　第2用例 (第18章)──本用例は「Irishman」としての用例であり、第1用例があらわれる箇所の中の《ジャックは、生まれは**アイルランド人**》(87) である。

　第3用例 (第18章)──《ジャックはありとあらゆる魔法のわざや魔術を信じていて、凪のときなど順風を乞い求めて、わけの分からぬ**アイルランド語** (Irish words) をブツブツと唱えたものだった》(88)。

　第4用例 (第22章)──《この嵐が過ぎ去ったあとは、わたしらは良い天候に恵まれ、いよいよ**アイリッシュ海** (the Irish Sea) へと入っていった》(102)。

　第5用例 (第22章)──《「それできさま、そのたわごとをあの馬鹿げた夢判断の書物から引き出したというわけか、このちんぷんかんぷん野郎めが」と、ジャクソンは咳こみながら吠えた。「天のことなど、俺に言うんじゃない──それは嘘だ──俺にはわかってんだ──それを信ずる奴はみんな馬鹿者だ。おい、このちんぷんかんぷん野郎、天に**きさま**の行き場所があるって、きさまほんとに信じてんのか。おまえを入れてくれるってかい、そのタールで汚れた手、その油臭い頭髪のきさまを。よせよ、そんなたわごと！

〔略〕人は死んで、1つの疾風からまた別の疾風へと移っていくだけなんだ。いいか、忘れるんじゃないぞ、この**アイルランド生まれの**（Irish）コックニー野郎めが！」》(104)。

第6用例（第23章）——本用例は、「Ireland」の第3用例があらわれるのと同一箇所の中の《亡霊のような**アイルランド人**（Irishman）》(111) である。

第7用例（第27章）——《「あの悪魔の野郎（the Old Boy）がきさまの後を追いかけひっとらえて、きさまが盗んだ大麻づなできさまの首を吊るしてくれようぞ、この**アイルランド人の**（Irish）ごろつきめが！」と、〔わたしらの〕船の航海士が叫んだ〔略〕》(125)。

第8用例（第27章）——《船には10人か12人の水先案内がい［た］。〔略〕みんなが楽しい社交の時を過ごして来たにちがいない。**アイリッシュ海**（the Irish Sea）を航行して回り［ながら］、〔略〕次の航行にそなえるのであろう》(126)。

第9用例及び第10用例（第40章）——本用例は「Ireland」の第8用例があらわれるパラグラフの中にあらわれる。すなわち、《ここ［ブランズウィック桟橋］へ来ると、船の甲板が牛や羊の囲いにされているのがわかる。しばしば見られることだが、これらの牛や羊のための柵囲いと並んで、**アイルランド人の**（Irish）3等船客がぎっしりと隙間なく立っていて、一見するところでは、家畜とまったく同様に囲いの中に入れられているように見える。ハイランダー号が入港したのは7月の初めだったが、**アイルランド人労働者**（Irish laborers）が毎日何千という単位でやってきていた。イングランドの穀物の収穫を手伝うためであった》(198)。

第11用例（第40章）——《年々歳々合衆国とカナダの岸辺に上陸する夥しい数の**アイルランド人移民**のことを考え、そして驚いたことに、同じ夥しい数の移民がリヴァプールから新オランダ［オーストラリア大陸の旧称］へと船出して行くのを考えたときに、また、これらのほかにも、これらの労働者の大群が蝗の大群のようにイングランドの穀物畑に降り立つのを毎日目にしたとき、私はこの島の肥沃さに驚嘆せずにはいられなかった。この島は、

ジャガイモの収穫に失敗することはあっても、人間の収穫を年ごとに世界に送り込むことには失敗したことはないのである》(198-199)。

第12用例（第41章）――《ここで私として等閑に付すわけにはゆかぬことが1つある。それは当時私の心を打ったことだ。それは黒人がいないということだった。アメリカの「自由州」の大きな町では、ほとんど必ずと言っていいほどに、黒人が貧民のかなりの程度を形成している。しかしリヴァプールのこれらの通りでは、黒人はひとりも見受けられなかったのである。見かけるのは全員白人だったし、**アイルランド人** (the Irish) を例外として、彼らは土地の原住民であり、イングランド人でさえあった。つまり彼らは、イングランド上院の公爵たちと同程度にイングランド人であった。このことで私は不思議な感じがしたし、わけても、私は自分の国にいるわけではないのだということを思い知った。というのも、**あの国では**［強調はメルヴィル］土着の乞食といった人間存在は知られていないに等しいからだ。アメリカ市民として生まれることが貧困状態に陥らないための保障であるように思われる。これはおそらく投票の功徳に出来するのであろう》(201-202)。

第13用例（第47章）――《わたしらの船が**アイリッシュ海** (the Irish Sea) 沖合の遥か離れたあたりに達し〔略〕》(241)。

第14用例（第47章）――《ハイランダー号の［復路の］1等船客は全部で15名だったが、貴族階級のこの隔離された領分への「**野蛮なアイルランド人** (wild Irish)」［強調はメルヴィル］の移民客の蛮族みたいな侵入を防ぐために、メインマストの位置で［舷側から舷側まで］横にロープが張られていた。これが航海の料金として3ポンド払った者と20ギニー払った者を区別する境界線をなしていた》(242)。

第15用例（第51章）――《**陸が見えるぞ！**［強調はメルヴィル］と発せられた。そのとき、北方から黒ずんだ紫色に霞む岬が立ちあらわれた。この声を聞いて、**アイルランド人移民** (Irish emigrants) がどっとハッチから出てきた。ほかならぬアメリカが近くに見えるのだと思ったからであった》(259)。

第16用例（第52章）──《あるとき、ひとりのイングランド人の少年が小さなコーヒーポットを持ってあらわれ、それを２つの鍋の間に押し込んだ。これをやり終えると、少年は下へ降りていった。ほどなくして、ひざ丈のズボンをはき、ふくらはぎは丸出しにした、ひとりの大柄な**アイルランド人の男**（Irishman）が登場した。そして火にかかっている鍋などを見やったあと、コーヒーポットは誰のかと訊き、確かめると、そのポットをどけて、自分のを火にかけた。そして、ここは俺専用なんだなどとひとくさり自説をぶったうえで、踵を返した》(264)。

第17用例（第52章）──《ほどなくして、例の少年がまたやって来て、自分のポットがどけられているのを見ると、激しい不満の声を吐き、自分のポットを火のうえに戻した。**アイルランド人の男**はこれに気づくや否や、拳を握って、少年に突進した》(264)。

第18用例（第52章）──《**アイルランド人移民の主食**はオートミールと水である。これを煮たものは、ときにマッシュ（mush）と呼ばれることがある》(264)。

第19用例（第53章）──《船の水夫たちはオリーガン兄弟の甲板備え付けの桶を用いた遊びを大いに楽しみ、ふたりの茶目っ気と活発な動きを見るたびに大いに賞賛した。だが、物静かなオブライエン兄弟のことは、あまり気に入らなかった。特に、兄弟ふたりの〔略〕謹厳そのもの母親に対しては、彼らは嫌悪感を示した。それに彼らは、この母親の所持している四つ折り版の聖書には激烈な悪意を抱いていた。〔略〕彼らはわたしらがつきまとわれていた向かい風を彼女の聖書のせいにした。そして、われらが**アイルランド生まれのコックニー野郎**のブラントは、この母親が毎朝甲板に現れるのは、続く24時間のあいだ、ずうっと逆風が吹き続けるように聖書に願いを掛けるのが目的だとほんとに信じていた》(268)。

第20用例（第54章）──《ある夜のこと、みんながいつにも増して落ち込み、悄然としているように思われたとき、われらの**アイルランド生まれのコックニー野郎**のブラントが、突然立ち上がった。アイデアを思いついたの

だ。「みんな、寝箱の下の捜索といこうじゃないか！」》(271)。

第21用例（第61章）──《ついに、ことをなすための精密な方策が合意され、あの「**アイルランド生まれのコックニー野郎**」のブラントが、船長召喚の任務を委任された》(308)。

最後に、『レッドバーン』における「Hibernia/Hibernian」の用例を摘出する。

第1用例（第27章）──《そういうわけで、東半球への何とも美しい紹介であった。水深の測量も終わっていないのに、見事な手際の盗みに遭ったのだから。経験豊かな旅人に仕掛けられたこの見事な策略は、私が〔略〕これまで聞いたことのあるあらゆる策略を出し抜くものであることは確かだ。われらの友人のパットどののような**ヒベルニア人**（Hibernians）が他にまだ大勢いるのだとすれば、わたしらの国のヤンキーの行商人もあっぱれと拍手喝采するとしても不思議ではなかろうと私は思った》(125)。

第2用例（第29章）──《おそらく、習慣の力が大きすぎるのだと思うが、わたしらには、あるひとつの階級が人類の全般的運動を分担するなかで果たす、あの不可避的な、そして単に参加的なものでしかない進歩を、ひとつの特別な前進であるとみなす傾きがある。こうして、今日、**ヒベルニア**（Hibernia）の、あるいはユニコーンの蒸気船が大西洋を横断する舵取りをする船乗りは、スモーレット（Smollett）の作品の誇張された船乗りとも違うし、ネルソン（Nelson）と共にコペンハーゲンで戦った〔略〕水兵たちとも異なる》(139)。

5

メルヴィルの散文長編作品第4作『白ジャケット』(1850)には、指標語のうち、「Irish」のみが6回あらわれる。第23章に2回、第39章に1回、第68章に1回、第73章に1回、そして第89章に、「Irishman」として1回あらわれる。

第1用例（第23章）──《「これが自由の**りーっぱな**成果というもんです

かい？」［強調はメルヴィル］と、**アイルランド人**の中央部上甲板員(ウェイスター)が、感じ入ったように、老スペイン人の予備大アンカー係に訊ねた》(WJ, 90)。(『リーダーズ』は、「ウェイスター」という部署は、病人や新米がつく部署だとしている。)

第2用例（第23章）――《こうして、この日の素人芝居はやんやの大嵐のうちに終わりを迎えたが、**アイルランド人**の船首班長による「生粋のヤンキー船乗り」の歌がどんなことになったのか、聞き逃したのが残念でならない船乗りたちは、いつまでもその失望から立ち直ることができなかった》(95)。

第3用例（第39章）――《たまたま本艦にひとりの殿がおられた――ある伯爵の次男だとみんなが教えてくれた。美男の御曹司だった。たまたま私が傍にいたときにこの御曹司がやって来て、**アイルランド人**の砲術長に向かってある質問をした。砲術長が疎漏にも「サー」と返事をした途端、侮辱されたと思ったか、御曹司の目つきは匕首みたいになった。それで、この船乗りは千回も帽子に触りながら、「失礼しました、閣下。ほんとは、わが殿と言うつもりだったんです、サー」と言った》(162)。

第4用例（第68章）――《だが、はからずも私は、壮大な歴史的な比較論をぶちあげることで、兵曹長という、このあら捜し屋の、三百代言の、**アイルランド人**の密告野郎をやんごとない存在に持ち上げてしまったようだ》(284)。

第5用例（第73章）――《だが、これで終わりというわけではない。軍艦の乗組みのなかには、たいてい、狡すっからい、悪党じみた、狐の種族がいるものだが、こいつらは、名誉心とかの信念はひと欠けらも持ち合わせないのだから、**アイルランド人**の密告屋たちと比べても遜色はない。**ヒモとか白ねずみ**［強調はメルヴィル］のたぐいだ》(307)。

第6用例（第89章）――《大型の軍艦は海兵隊と呼ばれる陸軍所属の兵士を乗組ませている。不沈号には50人足らずいたが、その3分の2は**アイルランド人**だった》(373)。

6

　メルヴィルの散文長編作品第5作『白鯨』(1851) には、指標語のうち、「Ireland」が1回、「Irish」が1回あらわれる。メルヴィルの散文長編作品第6作『ピエール』(1852) には、本稿の言う指標語はいっさいあらわれない。

　『白鯨』における「Ireland」の用例（第89章）——《「手中にあるものは半分所有しているようなもの」とはよく言われることだが、それは所有にいたる経緯は問わないということではないのか？　しかし、所有は法の半分どころか、しばしば法のすべてである。〔略〕あの名うての銛打ちのジョン・ブルにとってのあわれな**アイルランド**は、「しとめ鯨」でなくて何であろうか？》(MD, 397-398)。

　『白鯨』における「Irish」の用例（第32章）——《**第二巻（八つ折り判）、第三章（イッカクまたはハナ鯨〔Nostril whale〕）**〔強調はメルヴィル〕——奇妙な名をつけられたもうひとつの事例。この鯨の特異な角を鼻がのびたものと勘違いしたのがもとだと思われる。体長そのものは16フィートほどだが、角の長さは平均で5フィート、なかには10フィート、いや15フィートに達するものもいる。〔略〕また**アイルランド**の文献によれば、レスター伯もまた、同様に女王の御前にひざまづいて1本の角を献上したというが、これは陸上に住む一角性の動物のものであったらしい》(142-143)。

7

　メルヴィルの散文長編作品第7作『イスラエル・ポッター』(1855) には、諸指標語のうち、「Ireland」が5回、「Irish」が5回あらわれる。

　「Ireland」の用例。第1用例（第15章）——《4月のはじめの、ある晴れた少し寒い日だった。船はウェールズの海岸沖合いにいた。〔略〕船——**アイルランド**とイングランドの間を北の方向、イングランド海域の心臓部であるアイリッシュ海へと向かっている船——は、鬣をかくみたいに船首から飛沫をあげているときには、彼女をこの変則的な航行につかせている魂がひそ

めている向こう見ずな反逆心のことを弁えているように思われた》(IP, 94)。

第2用例（第16章）——《夜明け前、夜来の嵐もやんだ。レインジャー号はアイリッシュ海（the Irish Sea）の上部、海峡の中間に投錨していた。それぞれが高い断崖を配したイングランド、スコットランド、**アイルランド**が、草の緑の海水の彼方にはっきりと一望された。ちょうどニューヨークのあの三角形の公園から、市庁舎、聖ポール教会、アスターハウス（the Astor House）がはあっきり見渡せるのと同然であった》(99)。

第3用例（第17章）——《太陽はいま**アイルランド**の緑の国（the green land of Ireland）の上に静かに沈んでいく。空は清澄、海はなめらか、風は2隻の軍艦が着実に滑らかに航行するのに打ってつけだった》(113)。

第4用例（第17章）——《薄明の刻、天候は依然としてうららかであった。どんな大砲も、あの狂人が振るうことのできるどんな力も、自然が静寂たらんとするときの、あの禁欲的な不動性を妨害することはできない。この天候は翌日も続き、艦の再艤装が大いに進捗した。再艤装もおわり、2隻の艦は**アイルランド**の北端を迂回し、ブレスト（Blest）へと舵を切った》(113)。

第5用例（第17章）——《「すばらしい4週間のヨット帆走でした、紳士諸君」と、ポール・ジョーンズ（Paul Jones）が言った。〔略〕「諸君、私は2人の旅人を同行しておる」と、彼は語を継いだ。「紹介させてくれたまえ。ひとりは私のよき友、最近まで北アメリカにいたイスラエル・ポッター、もうひとりは、ごく最近まで**アイルランド**はキャリックファーガス（Carrickfergus）の港にいた英国国王陛下の船ドレイク号だ」》(113)。

「Irish」の用例。第1用例（第15章）——《4月のはじめの、ある晴れた少し寒い日だった。船はウェールズの海岸沖合いにいた。〔略〕船——アイルランドとイングランドの間を北の方向、イングランド海域の心臓部である**アイリッシュ海**（the Irish Sea）へと向かっている船——〔略〕》(94)。

第2用例（第15章）——《イスラエルがレインジャー号に乗船して来て2日目のことだ。イスラエルとポールが甲板でしゃべっていたとき、イスラエルが突然**アイルランド**沿岸（the Irish coast）に望遠鏡を向けると、大きな帆

船が入港してゆくぞと告げ知らせた。レインジャー号は追跡を開始したが、まもなく、その見知らぬ船は、自分の目的港がほぼ視界に入ったあたりで、停船し、人員を補充し、ブレスト（Brest）へと舵を転じた》(96)。

第3用例（第16章）──《翌日、**アイルランド沿岸のキャリックファーガス沖**で、1隻の漁船が正体の分からぬ船［レインジャー号］のクエイカー教徒のような外見に惹かれてか、信じ切った様子でやってきた。乗組みは拿捕され、船は沈められた》(98)。

第4用例（第16章）──《夜明け前、夜来の嵐もやんだ。レインジャー号は**アイリッシュ海**（the Irish Sea）の上部、海峡の中間に投錨していた。それぞれの高い断崖を配したイングランド、スコットランド、アイルランドが草の緑の海水の彼方にはっきりと一望された。ちょうどニューヨークのあの三角形の公園から、市庁舎、聖ポール教会、アスターハウスがはっきり見渡せるのと同然であった》(99)。

第5用例（第17章）──《一行が船に戻るやいなや、船はすぐに**アイルランド沿岸**（the Irish coast）へ向かって出航した。次の朝、キャリックファーガスが視野に入った》(111)。

8

メルヴィルが1856年に編んだ短編集『ピアザ物語』（「ピアザ」、「バートルビー」、「ベニート・セレーノ」、「避雷針売りの男」、「エンカンタダス──魔の島々」、「鐘塔」を収載）及びその他の諸短編などにおいては、指標語のうち「Irish」のみが短編「コケコッコー」（1853年発表）に1回だけあらわれる。

「コケコッコー」における「Irish」──《この恐るべき男に支払う金は、私にはない。それなのに世間さまは、お金がこれほどたっぷり出回ったことはないと言う──市場の滞貨というわけだ。だが、この滞貨ときたら私の手には全然入ってこない。この特殊な医薬品をこれほど切実に必要としている病人はこれまでいたためしがないというのに。嘘っぱちだ、金はたっぷり出回ってなんかいない──私のポケットに触ってみるがいい。ほらね！　入っ

ているのはさ、あの向こうのあばら家、**アイルランド人の溝堀り人夫の家の**病気の赤ん坊に届けるつもりでいる粉薬だ。この赤ん坊、猩紅熱にかかっているんだ。世間さまのいうには、このあたりの土地では麻疹も流行っているらしい。仮痘や水疱瘡もだ。歯の生えかけの幼児にとってはまことに気の毒なことだ》(NN 9, 270)。(本引用文における、原句「a drag in the market」の訳である「市場の滞貨」という訳語は、杉浦に所収の杉浦銀作訳「コケコッコー──気高き雄鶏ベネヴェンターノの美声」からの借用である(杉浦、146)。)

9

メルヴィルが生前中に発表した最後の散文長編作品である『詐欺師』(1857) には、指標語のうち「Irish」のみが5回あらわれる。

第1用例(第2章)──《チョーサーの『カンタベリー物語』に出てくる巡礼者たち、あるいは祝祭の月に、メッカをめざして紅海を渡ってゆく中東の巡礼者たちのように、ここでは人間の種類に不足しなかった。あらゆる種類のアメリカ人と外国人、商用の客と遊覧客、都会人と田舎者、農場を探し求めている者と名声を狙う者、金持ちの女相続人との結婚を狙っている者、金鉱を探している者、アメリカ野牛を追いかけている者、蜜蜂を追い求めている者、幸福を探し求めている者、真実を探究しようとしている者。上靴を履いたおしゃれな婦人、土人靴をはいたインディアンの女、北部の投機人と東部の哲学者、イングランド人、**アイルランド人** (Irish)、ドイツ人、スコットランド人、デンマーク人、縞模様の毛布を掛けているサンタフェの商人、金色の布地のネクタイをしめたブロードウェイの伊達男、格好のいい身なりをしたケンタッキーの船乗り、日本人のような顔つきをしたミシシッピー州の綿花耕作者、全身くすんだ服を着ているクエーカー教徒、軍服を着こんだ合衆国兵士、奴隷、黒人、白黒混血児、そのまた混血児、ハイカラな若いスペイン系のクリオール、古風なフランス系ユダヤ人、モルモン教徒に旧教徒、金持ちと貧乏人、陽気にはしゃいでいる者と喪に服している者、全体禁酒の者と酒好きの者、助祭といかさま師、かたくなな浸礼教会員と粘土食

い、歯を見せてにやにや笑っている黒人、それに高僧のように謹厳な顔をしたスー族の酋長たち。要するに、白人や黒人の入り混じった集団、人間という種々雑多な巡礼者たちよりなるアナカーシス・クローツの集団にほかならなかった》(CM, 9)。(ひとこと筆者のコメントを添えるなら、本記述はメルヴィル／パウェルの言う「仮借なき民主主義」の精神が横溢している記述の1つである。)

第2用例及び第3用例（第5章）──《受けた親切に思いを巡らせたことにこの男を幾分やわらげたようであった。金銭に困っていたときの、また施しを受けていたときの、例の奇妙な自尊心が、まったく場違いのプライドのように見えた男から当然期待される以上に、この男の気持をやわらげたようであった。実際、プライドはどんな場合においても冷たく見えるものである。しかし、人の善意を受け入れるという性質に加えて、プライドという悪に全然汚染されていない性質を有する人間は、相手の立場を重んずる強い礼節心のために、施しを受けているときには、感謝の念が足りないように見えるとは言わないまでも、冷たく見えるというのがおそらく真実であろう。というのも、施しを受けているときに、感極まった熱烈な言葉や心の底から流れ出るお礼の文句を並べ立てることは、かえって醜態をさらすことになるからである。そして洗練された人々が一番いやがるのがこの醜態なのである。このことは世間が熱烈なものをいやがっているように思えるかもしれない。しかし、実はそうではない。なぜならば、世間はそれ自体熱烈であり、熱烈なる光景、熱烈なる人間が非常に好きだからである。しかし、それはあくまでもそれらが当然あらわれる場所──つまり、芝居の舞台の上においてのみである。このことを知らないで、**アイルランド人的熱烈さ**と**アイルランド人的誠実さ**で、感謝感激を恩人に対して浴びせかける連中がいかに悲しむべきことをしているかがこれでわかるであろう》(24-25)。

第4用例（第13章）──《「おや、おや、おや！」と、相手の男は商人の言葉に驚いて、「これは何ということを。「ワインに真実あり」が正しい諺としますと、つい今しがたあなたは立派な信頼を私に表明されましたが、不信が、きわめて深い不信がその根底にあるということになりますね。**アイルラ**

ンドの反乱（the Irish Rebellion）のように十倍も勢力を増して、それがあなたのなかに現れています。ワイン。善なるワインのせいでこうなるとは！」》(67-68)。

　第5用例（第22章）——《そうなんだ、おい、そうなんだよ。俺の名前はピッチ（Pitch）だ。俺は自分の言ったことは変えない男だ。俺は15年間の経験に立って言ってるんだ。35人の少年だぞ。アメリカ人、**アイルランド人**、イングランド人、ドイツ人、アフリカ人、吸血鬼、また俺の苦境を知ってくれた俺の友人が、わざわざカリフォルニアから俺のもとに送ってくれた中国人の少年もいた。それにポンペイから来た東インドの水夫あがりの少年もいた。あの盗人野郎め！　俺の鶏の春の卵から雛の命をすすり飲みしやがった。みな悪党どもだ、どいつもこいつもだ。白人であろうと、黄色人種であろうとだ。子供の本性のなかに数限りのない悪党根性があるのにはまったくあきれるよ》(117)。

10

　メルヴィルの遺作『ビリー・バッド』には、指標語のうち、「Irish」のみが1回だけあらわれる。——《「失礼だがね、そなたは理解してませんな、大尉。いいですか、こうなんですよ。わしがあの若者を乗組ませる前のことなんだが、わしの船首楼はねずみの喧嘩の巣だったんです。いいですかい、この人権号の船上といったらね、暗黒時代だった。〔略〕だが、ビリーがやって来た。まるでカトリックの司祭が**アイルランド人**の騒動のなかに入って行って平和を築くといったおもむきでしたな。とはいってもね、ビリーのやつが連中に説教したとか、なにか特別なことを言ったとか、したとかじゃないんだ。そうじゃなくて、ビリーのやつから人徳のようなものが滲み出てきて、それが酸っぱい連中を甘やかにしたんでしょうな」》(NN 13, 6)。

11

　『書簡集』及び『日記』については、指標語のうち、「Ireland」のみが、

後者の「Journal 1856-57」のセクション (Jour, 49-129) の冒頭のパラグラフにあらわれる——《1856年、10月11日、土曜日、グラスゴー (Glasglow) 行きのスクリュー船グラスゴー号にて、ニューヨーク港を出港。15日間を費やし、**アイルランド**の北部——ラスリン島 (Rathlin isle) ——に到着、アラン (Arran) 島、エールサクレーグ島などを通過、そのときエールサ、霧のなかに不意に立ち現れる》(Jour, 49)。

以上で、メルヴィル諸作品（日記、書簡を含む）における、本稿の言う指標語のあらわれる直接的記述群の摘出を終える。

12

さて、本節及び続く幾つかの節においては、本稿「まえおき」の予告にしたがって、『マーディ』第152章における直接的記述群の幾つかを検討することとしたい。本検討は、筆者の旧稿、主として、福士2016bと福士2021aを足掛かりにしておこなうが、以下において、当の旧稿の叙述をそのまま繰り返したり、それらの叙述に適宜修正を加えたりすることがあるが、その旨いちいち注記しないこととするので、本稿の読者には諒とされたい。

具体的な検討に入る前に、第152章の成り立ちなど、幾つかあらかじめ踏まえておくべきことを記す。第152章は、基本的には、主人公であり語り手でもあるタジの恋人イラー探索のために島めぐりをするタジ一行——語り手のタジ、メディア王、そしてメディア王の3人の側近、歴史家モヒ、哲学者バッバランジャ、詩人ユーミーによるヴァーダンナ（アイルランド）についてのシンポジウムとみなすことができる。しかし、一行の論議の中には、ヴァーダンナと関連するドミノーラ（イングランド）とカリードニ（スコットランド）のことも出てくる。

第152章は、1行だけのパラグラフも含めて全部で61個のパラグラフからなる（以下において、適宜、パラグラフという語をパラと略記する）。最初の4つのパラグラフはカリードニ（＝スコットランド）をめぐるタジ一行のシンポ

ジウムであり、次の2つのパラグラフはヴァーダンナを導入するためのパラグラフであり、そして残りの55のパラグラフは基本的にヴァーダンナをめぐる一行のシンポジウムである。第1パラと第11パラから分かるように、「風向き」と「海流」に災いされて、一行はカリードニにも、ヴァーダンナにも、上陸を果たすことができなかったのであるから、以下にみるこの2つの国〔島〕についてのシンポジウムは船上からのそれである。

第152章に、タジ一行を構成する面々の名前がしばしばあらわれる——語り手タジの名前は1度もあらわれない、彼は語り手に徹している——のは当然であるが、それ以外で、最初の6つのパラグラフと残りの55のパラグラフの中にときに出てくるのは、ドミノーラ（＝イングランド）という島〔国〕名とこの国〔島〕の王であるベロ王という名前であるが、ベロ王はイングランド／ブリテンの王のアレゴリーである。また、第47パラから第51パラまでのパラグラフにおいて、コンノ（Konno）という人物が一行の論議の対象となるが、彼はダニエル・オコンネル（Daniel O'Connell, 1775-1847）のアレゴリーである。最初の6つのパラグラフと残りの55のパラグラフの形式上の違いについても述べておくべきであろう。前者では、引用符が使われていない。だから、シンポジウムの記録といっても、ここでは、語り手のタジによる間接的、総括的な報告である。後者においては、一行の1人1人の発言は、基本的に、引用符で括られている。したがって、後者においては、シンポジウムの中身は直接話法で客観的に報告されていると言えよう。

13

では、具体的な検討を始める。『マーディ』第152章を精読してみていだく感慨は、メルヴィルがアイルランド、スコットランド、及びイングランドの3国の1848年までのそれぞれの歴史を、あるいは1848年までの3国間の関係の歴史を実によく知っていたという驚きの感慨である。筆者は以下において、幾つかのパラグラフの記述やタジ一行の4人の発言に即して、メルヴィルが知っていたと考えられる歴史的事象を論ずることを通じてメルヴィ

におけるアイリッシュ・マターズの広さや深さを探ることにしたい。

　(1)　第1パラ〜第4パラは、「われらの年代記者」、すなわち歴史家のモヒがカリードニについて語ったことの語り手による概括的な報告である。その中の第1パラにおいて、カリードニ（スコットランド）は「ドミノーラ［イングランド］に一体的に併合されている国」(M, 491) であるとされている。そして、第17パラには、それと関連するバッバランジャの発言、「カリードニはヴァーダンナの合同 (union) のずっと前にドミノーラに合併された」(492) があらわれる。この記述と発言は、1603年にスコットランドとイングランドの同君連合——「1603年にテューダー朝の第4代目の王エリザベス1世が未婚で子をなさぬまま亡くなり、王朝が断絶したのを受けて、スチュアート朝のスコットランド王ジェイムズ6世（在位1567〜1625）が、ジェイムズ1世（在位1603〜25）としてイングランド王位を〔略〕継承することになった」（大系版アイルランド史、102）——が行われたこと、そして、1801年にグレートブリテン-アイルランド連合王国が発足したことを、メルヴィルが知っていたことを示している。つまり、第152章はいわゆる3王国体制を踏まえて書かれているのである。第22パラのメディアの発言の中に、「3冠の王［の］3重の主権」(493) という表現があらわれ、また、『マーディ』の次作『レッドバーン』の第40章には「3王国 (the three kingdoms)」(R, 198) という表現があらわれる。

　(2)　第4パラに以下の記述がみえる。「カリードニにはその地の吟遊詩人たち (bards) の熱情を目覚めさせるものが多くあった」(491)。カリードニの「アップランド ([u]pland) とローランド (lowland) は画趣に富む光景 (the picturesque) で一杯」(491) であり、「カリードニの青い、ヒースにおおわれた丘陵地帯」では、「多くの部族 (tribes) が徘徊して」(492) いる。「粗野 (wild) な、入れ墨模様をほどこした衣服を着た」(492) 彼らは、「昔の最強の民族 (the mightiest nation of times) だった頃の格好」(492) そのままである。「彼らは膝をむき出しにしていたが、それは、膝が顔と同じく誇るに足ると考えられていることの証し」(492) である。というのも、「彼らの膝は［戦

争において]一度も折り曲げられることがなかったから」(492)である。この、「カリードニの青い、ヒースにおおわれた丘陵地帯」、つまりスコットランド北部の高地、ハイランドを、「粗野」な衣服をまとって、「徘徊する」「多くの部族」、しかも戦争で敵にけっして屈服しないとされる「部族」は、いかなる「部族」のことであろうか。この部族は、スコットランドに侵入し、その地に住み着いたはケルト人／族の諸「部族」、諸氏族の謂いであろうというのが、筆者がつけている見当である。メルヴィルは筆者の調査の限りでは、諸作品において「Celt (s)」や「Celtic」などの語を1度も使用していないが、もし筆者の見当が当を得ているとなると、メルヴィルは『マーディ』に間接的にケルト人／族を登場させていることになる。

　節をあらためる。

14

(3)　新版イギリス史の第8章・第2節「ゲール人の社会」は「のちにアイルランドの支配的民族となるケルト人」について次のように書いている。「元来ケルト人はインド＝ヨーロッパ諸族に属する民族で、アルプス山地やドナウ流域にあったが、民族移動によって紀元前7世紀までにライン流域から今日のフランスに入り、のちイベリア半島、イタリア、バルカンにまで勢力を拡げ、やがて一部がブリテン島やアイルランド島へ入ってきたものとされる。ブリテン島[にやって来たケルト人]は、フランス、ライン河口方面から、アイルランド[にやって来たケルト人]は南フランス、スペイン北部の方面から直接海を渡ってきたものがあり、ゲール Gaels またはゴイデル Goidels と呼ばれた」(新版イギリス史、356)。『リーダーズ』で「Celt」(「Kelt」)を引くと、「ケルト族〘もとイギリス諸島・スペインから小アジアにかけて住んでいたインド-ヨーロッパ語系諸族の一支族〙：ケルト人〘現代のゲール人 (Gael)、高地スコットランド人、アイルランド人、ウェールズ人、コーンウォール人 (Cornishman)、ブルターニュ人 (Breton)〙」とある。同様に「Gael」を引くと、「ゲール人〘(1)スコットランド高地人(2)ケルト人、特に

アイルランド・スコットランド・Man 島に居住するゲール語を話す人』」とある。メルヴィルは「Gael」という語についても、諸作品において一度も用いていない。新版イギリス史は、「アイルランドの最古の住民」(354)、つまり「先住民」(357) が「どんな人種であったかはあきらかでない」(354) としたうえで、ケルト人は「すぐれた鉄製武器を以て漸次先住民を追い、あるいは征服した」(357) としている。ゲール人は「多くの先住民を殺戮した」(357) が、「滅ぼすことはせず」(357)、これらの先住民を、彼らが有していた「氏族的組織のまま」(357)、みずからの（ゲールの）「氏族制社会の下にくり入れる方式をとった」(357) のだという。こうしたゲールの氏族社会の特質を、新版イギリス史は、それを構成する「詩人、法律家、歴史家、聖職者」(363) などの「学識階級」に見ている。「これら詩人、法律家、歴史家などは学識階級として社会の尊敬をうけ、［氏族の］首長と同格の地位を認められ、ゲールの伝統文化の担い手として重要な役割を演じた」(363)。つまり彼らは、「アード＝リー［ゲール氏族制社会における首長たちの首長としての「上王（ハイ＝キング）」のこと］と民衆の前で民族の歴史としての神話、英雄詩、年代記などを語ったほか、各地を巡歴してこれを伝え、しばしば有力な首長のもとに留まってその裁判や法律上の顧問となった」(363) のである。こうした記述を読むと、先に引いた第152章第4パラの「カリードニ［の］詩人たち（bards）」がたちまち想起される。(1) の冒頭で指摘したように、第1パラ〜第4パラは「われらの年代記者」、すなわち歴史家のモヒがカリードニについて語ったことの語り手による報告であるが、その第2パラに「英雄、形而上学者、詩人（bards）、及び賢人の長いカタログ」(M, 491) という一句がみえる。検討中の第4パラの「カリードニ［の］詩人たち（bards）」は、この第2パラの「詩人（bards）」を承けて繰り返されていると考えられる。モヒの仲間の詩人ユーミーは、作品に初めて登場する第65章以降「minstrel（詩人）」(M, 196) と呼ばれるのに対して、モヒが――根本的にはメルヴィルが――ここで「bards（詩人）」という語を用いていることは大いに示唆的である。「年代記者」たる歴史家のモヒが語った「カリードニ

［の］詩人たち (bards)」とは、スコットランドに住み着いたケルト人の氏族（「部族」）社会の一員としての「バード（詩人）」にほかならないのではあるまいか。実はメルヴィルは第 152 章において「bards」という語をもう一度用いている。すなわち、第 29 パラにおいて、メルヴィルはバッバランジャに王メディアに向かってこう言わせている。「ヴァーダンナのほうがドミノーラよりも劣っているのですか、殿！　ヴァーダンナは詩人 (bards) も、雄弁家も、知恵者も、愛国者も生まなかったと？」(M, 493)。「bards（詩人）」はスコットランドにも、アイルランドにも存在したのだ。『リーダーズ』によれば、「bard」とは「《古代ケルト族の》吟唱詩人」であり、「minstrel」とは、「《中世の》吟遊楽人」である。こうしてメルヴィルがケルト人あるいはゲール人の氏族社会の構造的特質を知っていたのだとするならば、メルヴィルが描き出す、王メディアと彼の 3 人の側近、すなわち歴史家、哲学者、詩人（minstrel）の主従関係がずけずけと物を言い合う「同格」な主従関係となっているのは、ことによるとメルヴィルがそうした氏族社会の特質に着想を得たからではないかなどと、想像してみたくもなる。グリーリー (Greeley) はヴィヴィアン・マーシャー (Vivian Mercier) の『アイルランド人の喜劇的伝統 (The Irish Comic Tradition)』（オックスフォード大学出版局、1962）を援用しながら、以下のように論じている。

> アイルランド人の喜劇は残酷である。詩人たちに (the poets) 攻撃を仕掛けられるほどの悪運はなかった。詩人たち ([t]he bards) は国の中の最高位の者でさえ嘲り攻撃する諷刺家でありパロディストであった。詩人たちが喜びとしたのは、戦場で己の名誉を守ることを厭うような王がいたら、厄介事をひきおこし、王を難しい事態に追い込むことであった。「詩人の担うこの嘲弄と諷刺のシステム ([t] he bardic system) はたえざる部族間戦争と家畜略奪を糧として栄えた」(Mercier, 136)。(Greeley, 55)

節をあらためて、第152章の検討を続ける。

15

(4) 第41パラ〜第43パラは、アイルランドのジャガイモ飢饉を論議している。第41パラ（ユーミー）——「悲しい、なんとも悲しい！」「この貧しい、苦しんでいる国をめぐって、なぜ言葉の争いをしなければならないのか。見よ！　花は咲き誇るというのに、人民が飢えるのを。ジャガイモ（yams）が土中から掘り出される前に腐食するのを。胴枯れ病（blights）が天（heaven）よりジャガイモに降り注いだものとおぼしい」(M, 494)。第42パラ（メディア）——「そうではない」「天が胴枯れ病を降り注がせたりはしない。ヴァーダンナが習い覚えようとしないのだ。1つの作付け期にとっておいた腐った種イモを再び作付けするなら、彼らが腐ったイモを収穫することになるのは必定というものだ。だが、ユーミー、おまえはこの件では真剣なようだ——さあ、おまえの出番だ。悪がヴァーダンナに存在することはどう見ても確かなことだ。ならば、心やさしい同情者よ、国王たるベロはこうした悪を直すのに何をなすべきかね」(494-495)。

まず、ユーミーの発言にもメディアの発言にも現れる「天（heaven）」という言葉にコメントするならば、「天」はここでは、神（God）ないし神意（Providence）を意味していると考えられる。次にメディアの発言の中に現れる「悪（evils）」という言葉は何を意味しているであろうか。この「悪」は、第23パラにおいてバッバランジャが「ヴァーダンナのおのれ自身」の「最悪の悪」(worst evils) として指摘している「悪」——「頑迷、迷信（bigotry）[暗にカトリシズムを指していると考えられる]、分裂した提言、内輪の反目、無知、無鉄砲さなど」(M, 494) ——を受けて使われていると考えられる。（メディアは第35パラにおいて、「ヴァーダンナはいつだって戦いや徒党間の争いごとで満ち溢れていたのではなかったかね」(494) という言い方で、自らもバッバランジャの言う「ヴァーダンナのおのれ自身の悪」を認めている。）そして、「ヴァーダンナは習い覚えようとしない」(494) というコンテキストからすれば、

ここでのメディアの「悪」は、バッバランジャの言う諸悪のうちの「無知」を意味していると考えることができる。となると、ヴァーダンナの「民」が苦しんでいる「飢え」はヴァーダンナの民の「無知」に起因したものということになる。したがって、「国王たるベロはこうした悪を直すのに何をなすべきかね」(495)というメディアの問いかけは、ベロ王が統治者として飢饉という災害にどういう手立てを打つべきか、どういう救済策を打ち出すべきかという問いかけではなく、「無知」という「悪」を「直す」のに「何をなすべきか」という問いかけに留まっているとも考えられる。この問いかけは、第43パラにおいて、「ぼくは答えをだせるような賢者ではありません」「殿ならどうされますか」(495)と、ユーミーからはぐらかされてしまう。

では、次に、筆者の手元にある、いわゆるジャガイモ大飢饉についての諸文献のうち、最新の文献である大系版アイルランド史の齋藤英里執筆の第6章「大飢饉と移民」(230-272)から、上でみたユーミーの発言にあらわれる、飢饉は「天」(＝神、神意)によって齎されたものであるとする見地について述べている箇所を引いて、そうした見地の具体的な事例をみてみることにしたい。「宗教の影響力が強い当時は、ジャガイモ病害を「神の賜物」と解釈する者も多かった。プロテスタントのなかには、アイルランドの後進性や貧困の原因の一端をジャガイモに帰し、大飢饉を「神の裁き」がくだった証とみなしたり、カトリック解放法に対する「神の怒り」と受け止めた者がいた。同様の思想は、カトリックにも見られた。〔略〕禁酒運動を展開していた聖職者は、当初胴枯れ病をアイルランド人の道徳改善のための「神の摂理」とみなした。豊作時にジャガイモを捨てたことへの神罰だと、後悔した農民もいた」(234)。この引用文にみえる「カトリック解放法」とは、1829年に制定された「Catholic Emancipation Act」のことであり、これによって、宗教改革のあとイングランドとアイルランドでローマカトリック教徒に対して適用された一連の差別法である「Penal Laws(カトリック処罰法)」によってほぼ全面的に制限されていたローマカトリック教徒の市民権が回復されたとされる。

齋藤英里はこうも書いている。「連合王国政府の思想、とくにトレヴェリアン［Charles Edward Trevelyan 1807-1886］やウッド［Charles Wood 1800-1885］らの背後には、自由放任主義への信奉と、マルサス的な人口・貧困観、さらにアイルランドの飢饉は神の摂理であるという信念があった。彼らは大飢饉の原因を、「怠惰」で「規律のない」アイルランド人の道徳的欠陥に帰したことから、「モラリスト」と呼ばれた。彼らは飢饉の救済よりも、アイルランドの社会経済の「後進性」の改造に関心を集中させたのである。ジャガイモと零細農地、さらにその基底にある農村共同体こそは、そうした後進性の原因と考えられた。ピール［Robert Peel 1788-1850］によるトウモロコシの輸入も飢饉時の食料援助が目的ではなく、主食をジャガイモから転換させることが主眼であった。しかも、食料不足にもかかわらず、農産物の輸出入や食料価格は市場原理に委ねられ、規制されなかった」（大系版アイルランド史、244）。ここで「連合王国政府」とされているのは、ジョン・ラッセル（John Russell 1792-1878）を首相として1846年に成立したホイッグ党政府のことである。ピールは1834～35年、1841～46年に首相（保守党）であった。ラッセル内閣の「蔵相のチャールズ・ウッドや内相のジョージ・グレイ［Goerge Grey 1799-1882］など」は、齋藤によれば、「生粋の自由放任主義者であった。なかでも大飢饉の対策を立案・監督したチャールズ・トレヴェリアンはその典型であった」(243)。ここで指摘されている、「大飢饉の原因」を、「「怠惰」で「規律のない」アイルランド人の道徳的欠陥に帰し」、「飢饉の救済よりも、アイルランドの社会経済の「後進性」の改造に関心を集中させ」た、ラッセル政権の「モラリスト」たちの見地は、上で披歴した筆者の解釈に即した場合、ヴァーダンナの「こうした悪を直す」というメディアの発言の見地に近似しているといえるのではなかろうか。メディアは上でみたように、飢饉は「天」によって齎されたという神意説は否定しているが、ラッセル政権下の「モラリスト」たちは、むしろ、「神意説（providentialism）」の衣をまといながら、「自由放任主義者」としての冷徹な主張をおこなったのである。この点を、丹念にエヴィデンスを提示しながら

明らかにしたのは、クーギャン（Coogan）の『飢饉の陰謀――アイルランド最大の悲劇におけるイングランドの役割』(2012) である。クーギャンは、たとえば、こう書いている。「政治経済学者たちは貧者を援助することの道徳性を熱心に論じた。なぜなら、貧者の援助は結果的に下層民の独創力や自力救済力を台無しにするというリスクを伴っていたからである。真の問題は無論コストであった。しかし救貧事業のリーダーたちは彼らの主張を道徳的な言葉に包んで述べた」(Coogan, 33)。クーギャンの本書は、筆者がアイルランド問題についての知見を求めて読んだ諸文献のうちで、最重要の1冊である。

同様に齋藤英里が執筆した、第6章のすぐあとの「補説9・大飢饉と現代のアイルランド」の末尾近くに以下の一節がみえる。

> 大飢饉期の大量の死者の発生や移民の流出をジェノサイドだとする民族主義的解釈と、実証に基づく「科学的」な修正主義史観とには大きな隔たりがある。ここには、歴史における「記憶」と「記録」をめぐる複雑な問題が横たわっている。民衆に語り継がれてきた歴史像と、実証史家による修正、さらにそれに対する反批判は、多くの国の歴史問題において見られるが、それは植民地支配を経験したアイルランド史のさまざまな局面にも現れている。大飢饉は、その顕著な例といえよう。（大系版アイルランド史、266）

重要な指摘と言うべきであろう。ところで齋藤は第6章の「参考文献」に、キニアリー（C. Kinealy）の Kinealy 1994 を含む2著を登載している。筆者も Kinealy 1994 及び Kinealy 1997 を参照したのでそれなりに見当がつくのであるが、齋藤の上の一節はキニアリーにも依拠して書かれているように筆者には思われる。というのも、キニアリーは齋藤の言う修正主義に対する「反批判」という難儀な仕事に携わってきた飢饉史家のひとりだからである。齋藤の第6章の「参考文献」には、上で論及したクーギャンの著書は見当た

らないが、クーギャン自身はキニアリーを本文において「尊敬されている飢饉史家」(Coogan, 41) とし、「ビブリオグラフィー」に Kinealy 1995、Kinealy 1997 を含むキニアリーの3著を登載している。

節をあらため、第152章の検討をつづける。

16

(5) 最後に第47パラから第51パラまでをみる。ここでは、一行によってコンノ、すなわちダニエル・オコンネル (Daniel O'Connell 1775-1847) 論が展開されている。第47パラ(バッバランジャ)——「さて、これらの悪はわれら一同を悩ませるものではあるが、最近みまかった人で、ヴァーダンナにこんな人がいた。このご仁はくだんの悪を、戦争も流血もしりぞけて、人道的平和的な方法で直す仕事にとりかかった人だ。この御仁はコンノといった」(M, 495)。第50パラ(モヒ)——「コンノは悪党(knave)だった」(495)。第51パラ(バッバランジャ)——「はばかりながら、ご老体、そのことは彼の亡霊(ghost)にだけ知られていることであって、われわれには知られておらぬことです。ともかくも、彼は偉大な男(a great man)でした。甘言で国を丸め込んだのだとしても、並みの男にはあんなことはできなかったでしょうからな」(495)。

オコンネルについての、哲学者が唱える保留付きの肯定論と、歴史家が唱える否定論の2つが提示されている。前者はそれなりの具体的な中身をともなっているが、後者はオコンネルは「悪党だった」としているにすぎない。メルヴィルが提示するこのような肯定論と否定論はどのような歴史的な事実に即応しているのであろうか。この点を多少なりとも確認すべく筆者はオコンネルを論じている3冊の歴史書、Coogan、Ellis、大系版アイルランド史(第5章「連合王国の発足とオコーネルの時代」(執筆分担者は勝田俊輔、ここでは人名 O'Connell の表記は「オコーネル」))を読んでみた。だが、これらの歴史書に論及する前に、第47パラのバッバランジャの発言の中の「これらの悪(these evils)」という言葉の意味するところを確認しておかなければならない。な

にしろ、バッバランジャによれば、オコンネル（コンノ）は、「これらの悪」を、「戦争も流血もしりぞけて、人道的平和的な方法で直す仕事にとりかかった人」なのだから。「これらの悪」は、バッバランジャの発言があらわれる第 47 パラのコンテキストからすれば、(本稿の) 第 15 節における (4) の第 2 段落で論じたヴァーダンナの「おのれ自身」の諸悪と見るほかはない。しかし、オコンネルが主たるリーダーとして、あるいはリーダーの 1 人としてかかわったカトリック解放の運動といわゆる「リピール（Repeal）」、すなわちグレートブリテンとアイルランドの合同撤回運動の観点からすれば、「これらの悪」を、ゲールの諸氏族の氏属間の抗争や反目などがおのずから作り出したアイルランド（ヴァーダンナ）の「おのれ自身」の諸悪と見ることには無理がある。カトリック解放運動のターゲットであった「カトリック刑罰法（Penal Laws）」は、スチュアート朝による王政復古後のイングランドで成立した諸立法であるし、リピールのターゲットとなったグレートブリテンとアイルランドの合同を生み出した 1800 年の合同法（the Act of Union）は、アイルランド議会の両院において議論されて成立した法ではあるが、連合王国政府の強い思惑の介在を否定することはできない。

　では、上で示した 3 冊の歴史書は、オコンネルが深々とかかわったこれらの 2 つの運動のことをどう見ているであろうか。大系版イギリス史の第 5 章「連合王国の発足とオコーネルの時代」は、オコンネルは前者の運動の成功［1829 年にカトリック解放法（Catholic Emancipation Act）の制定を実現した］によって「解放者」の「尊称」(208) を得たものの、「実利」を得たのは「カトリックの上層」(206) だけであったと指摘している。クーギャンはカトリック解放法の制定がもたらした、そうしたきわめて不十分な結果は、「アイルランドのカトリック教徒にとっては引き合わない勝利と呼べるようなもの」(Coogan, 17) であったとしている。エリスは第 7 章「オコネル──内なる敵」(Ellis からの引用の訳文は Ellis の訳書である堀越・岩見に拠っているが、そこでの人名 O'Connell の表記は「オコネル」) において、1838 年 1 月 18 日付の『フリーマンズ・ジャーナル』に掲載された「組合委員会よりダニエル・オ

コネルへの公開状」を引いている。「……1,300 の職業が解放によって門戸を開いたが、アイルランドの職人にとってはどんな利益があるのだろうか……それは、この町の貧しい職工の何千という飢えた家族にひと切れのパンすら与えただろうか」(Ellis, 102)。

　後者の運動については、大系版アイルランド史の第 5 章は、オコンネルが「史跡クロンターフ［Clontarf］で開くこと」にした「この年［1843 年］最後で最大の巨大集会」に焦点を当てて、次のように論じている。「10 月 8 日の開催日に向けて各地から、多数の人びとが集まり、ブリテンからも移民が戻って馳せ参じた。『ネイション』が、棍棒で武装した「リピール騎兵隊」の動員と集会参加を呼びかけたところで、政府と［ダブリン］総督府はついに行動に出た。「帝国（連合王国）の国制の転覆を目論む」ものとして集会は前日に禁止令が出され、3000 の兵を乗せた軍艦 2 隻がダブリン港に派遣されて情勢を監視した。オコンネルはすみやかに中止の布告を出し、当日は何の動きもなく暮れた。集会中止はオコンネルの政治信条・流儀からすると当然であり、彼の事情説明はリピール協会で承認された。だが、リピールにユートピアをみようとしていた民衆はオコンネルの圧力政治の本質的な性格を理解しておらず、彼の「服従」を受け入れられなかった。オコンネルは、翌年連邦主義を唱えたようにナショナリズムを放棄したわけではない。また巨大集会はその後も組織されていた。だが、彼の運動は明らかに勢いを失っていった」(大系版アイルランド史、215)。クーギャンは政府によって禁止されたクロンターフ集会へのオコンネルの対応に対する彼の若い信奉者たちの反応を紹介している。「オコンネルは彼のより若い、より激した信奉者たちから浴びせられた悪評のほとばしりに耐えなければならなかった。それというのも彼らは、流血の事態になって〔略〕たとえ命を失うことになったとしても、ブリテンに公然と反抗していたならアイルランドはもっと得るところが大きかったであろうと考えていたからだ」(Coogan, 48)。同じクロンターフ集会の成り行きについて、エリスはデヴィット（Michael Davitt 1846-1906）をひきながら、「オコネルは、クロンターフで一触即発の状態まで人びとを引

っ張っていきながら、「人間の血が自由という名の寺院に塗り固められない」ように、彼らに帰宅するように命じた」(109) と書いた上で、デヴィットの次の一節をひいている。「オコネルの主な弱点……は、彼が政治のうえで革命的手段を嫌悪したことにある。これをふりかざした彼のいつもの宣言や、自由は人間の血を流すに値しないというばかげた主張は、イギリス人の〔English〕支配者に対する運動の政治的影響力を著しく損なうものであった。」(Ellis, 109-110)。続けてエリスはこう書いている。「オコネルの態度を、平和主義という信条で説明することはできない。というのも彼は、1803年にエメット〔Robert Emmet 1778-1803〕の蜂起軍と交戦していることが明らかになっているからである。もっと後には、ピエモンテ〔the Piedmontese〕よりの侵入軍に対して教皇領を守るためのアイルランド義勇軍に参加するよう息子に奨励している」(110)。(ユナイテッド・アイリッシュメン (United Irishmen) の一員であったエメットは、1803年9月にダブリンで蜂起したものの不成功に終わり、のちに捕らえられ、反逆罪で裁判にかけられ、同年の9月に絞首刑に処せられた。ユナイテッド・アイリッシュメンについては、筆者の手元にある文献の中では、後藤浩子が執筆している大系版アイルランド史の第4章「名誉革命とプロテスタント優位体制の成立」中の第4節「「アイルランド国民」創出と「国民政府」樹立の模索」、及び同じ後藤浩子の手になる「補説5・国外追放後のユナイテッド・アイリッシュメンと1803年の蜂起」がもっとも詳しい。)

オコネルとエメットが関係づけられている、エリスから引いたすぐ上の引用文は、検討中の『マーディ』の次作『レッドバーン』第27章の次の一節を思い起こさせる。「アイルランド！　私はロバート・エメット (Robert Emmet) のことを思い、彼がノーベリ卿 (Lord Norbury) の前でおこなった最後の演説のことを思った。私はトミー・ムーア (Tommy Moore) のことを思い、そして彼の愛欲詩のことを思った。私はカラン (Curran) のこと、グラタン (Gratan) のこと、プランケット (Plunket) のこと、オコネル (O'Connell) のことを思った。〔略〕私はいま眼前に見える岸辺に粉々に打ち上げられた華麗な船アルビオン号のことを思い、乗組んでいる船を棄てて、ダ

ブリン (Dublin) や巨人の土手道 (Giant's Causeway) に是非行ってみたいものと考えた」(R, 124-125)。メルヴィルのこの一節——ちなみにこの一節は、本稿の第3節において、指標語「Ireland」の第6用例として摘出されている——にもエメットの名前とオコンネルの名前が並んで出てくるが、メルヴィルは、この2人の間にエリスが指摘しているような関係があったことを知っていたであろうか。本稿以降の課題ではあるが、そもそも、この一節に出てくる7人の歴史上の人物は、メルヴィルの脳裏でどのように結びつけられていたのであろうか。

　大系版アイルランド史に戻る。勝田俊輔は第5章中の「オコーネルとカトリック解放運動」と題された節の冒頭 (203) に、以下のようなオコーネルを大いに持ち上げる一節をおいている。「オコーネルは1775年にケリー州で生まれた。姓に明らかなように生家はゲール系で、数少ないカトリック土地所有者階層に属した。のちに一家の土地を相続するが、自身は弁護士として専門職階層に属した。堂々とした体躯を備え、すぐれた弁舌の才があり、きわめて精力的でもあったオコーネルは、リーダーとなる生来の資質を備えていた。弁護士としては活躍により「大弁護士」の敬称を受け、国会議員となったのちは当時庶民院で1、2を争う演説家とされ、647回も発言した会期もあった。19世紀前半のアイルランドで最大の政治家がオコーネルであり、また奇蹟をおこなう寓話が広められるなど、史上唯一の民衆的カリスマでもあった」(203)。上でみた、勝田が第5章においてカトリック解放運動とリピール運動におけるオコーネルに与えた必ずしも高くない評価を読んだあとで、この一節に立ち返ってみると、この一節はなにやらアイロニックなトーンを響かせ始める。大仰に響くというか、それゆえに虚ろに響くというか。ことによると、このアイロニックな響きをもつようにも思われる一節は、2つの運動におけるオコーネルをあまり高く評価し得ないことをあらかじめ見越した執筆者の勝田によって意図されていたのだろうか。筆者にとっては、この一節は、上の(5)の第1段落でみたバッバランジャの——根本的にはメルヴィルその人の——刺のある発言、「ともかくも、彼は偉大な男であった」

という一文に還元し得るように思える。

　以上で、『マーディ』第152章のヴァーダンナ（アイルランド）に関連する幾つかの箇所の検討を終える。

17

　本節は本稿の最終節である。筆者はこの最終節において、本稿の最後の目的、すなわち、本稿の「まえおき」で述べたような経路で筆者が得たアイルランド問題／アイリッシュ・マターズにかかわる知見に照らして、筆者が論じる必要があると考えるに至った、メルヴィルのいくつかの作品の、本稿の言う指標語があらわれることのない、特定の章ないし詩篇を開示するという目的を果たさなければならない。さしあたって筆者が論じる必要があると考えている特定作品の特定の章ないし詩篇は、以下のとおりである。(1)『ピエール』の第16巻「都会到着の最初の夜」(P. 229-243)。(2)『白鯨』の第54章「タウン・ホー号の物語」(MD. 242-259)。(3)『戦争詩篇』中の詩篇「屋根」(NN 11, 64)。これら2つの特定の章と1篇の特定の詩篇を――それらをメルヴィルのアイルランド問題／アイリッシュ・マターズの一環として論じる理由も含めて――論じることは、本稿以降において果たされるべき課題である。

　付記　本研究はJSPS科研費JP19K00428の助成受けたものである。また、筆者が客員研究員として加えていただいている中央大学人文科学研究所の「現代アメリカの言語と文化」チームの主査加藤木能文氏からは資料の収集その他でご高配を賜った。記して謝意を表したい。

引用参照文献

上野格・森ありさ・勝田俊輔編『世界歴史大系　アイルランド史』、山川出版社、2018年。(引用・論及にさいしての略号：大系版アイルランド史)

大野真弓編著『イギリス史（新版）』、山川出版社、1965年。(略号：新版イギリス史)

福士久夫「最近のメルヴィル批評におけるジョン・ブラウン」、松本昇／髙橋勤／

君塚淳一編『ジョン・ブラウンの屍を越えて——南北戦争とその時代』、金聖堂、2016 年：205-224 頁。(略号：福士 2016a)

———.「「島めぐり移動シンポジウム」と革命の主題——『マーディ』再訪、アメ労編集委員会編『アメリカ文学と革命』、英宝社、2016 年：87-128 頁。(略号：福士 2016b)

———.「ティモシー・パウエルの「歴史的多文化主義」に立つ『白鯨』論に向かって」、『人文研紀要』(中央大学人文科学研究所) 第 83 号 (2016 年)：31-60 頁。(略号：福士 2016c)

———.「視点、アイロニー、コンテキスト、歴史、そしてジャクソン——メルヴィルの『レッドバーン』を再読する」、『人文研紀要』(中央大学人文科学研究所) 第 96 号 (2020 年)：371-403 頁。(略号：福士 2020)

———.「アイルランド／アイルランド人／アイルランド人移民とハーマン・メルヴィル」、『中央大学経済研究所年報』第 53 号 (I) (2021 年)：597-629 頁。(略号：福士 2021a)

———.「生垣、放浪者、メルヴィルのレッドバーン」、『人文研紀要』(中央大学人文科学研究所) 第 99 号 (2021 年)：109-133 頁。(略号：福士 2021b)

———.「メルヴィルの『レッドバーン』と「野蛮なアイルランド人」という句をめぐって(I)」、『人文研紀要』(中央大学人文科学研究所) 第 102 号 (2022 年)：1-32 頁。(略号：福士 2022)

———.「メルヴィルの『レッドバーン』と「野蛮なアイルランド人」という句をめぐって(II)」、『人文研紀要』(中央大学人文科学研究所) 第 105 号 (2023 年)：39-72 頁。(略号：福士 2023)

メルヴィル、ハーマン。杉浦銀作訳『乙女たちの地獄　H・メルヴィル中短篇集 I』、国書刊行会、1983 年。(略号：杉浦)

Coogan, Tim Pat. *The Famine Plot : England's Role in Ireland's Greatest Tragedy*. New York : St. Martin's Griffin, 2012. (略号：Coogan)

Davis, Merrell R. *Melville's Mardi : A Chartless Voyage*. New Haven : Yale University Press, 1952. (略号：Davis)

Ellis, Peter Berresford. *A History of the Irish Working Class*. London : Pluto Press, 1985 (1972). (略号：Ellis。本書からの引用の訳文は、P・B・エリス、堀越智・岩見寿子訳『民族と階級』(上・下) (論創社、1991 年) に拠った。本訳書の略号：堀越・岩見。)

Greeley, Andrew M. *That Most Distressful Nation : The Taming of the American Irish*. Chicago : Quadrangle Books, 1972. (略号：Greeley)

Kinealy, C. *This Great Calamity : The Irish Famine, 1845-52*. Boulder, CO : Roberts Rinehart, 1995. (略号：Kinealy 1995)

―――. *A Death-Dealing Famine : The Great Hunger in Ireland.* London : Pluto Press, 1997.（略号：Kinealy 1997）

Melville, Herman. *Typee : A Peep at Polynesian Life.* Vol. 1 of *The Writings of Herman Melville.* Evanston and Chicago : Northwestern University Press and the Newberry Library, 1968.（略号：T）

―――. *Omoo : A Narrative of Adventure in the South Seas.* 1847. Vol. 2 of *The Writings of Herman Melville.* Evanston and Chicago : Northwestern University Press and the Newberry Library, 1968.（略号：O）

―――. *Redburn : His First Voyage.* 1849. Vol. 4 of *The Writings of Herman Melville.* Evanston and Chicago : Northwestern University Press and the Newberry Library, 1969.（略号：R）

―――. *Mardi : and a Voyage Thither.* 1849. Vol. 3 of *The Writings of Herman Melville.* Evanston and Chicago : Northwestern University Press and the Newberry Library, 1970.（略号：M）

―――.*White-Jacket : or The World in a Man-of-War.* 1850. Vol. 5 of *The Writings of Herman Melville.* Evanston and Chicago : Northwestern University Press and the Newberry Library, 1970.（略号：WJ）

―――. *Pierre; or, The Ambiguities.* 1852. Vol. 7 of *The Writings of Herman Melville.* Evanston and Chicago : Northwestern University Press and the Newberry Library, 1971.（略号：P）

―――. *Israel Potter : His Fifty Years of Exile.* 1855. Vol. 8 of *The Writings of Herman Melville.* Evanston and Chicago : Northwestern University Press and the Newberry Library, 1982.（略号：IP）

―――. *The Confidence-Man : His Masquerade.* 1857. Vol. 10 of *The Writings of* Newberry Library, 1984.（略号：CM。*The Confidence-Man* からの引用の訳文は、山本雅訳『詐欺師・八面相』（成美堂、1983 年）に拠ったが、訳文を変えさせていただいた箇所もある。）

―――. *The Piazza Tales and Other Prose Pieces, 1839-1860.* Vol. 9 of *The Writings of Herman Melville.* Evanston and Chicago : Northwestern University Press and the Newberry Library, 1987.（略号：NN 9）

―――. *Moby-Dick or The Whale.* 1851. Vol. 6 of *The Writings of Herman Melville.* Evanston and Chicago : Northwestern University Press and the Newberry Library, 1988.（略号：MD。*Moby-Dick* からの引用の訳文は、八木敏雄訳『白鯨』〔全 3 冊〕（岩波文庫、2004 年）に拠ったが、訳文を変えさせていただいた箇所もある。）

―――. *Journals.* Vol. 15 of *The Writings of Herman Melville.* Evanston and Chicago :

Northwestern University Press and the Newberry Library, 1989.（略号：Jour）

―――. *Clarel : A Poems and Pilgrimage in the Holy Land*. 1876. Vol. 12 of *The Writings of Herman Melville*. Evanston and Chicago : Northwester University Press and the Newberry Library, 1991.（略号：Clarel）

―――. *Correspondence*. Vol. 14 of *The Writings of Herman Melville*. Evanston and Chicago : Northwestern University Press and the Newberry Library, 1993.（略号：Cor）

―――. *Published Poems*. Vol. 11 of *The Writings of Herman Melville*. Evanston and Chicago : Northwestern University Press and the Newberry Library, 2009.（略号：NN 11）

―――. *Billy Budd, Sailor and Other Uncompleted Writings*. Vol. 13 of *The Writings of Herman Melville*. Evanston and Chicago : Northwestern University Press and the Newberry Library, 2017.（略号：NN 13）

Powell, Timothy B. *Ruthless Democracy : A Multicultural Interpretation of the American Renaissance*. Princeton, New Jersey : Princeton University Press, 2000.（略号：Powell）

エミリ・ディキンスンの詩についての詩
——まとめを兼ねて

江田孝臣

1．はじめに

ディキンスンの作品に明白なメタポエム（poems on poetry）が存在することは広く知られている。有名な詩をいくつか挙げれば次の通りである。

"This was a Poet -" (F 446 / J 448)
"I dwell in Possibility -" (F 466 / J 657)
"The Poets light but Lamps -" (F 930 / J 883)
"Shall I take thee, the Poet said" (F 1243 / J 1126)

　筆者は、拙著『エミリ・ディキンスンを理詰めで読む——新たな詩人像をもとめて』（春風社、2018 年）の第 1 部「詩についての詩」（第 1 章〜第 5 章）において、ディキンスンのメタポエムについて論じた。第 2 章で取り上げた "The Poets light but Lamps -" (F 930 / J 883) をのぞけば、従来メタポエムとは認識されてこなかった詩を対象とした。これまでの一連の論を総括する意味で、以下にそれらの詩を、補強材料として引用したメタポエムも含めて列挙しておく。

第 1 章

"I held a Jewel in my fingers -" (F 261 / J 245)

"I cannot buy it - 'tis not sold -" (F 943 / J 840)

"Alone and in a Circumstance" (F 1174 / J 1167)

第 3 章

"My Life had stood - a Loaded Gun -" (F 764 / J 754)

第 4 章

"He put the Belt around my life -" (F 330 / J 273)

"Promise This - When You be Dying -" (F 762 / J 648)

"I cried at Pity - not at Pain -" (F 394 / J 588)

第 5 章

"I felt my life with both my hands" (F 357 / J 351)

"He found my Being - set it up -" (F 511 / J 603)

"If He were living - dare I ask -" (F 719 / J 734)

これらを含めたディキンスンのメタポエムの特徴は以下の 5 点である。

(イ) 多くの作品が「謎々詩」（riddle poems）の形態を取ること。
(ロ) いくつかの作品において、「詩」が宝石に喩えられ、「手」もしくは「指」とペアを成すこと。果実の収穫が詩作に喩えられることもある。
(ハ) いくつかの作品において、「推敲途上の詩」もしくは「未完の詩」が擬人化され、作品内の話者となること。そのような話者が自己言及する場合、一人称の "I" や "me" ではなく、"my life" もしくは "my being" といった特異な表現を用いること。
(ニ) 若干の作品において、詩人の自室に置かれた詩稿を保管しておくため

のふたつの箱（のようなもの）が、それぞれ "Heaven"（出来のよい詩専用）と "Grave"（望みのない詩専用）と呼ばれていること。
㊄ 「推敲途上の詩」の作者（詩人）が男性であること。それ以外のメタポエムでもきまって男性であるか、もしくは性別不明である。

　本稿では、上記の特徴を手掛かりに、1970年代後半に始まる「理論」隆盛以降はメタポエムとして論じられることがなかった詩をもう1篇取り上げ、詩の背景にある詩人の経験（lived experience）の帰納法による復元を試みたい。

2．メタポエムとしての "The Malay - took the Pearl -"
　　（F 451 / J 452）

F 451 / J 452

The Malay - took the Pearl -	マレイ人がその真珠を獲った
Not - I - the Earl -	伯爵たる余ではなく
I - feared the Sea - too much	余は海をあまりに怖れた
Unsanctified - to touch -	真珠に触れるには、聖とされざる者だった

Praying that I might be	そういう定めに己が
Worthy - the Destiny -	値することを祈っていると
The Swarthy fellow swam -	浅黒い同志が泳いで
And bore my Jewel - Home -	わが宝石を持ち帰った

Home to the Hut! What lot	掘立小屋に！　何という
Had I - the Jewel - got -	不運、宝石は

Borne on a Dusky Breast -	黒ずんだ胸に着けられた
I had not deemed a Vest	琥珀の肌着が似合うとは
Of Amber -fit -	夢にも想わなかった
The Negro never knew	このニグロは知る由もなかった
I - wooed it - too -	余もまた求愛していたことなど
To gain, or be undone -	獲得さもなくば破滅
Alike to Him - One -	この男にはひとつだった

　本論に入る前に、いくつか註釈を加えれば、第1連第2行 "Not - I - the Earl -" は字義通りに解釈し、話者を男性とした。第4連第2行に "I - wooed it - too -" ともある。この "Earl" や "wooed" の使用を説明するために、話者がユング的な animus を持った女性詩人とする解釈もあり得るが、そのような解釈はスコラ哲学の「オッカムの剃刀」("Ockham's razor") に反するだろう。ふたつの解釈が並立する場合、よりシンプルな解釈が優っているはずである（この場合は字義的な解釈）。女性であるディキンスンが男性のペルソナを被って詩を書いていると想定して不都合はないだろう。

　第1連第4行中の "Unsanctified" は、字義的なレベルでは、海への恐怖が天与（生得）のものであることを暗示している、と筆者は考える。ヴィヴィアン・ポラック (Vivian R. Pollak) は、この晦渋な2行のシンタックスを "disintegrated" と評している――"The disintegrated syntax obscures her [Dickinson's] history and her reasoning ; sexual anxiety almost unhinges her thought." (Pollak 156)。おそらくは、句またがりの可能性を排除できないと考えているのであろう。拙訳はひとつの試みである。

　ジョンソン版は、この詩が Robert Browning の叙事詩 "Paracelsus Aspires" を典拠としているとし、フランクリン版も踏襲している。ジャック・キャップス (Jack L. Capps) も典拠を Browning の詩であるとしている (Capps 89-90)。Browning の当該詩行は以下の通り――

Are there not Festus, are there not dear Michael,

Two points in the *adventure* of the *diver*:

One—when a *beggar* he prepares to *plunge*?

One—when a *prince* he rises with his *pearl*?

Festus, I plunge! (emphases added)

イタリック体で示した 6 語がディキンスンの詩と関係があるのは疑えない（"One" はディキンスンの詩の "One" とは明らかに無関係）。大意は「海士は海に飛び込む前は物乞いだが、真珠を手にして浮上すれば王侯である」。

最後の註釈として、類似詩 "Removed from Accident of Loss" (F 417 / J 424) にも "Brown Malay" が登場する。

1970 年代以来、その意味するところについて議論百出し、未だに解釈の定まらない難読詩のひとつである。代表的な説をいくつか挙げてみよう。

(1) ポスト構造主義以前の解釈には、「利己的な怖れのために躊躇する男は何も得られない」("nothing will come to the man who waits in selfish fear") というモラルをアレゴリー化した詩であるという、1975 年のロバート・ワイスバック (Robert Weisbuch) の説がある。ただし月並みな教訓とは一線を画すために、「詩の外部にある行動規範 [世俗的な行動規範] に言及したものではない」と付言している——

> They [Dickinson's anti-allegories] carry on the moral recommendation of certain attitudes, the 'teaching' function of traditional allegories, without referring to extrapoetic codes of conduct. *The poem gracefully transforms material to spiritual gain* to illustrate a forceful moral: that nothing will come to the man who waits in selfish fear.... (Weisbuch 58, emphasis added)

この詩は、詩的世界内における詩人の行動規範をアレゴリー化しているという趣旨である。引用中の「この詩は物質［真珠］の獲得を霊的［詩的］な獲得に優雅に変換している」という一文は、「この詩はメタポエムである」と断言しているに等しい。ワイスバックはこの詩をメタポエムとして具体的には分析していないが、この詩のメタポエム性を深く理解していた、と筆者には思える。

> 註　上掲の引用中の "Dickinson's anti-allegories" は次のように定義されている——"Anti-allegories often pose as heuristic allegories, as a series of events, scenes, and attitudes in search of an abstract, referential explanation. Because their situations are clearly illustrative and appear potentially encyclopedic, anti-allegories are, in a broad sense, allegorical." (Weisbuch 48); "Her anti-allegories combine a quality of parable with a sense of lived experience. Thus individual actions become universally essential while detached ethics become existentially real." (Weisbuch 58)

(2)　一人称の話者を作者ディキンスンに、「マレイ人」を兄オースティンに、そして「真珠」をディキンスンの幼い頃からの親友で兄オースティンと結婚したスーザン・ギルバートに、それぞれ見立てる伝記的解釈。ひとりの女性をめぐる兄と妹のライバル関係が主題だと見るわけである。異性愛制度による女の連帯（「レズビアン連続体」）の分断を糾弾する、ラディカル・フェミニズム全盛期に典型的な解釈である。

(3)　海と真珠を無意識とイド (id) の象徴とし、独身中産階級女性の抑圧されたセクシュアリティを見ようとする精神分析的な解釈。この説は (2) と組み合わされる場合もある。例えばポラックは(1)のワイスバックのメタポエム説に一定の評価を与え、(2)の伝記的三角関係説の弱点を認めながらも、フロイト的な分析によって三角関係説を補強しようとしている。

The pearl need not be Sue, the Malay need not be Austin, and the Earl need not be Emily. Yet however generalizable the situation depicted, the poem is informed by the sexual temptations of Dickinson's experience.

(Pollak 156)

(4) ディキンスンが読んでいたと推定される文学作品、あるいは新聞雑誌に当時しばしば登場したマレイ人表象とこの詩を結びつけるソース・ハンティング的な論考も複数ある。

さらには、上のいずれの解釈をとるにせよ、この詩に人種主義を見るか否か、また、見る場合にもその度合いについては批評家のあいだに違いがある。しかし、前者の問題はすでに決着している。マルキストのベッツィ・アーキラ（Betsy Erkkila）やフェミニストのポーラ・ベネット（Paula Bennett）他の研究によって、ディキンスンに人種主義者の側面があったことは、今日では定説化しているからだ（Erkkila, "Emily Dickinson and Class," pp. 1-27 and "Dickinson and the Art of Politics," pp. 133-74）。

ベネットは1986年の著書 *My Life A Loaded Gun* においては、当該の詩について(2)の解釈を取っていた（Bennett, *My Life*, pp. 52-53）。しかしながら、2002年の有名な論文 "'The Negro never knew': Emily Dickinson and Racial Typology in the Nineteenth Century" では、自らの批評眼に人種主義に対する死角があったことを真摯に反省し、ディキンスンの人種主義を調べ上げた上で、その証左を枚挙している（Bennett, "The Negro never knew'," pp. 53-61）。ディキンスンが購読していた *Springfield Republican* 紙に掲載された人種差別的な三面記事（1860年）を、この詩のソース（材源）とする解釈も打ち出しており、かつディキンスンの人種主義を立証するための主たる証拠としている。

A big buck nigger eloped from Boston, a year or two since, with a white woman, leaving his black wife and children behind ; and now, after living with this woman in Carbondale, Pa., he has again eloped, taking this time her white niece. The Negro is 50, the girl 17. The deserted aunt has a little milk-and-molasses baby by which to remember her sin and shame.

(Bennett, "The Negro never knew'," p. 54)

ボストンに住む馬鹿でかいニガー野郎が一、二年前、黒人の妻子を捨て、白人女性と駆け落ちした。この白人女性とペンシルヴェニア州カーボンデールで暮らしたのち、今度は彼女の白人の姪と、またも駆け落ちした。このニグロは五十歳、若い姪は十七歳である。棄てられた白人の叔母には褐色の赤ん坊がおり、わが子を眺めては自分の罪と恥辱を思い出している。

駆け落ち先がペンシルヴェニア州なのは、ボストンに比較して異人種間結婚もしくは同棲に寛容だったからである。この新聞の編集責任者はディキンスンの恋人候補とも目されたサミュエル・ボールズ（Samuel Bowles）であった。南北戦争以前にはこの種の記事がしばしば載ったらしい。男女とも同じ人種なら、あるいは男が白人で女が黒人の場合にはけっして耳目を引くニュースにはならない。黒人をステレオタイプ化した、たちの悪い人種主義的な文章である。

　ベネットは「マレイ人」をこの黒人の男に、「真珠」を白人女性に、それぞれ見立てているが、この解釈にはかなり無理がある。話者である「私」は誰かという疑問が生じるからだ。論理的には、その白人女性を慕う未知の白人男性とならざるを得ないが、新聞記事にはそのような人物は登場しない。また、黒人は結局この白人女性を棄てるのだが、ディキンスンの「マレイ人」には貴重な「真珠」を手放すような気配は感じられない。

　もし新聞記事とディキンスンの詩を結びつけるのなら、話者を棄てられた

後の白人女性に、「真珠」を白人女性の若い姪に見立てることも可能であるが、これにも難点がある。新聞記事には、白人女性が姪を可愛がっていたという記述がないからだ。

　ベネット自身も自分の説に確信を持っているわけではない。一方で、ベネットは旧著の説、すなわち(2)の説も完全には撤回していない。だが、明らかに自信を失っているようだ。つまりどちらの説にも彼女自身納得していない。そのことは論文末尾の次の一節に明らかである。難読詩との長い闘いに、音を上げかけているかのように聞こえる。

　　Ambiguity was the air her poetry breathed. It is perfectly possible that "The Malay‐took the Pearl" is not "about" race at all—nor about her love for her "Sister Sue" either.　　(Bennett, "The Negro never knew'," p. 60)

　曖昧さは彼女の詩が呼吸する空気のようなものだった。「マレイ人がその真珠を獲った」が人種に関する詩ではまったくないことも、また「シスター・スー」への愛についての詩でもないことも、十二分にあり得る。

　註　興味深いことにこの一節は、同じく自説の弱点を一部認めたポラックの前掲著書の一節を明らかに反響させている——"The pearl need not be Sue, the Malay need not be Austin, and the Earl need not be Emily" (Pollak 156)。ポラックとベネットが、ワイスバックのメタポエム説を知りながらも、無理を承知で伝記的、社会学的解釈に固執したのは、作品の自律性という新批評的な理念にフェミニストたちが今日では想像しがたいほどの拒絶感を抱いていたことを示している。

　この詩に人種主義的な響きがあることは否定できない。ただ、筆者は、前節で紹介した過去の(2)から(4)の解釈とはまったく異なる角度から、この詩にアプローチすることによって、人種主義的言説の由来を探ってみたい。こ

の方法は一番古い(1)のワイスバックのそれにきわめて近い。詩的世界内におけるモラル「利己的な怖れのために躊躇する男は何も得られない」をアレゴリー化した詩とする説である。他のメタポエムとの類比によって、この説を深化させてみたい。

ディキンスンは多くのメタポエム、すなわち詩についての詩を書いている。とりわけ宝石 (Jewel, Stone, Pearl) が手や指とペアで登場するとき、宝石が詩 (poem) を指すことが多い。これはディキンスンのメタポエムの特徴である。典型例はアンソロジー・ピースの "I held a Jewel in my fingers -" (F 261 / J 245) である。筆者の解釈では、紙に書き留めずに頭の中で詩を推敲している最中に、頭脳のリフレッシュのために昼寝をしたが、予期せぬことに、目覚めたらその詩が記憶からすっかり消え失せていた、というのがその内容である。

さて、"The Malay - took the Pearl -" では、"the Pearl" と "to touch" に着目すれば、これは "I held a Jewel in my fingers -" という詩句に類似している。手にもったペンで詩を書く行為のメタファーである。詩が「真珠」に見立てられている。海の底に潜って真珠を獲る行為が詩作の比喩であるとすれば、「海をあまりに怖れ」る「伯爵たる余」は、海に跳び込む勇気がない詩人であり、「マレイ人」はその勇気を有する別の詩人ということになる。実際、このマレイ人は "the Swarthy fellow" とも呼ばれている。ディキンスンは "fellow" の語源に近い語義「仲間、同志、同僚」によって、この詩がメタポエムであることを暗示している、と筆者は考える。したがって「浅黒い同志」と敢えて訳した。冒頭で述べたようにディキンスンのメタポエムは同時に謎々詩 (riddle poems) でもあるが、彼女の謎々詩には必ず謎を解くヒントがさりげなく忍ばされている。

「伯爵たる余」は生来の怯懦のために珠玉のような詩を手に入れられなかったわけだが、詩人としての悔しさが "I held a Jewel in my fingers -" のそれと酷似している。また、獲得できたかもしれない詩を横取りされた経験をもとに、すぐれたメタポエムを書いてしまうディキンスンのしたたかさ（転ん

でもただでは起きない）も、経緯は異なるが "I held a Jewel in my fingers -" の場合と同じである。

　次に引用する、詩人としての修練（修業）に言及したと思われる作品においても "Hands" と "Paste" あるいは "Hands" と "Pearl" が対で用いられている。

F 282 / J 320

We play at Paste -	私たちは模造真珠で遊ぶ
Till qualified, for Pearl -	真珠を扱う資格を得るまで
Then, drop the Paste -	それから模造真珠を落っことし
And deem ourself a fool -	自分たちは馬鹿者だと思う
The Shapes - though - were similar -	だが、形状は似ていた
And our new Hands -	そして私たちの新しい両手は
Learned *Gem*-tactics -	宝石の戦術を学んだ
Practicing Sands -	砂で練習しながら

"Paste" は陶磁器製の模造真珠のことである。"Sands" は陶磁器の原料である粘土を指している。第1連が現在形、第2連が過去形である理由が不明だが、いずれにせよ、この詩をメタポエムでないと主張することは難しいであろう。

　他に、宝石と手がペアで登場する例として、"One Life of so much Consequence" (F 248 / J 270) と "A Diamond on the Hand" (F 1131 / J 1108) がある。興味深いことに、前者の第2連は "The Malay - took the Pearl -" と表現が酷似している――"*One Pearl* - to me - so signal - / That I would instant dive - / Although - I *knew* - to *take* it - / Would *cost* me - *just a life!*"。後者の第4〜8行は、宝石の売買の比喩を用いて、他の詩人に斬新な詩を先取りされ

る怖れを表現している——"The Gem were best unknown - / Within a Seller's shrine / How many sight and sigh / And cannot, but are mad for fear / That any other buy."。どちらの詩も詩作のアレゴリーでなければ、詩としての価値に乏しい。

　詩が宝石ではなく果実に喩えられ、手とペアになっている作品もある。アンソロジー・ピースであり、紛れもないメタポエムでもある "I dwell in Possibility" (F 466 / J 657) は "The spreading wide my narrow Hands / To gather Paradise -" の2行で締め括られるが、「小さな両手をいっぱいに広げて」収穫する「パラダイス」とは、熟れた果実に比せられる優れた詩に他ならない（エデンの園と果実の連想もあるだろう）。フランクリン版ではこの詩の直後に続く "A Solemn thing within the Soul -" (F 467 / J 483) において、リンゴの収穫（もちろん手作業）が詩作に喩えられている。このことは論文集『私の好きなエミリ・ディキンスンの詩2』（金星堂、2020年）中の拙論で論じた (51-58頁)。詩が宝石に喩えられる場合は、その喪失が主題化されるのに対して、詩が果実に喩えられる場合は、その成熟（推敲）の過程が焦点化されるようである。

3．詩人の経験の帰納法による復元

　さて、ここまでの解釈だけなら説得力不足かもしれない。だが、この詩が次のような詩人特有の経験を表わすアレゴリーであったとしたら、どうであろうか。

［仮説］
　あるとき「私」は神の啓示にも似たインスピレーションに襲われ、これまでどんな詩人も書いたことがないような斬新な詩のアイデア（詩想）を得た。書き留めずに頭の中でその詩を推敲していた。しかし、その内容ゆえに、書き留めて推敲する勇気がなかった。

第1連第3,4行の「余は海をあまりに怖れた／真珠に触れるには、聖とされざる者だった」("I - feared the Sea - too much / Unsanctified - to touch -") だけが、この未知の詩の性格を暗示しているかもしれない。その内容は「盗まれた手紙」のように永遠に謎である。ここまでは、理由は異なるが、珠玉のような詩を書き留めないまま、頭の中で推敲していたという点で "I held a Jewel in my fingers -" と同じである。詩の内容が不明である点でも、"I held a Jewel in my fingers -" と同じである。

　では次に、その詩を「マレイ人」が獲った、とはいかなることであろうか。現実に起きたいかなる事態がこれに照応し得るであろうか。

　ここからは "I held a Jewel in my fingers -" との類比で考えることはできない。詩をものにできなかった原因が異なるからである。かたや忘却であり、かたや他人による横取り（先取り）である。また、世に名を知られたふたりの詩人のライバル関係のアレゴリー化に比べて、ライバルの片方が（ディキンスンのように）作品を公表しないまったくの無名詩人である場合、より複雑なアレゴリーになっている可能性がある。

　このような場合、ディキンスンの伝記に基づきながらも敢えて想像を「逞しく」することによって複数の仮説を立て、順次、帰納法によって検証する以外にない。帰納法であるから、その当否は証拠によってではなく、蓋然性によって判断されることになる（文脈から語義を取捨選択するという、われわれが無意識裡に行っている作業は帰納法である。その当否は蓋然性によってしか判断し得ない）。平たく言えば、アレゴリーから自伝的な出来事を復元するのである。多くの人が「なるほど」と納得するか否かが、仮説の妥当性を決める。帰納法の性格上、最終証明は不可能であるし、求められない。ここでは、筆者が試行錯誤を繰り返しながら考え抜いた末に到達した仮説を紹介するに留める。つまり詩人に起こった過去の出来事を可能な限り復元してみたのである。これを、逆の過程をたどって再アレゴリー化した場合に、人種主義的な "The Malay - took the Pearl -" になり得るか否かの検証は読者に委ねる（この仮説をさらに精密化する余地は残されている）。

［仮説（続）］
　ある日、詩人は、つい最近、同時代の某詩人が書いた、ほぼ同じ内容の詩を発見する（もちろん発表媒体は詩集、雑誌、新聞のいずれか）。詩人はこのことを知って驚愕し、失望し、そして書き留めなかったことを大いに悔やむ。自分の不甲斐なさを嘆く。自分の詩のオリジナリティが失われたのである。しかし、自分が先に思いついたからといって、いまさら文字にしたところで、それは猿真似に過ぎない。生きているうちに公表する意志がないとはいえ、そんな模倣は詩人の矜持が許さないのである。自分が先に書き留め、のちに他人が偶然、同じよう詩を発表したのなら、この詩人には痛くも痒くもない。自分が先に書き留めたという事実を心中に秘め続けられるだけで、十分満足だったのである。

　「マレイ人」に擬せられる「同時代の某詩人」はディキンスンがその名を知る詩人であろうが、特定するのは不可能であろうし、その必要もなかろう。しかしながら、この別の詩人が実際にマレイ人あるいは黒人であったわけではないだろう。「掘立小屋」（"Hut"）に住まざるを得ないような貧困階級出身だったというわけでもなかろう。あくまで想像だが、19世紀半ばの英米の詩人たちの多くと同様に、中産階級出身の白人詩人のひとりだったであろう。ディキンスンの読書傾向からすれば、イギリス人である可能性の方が高い。また、作者ディキンスン自身が「伯爵」の仮面を被っているのだから、相手の詩人も男性とは限らない。「マレイ人」の海士（あま）としたのは、詩を真珠と喩えたがゆえに、当時有名な真珠の産地マレイ半島が連想によって引きずり出されたに過ぎないだろう。しかし、悔し紛れにその経験をもとに詩を書くうちに、平生は抑圧していた人種主義的な言辞があふれ出たのである。

　最終連の "To gain, or be undone - / Alike to Him - One -"（獲得さもなくば破滅／この男にはひとつだった）についての筆者の解釈を示そう。ディキンスンの詩の最終連は、必ずと言っていいほど難解である。まず、「この男にはひとつだった」とは「この男にとっては同じことだった」、すなわち「どうで

もよいことだった」の意味であろう。ディキンスンにとって天与の詩想を形にできるか否かは、生きるか死ぬかの問題であった（"be undone" はもちろん誇張）。しかし、マレイ人に擬せられる未知の詩人は、隠棲し作品を公表しないディキンスンが同じ詩を欲していたことなど知る由もない（"The Negro never knew / I - wooed it - too -"）。したがって、彼女の詩人としての生死もまた関知しない、という意味であろう。「伯爵たる」ディキンスンは、それゆえいっそう口惜しいのである。

付記　本稿はエミリィ・ディキンスン学会、2023年度大会［6月17日、岐阜協立大学］における研究発表原稿に加筆したものである。

引用文献

〈Primary Sources〉

Franklin, R. W., ed., *The Poems of Emily Dickinson,* 3 vols. Cambridge, MA : Harvard University Press, 1998.

Johnson, Thomas H., ed., *The Poems of Emily Dickinson,* 3 vols. Cambridge, MA : Harvard University Press, 1955.

〈Secondary Sources〉

Bennett, Paula, *My Life A Loaded Gun* : *Female Creativity and Feminist Poetics*, Boston : Beacon, 1986.

―――, "'The Negro never knew'" : Emily Dickinson and Racial Typology in the Nineteenth Century," *Legacy*, Vol. 19, No. 1 (2002), pp. 53-61.

Capps, Jack L., *Emily Dickinson's Reading.* Cambridge, MA : Harvard University Press, 1966.

Erkkila, Betsy, "Emily Dickinson and Class" in *American Literary History* 4 (1992), pp. 1-27.

―――, "Dickinson and the Art of Politics" in *A Historical Guide to Emily Dickinson,* edited by Vivian R. Pollak, New York : Oxford University Press, 2004, pp. 133-74.

Pollak, Vivian R., *The Anxiety of Gender,* Ithaca, NY : Cornell University Press, 1984.

Weisbuch, Robert, *Emily Dickinson's Poetry,* Chicago : University of Chicago Press, 1975.

川上未映子の文章は翻訳者に
どのように英訳されるのか

大 羽　　良

1．はじめに

　川上未映子の文体の特徴の一つとして、その文の長さが挙げられる。例えば本研究で取り上げる彼女の小説でそれぞれ一番長い文は、以下のようなものである。

　　たくさんあったうれしいこと、つまらないわたしの話をいつだって肯いてきいてくれた三束さん、背かっこうも、歩きかたも、考えかたも、しゃべりかたも、着ている服も、冬の匂いも、もう何もかもが、ほんとうにすきで仕方なかった三束さん、わたしは三束さんのことをほんとうには知らないかもしれないけれど、三束さんもわたしのことを何も知らないまま、何も始まらずに、こうして、こうして終わっていってしまうんだということ、話せばたのしいはずのこと、やまほどあったはずなのに、会わない日が増えるにつれて、やがてわたしはそのひとつひとつを必ず忘れていってしまうだろうということ、不安や予感や、後悔や、ありがとうという気持ち、もう過ぎ去ってもどらないことがつぎからつぎにまざりあって体中を駆けめぐり、わたしは膝を抱えて泣いた。
　　　　　　　　　　　　　　　　　　　（『すべて真夜中の恋人たち』，12）

ぼくはドゥワップにそのことを教えるべきかどうか、教えるんだったらそういうのってどうやって言えばいいんだろうとか、でもそんなこと言ったらまたいろいろと面倒なことを言い返されるかもしれないなとか、お金のこととか、それからおばあちゃんのこととか——このごろは考えることが多くなってきて、じゃあ今日はまだ眠くないし、いまからゆっくり考えてみようとベッドに入っていざ天井をみつめてみても、でも考えるっていったって、どういうのがいったいそういうことなんだったっけって思いはじめると、なんだか木目の渦の幅が伸びたりちぢんだりしはじめてすぐに眠たくなって、そんなだから、けっきょくぼくの頭や胸のなかにもやみたいにかかってるあれこれは、どれもひとつも解決しないことになる。 （「ミス・アイスサンドイッチ」, 1）

　川上未映子の小説を英訳する翻訳家はこれらの文をどのように訳すのであろうか。

　笠間（2017）において翻訳者の目標として書かれているように、翻訳者は「訳書全体の印象が、原書の印象と近いものになる」よう、そして「翻訳書でありながら、翻訳を読み終えたひとの目には、原著のとおりの風景が見える」翻訳を行いたいと考えているはずであり、そのために原著の文体、つまり、この文の長さが持つ雰囲気のようなものを翻訳にも保ちたいと考えているはずである。一方、翻訳者は翻訳先の言語の自然さを保ち、読者に一定の readability、つまり、読みやすさを与えなければならないとも考えていると思われる。Baker（1996）によれば、翻訳者が一定の readability を保とうとするような翻訳行為を、「正規化・保守化・平準化」という言葉でまとめている。それらは以下のように定義され、翻訳行為において一般的なものであるという。

　　正規化（Normalisation）：元のテキストから翻訳される言語に合わせて変化
　　　　　　　　　　　　　させる行為

保守化（Conservation）：実験的に書かれた元テキストの文体を翻訳時に避ける行為

平準化（Leveling-out）：元テキストにみられる極端な文体的特徴を中庸化する行為

　川上未映子の長い日本文を英訳したとき、英語として自然でなければ、その長さは調節されるだろう（正規化）。また、川上未映子の文の長さの極端さは翻訳時に避けられるかもしれず（保守化）、より一般的な文の長さで複数文に分けて訳されることが考えられる（平準化）。

　以上のように、翻訳者たちは翻訳という行為の中で、原著の文体の保持と翻訳先の言語での readability の確保についてバランスをとろうとしているはずであるが、それはどの程度、そしてどのように行われているのであろうか。

　本研究では、計量言語学的アプローチから、ふたりの翻訳者が川上未映子の文体をどのように英訳するのか分析・検討を行う。前述したような原著の文を訳すにあたっては、翻訳者は意識的もしくは無意識的にいくつかの技術を用いていると考えられる。計量言語学的アプローチは、翻訳者のそのような技術の傾向・パターンを捉え、翻訳者自身が気づかない作品間の翻訳方法の違いなどを明らかにすることを可能とする。また複数の翻訳者間の翻訳方法の類似・相違する傾向・パターンを捉えることも可能となるだろう。

2．研究目的

　本研究は、川上未映子の小説にみられるような文体的に特徴のある文章が英訳されるとき、1）翻訳された小説に文体としての変化はみられるのか、具体的には文の数や文の長さが、作者の異なる小説の翻訳と比較して変化はみられるのか、そして翻訳者が異なればそれらも異なるのかを観察する。そして、2）一文が複数の文に分けられて訳されるとき、ア）翻訳者の間に違

いはみられるのか、イ）ひとりの翻訳者でも翻訳する原著によって違いがみられるのかを明らかにする。

3．コーパスデザイン

　本研究で比較する川上未映子の小説は、『すべて真夜中の恋人たち』と『あこがれ』内の短編小説「ミス・アイスサンドイッチ」とし、それらの小説とその英訳をもとにコーパスを作成した。前者は、*All the Lovers in the Night* という英題で Sam Bett と David Boyd[1]によって、後者は *Ms Ice Sandwich* として Louise Heal Kawai に翻訳されている。また同一翻訳者の作品間での比較のため、東野圭吾の小説『ナミヤ雑貨店の奇蹟』と、Sam Bett が英訳した *The Miracles of the Namiya General Store*、横山秀夫の小説『ノースライト』と、Louise Heal Kawai が英訳した *The North Light* からもコーパスを作成した[2]。

　その後、原著の日本文テキストと翻訳者の英文テキストを文を単位として分割し、パラレルコーパスを作成した。日本文テキストについては、句点、台詞終わりの鉤括弧『』』、クエスチョンマーク、エクスクラメーションマークを文末記号と定義した。ただし、台詞が文中に埋め込まれていると判断した場合は台詞だけを文とみなさず、台詞が埋め込まれた文全体を一文とした。英文テキストについては、ピリオド、クエスチョンマーク、エクスクラメーションマーク、コロンを文末記号として、文に分割した。ただし、台詞については文末記号の次のクォーテーションマークまでを文とした。次に日本文テキストの文と翻訳された英文テキストの文それぞれに ID 番号を与え、目視で対応させた。ID 番号を一対一対応させるだけでなく、図1の［a］のように日本文に翻訳先の複数の英文が対応する場合、そして［b］のように英文が原著の複数の日本文に対応する場合は、図1で示されるように複数の ID 番号を対応させた。対応する文がない場合は、［c］で示されるように中身が空である ID 番号を付与した。

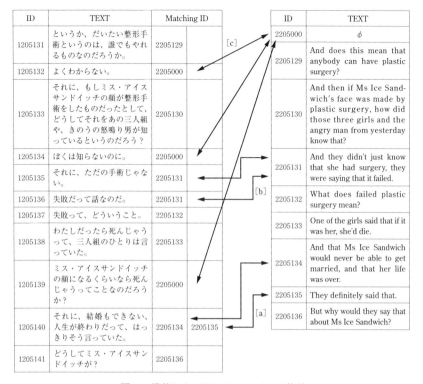

図1　構築したパラレルコーパスの抜粋

　日本文テキストと英文テキストはそれぞれ、プログラミング言語 Python のモジュールとして動く形態素解析エンジン nagisa（ver. 0.2.0+）と品詞付与ソフトウェア Stanza（ver. 1.7.0）を用いて単語に分割した[3]。それらから得られたパラレルコーパスの各テキストの延べ語数（記号を含む）は表1のとおりとなった。今回使用したソフトウェアから得られた結果は、*All the Lovers in the Night*、*Ms Ice Sandwich*、*The Miracles of the Namiya General Store* の三つの英文翻訳の総語数については、原著の総語数と比較して 81%-85% と少なくなっているが、Louise Heal Kawai の翻訳 *The North Light* は、原著と翻訳の総語数の比率がほぼ1：1であった。

表1　各テキストの総単語数

題　名	著　者	語　数	英文題名	翻訳者名	語　数	英語数／日語数
すべて真夜中の恋人たち	川上未映子	103,311	All the Lovers in the Night	Sam Bett (& David Boyd)	83,352	0.81
ミス・アイスサンドイッチ	川上未映子	29,255	Ms. Ice Sandwich	Louise Heal Kawai	24,317	0.83
ナミヤ雑貨店の奇蹟	東野圭吾	134,364	The Miracles of the Namiya General Store	Sam Bett	113,632	0.85
ノースライト	横山秀夫	147,402	The North Light	Louise Heal Kawai	146,869	1.00

4．分析の結果

4-1　文　の　数

　表2は原著と翻訳それぞれの総文数である。ふたりの翻訳者による川上未映子の小説の翻訳英文テキストは原著よりもわずかに総文数が増加していた(1.15, 1.01)。一方、比較として取り上げた東野圭吾と横山秀夫の小説の翻訳英文テキストの総文数は、原著と比較してわずかに少なかった (0.98, 0.97)。

4-2　文の長さ

　文の長さを比較するにあたって、文の長さの単位を句読点などの記号を含まない単語とした（文の長さ＝記号を除いた単語の数）。セクションを変える＊のような記号だけで構成される一文は取り除いた（それぞれのテキストの総文数は、図2と図3に N として示す）。文の長さは、正規分布に近づけるため ネイピア数 e を底とした log の値に変換した[4]。このとき、最短の長さは、「うん」、"Yes." 等の単語1語からなる文で、その長さは $log_e 1 = 0$ となる。日本文

表2　各テキストの総文数

題　名	著　者	文　数	英文題名	翻訳者名	文　数	英語数／日語数
すべて真夜中の恋人たち	川上未映子	4,334	All the Lovers in the Night	Sam Bett (& David Boyd)	5,001	1.15
ミス・アイスサンドイッチ	川上未映子	1,083	Ms. Ice Sandwich	Louise Heal Kawai	1,093	1.01
ナミヤ雑貨店の奇蹟	東野圭吾	9,837	The Miracles of the Namiya General Store	Sam Bett	9,672	0.98
ノースライト	横山秀夫	10,814	The North Light	Louise Heal Kawai	10,530	0.97

での最長は第一節で取り上げた『すべて真夜中の恋人たち』での一文で182語からなるため、長さは $log_e 182 ≒ 5.20$ となった。英文での最長は、最長の日本文に対応した訳の一部であった次の文であり、151語で構成される。長さは $log_e 151 ≒ 5.02$ となる。

　　These thoughts raced through my mind, one after another, all the happy moments, the way that Mitsutsuka listened to every little thing I said and nodded patiently, the sight of him from behind, the way he walked, the way he thought, the way he talked, the clothes he wore, the smell of winter, all of it, because I really liked him, even though I knew nothing about him, and he knew nothing about me, and maybe that was all that this would ever come to, ending without getting off the ground, despite how good I knew it could be, had already been, with more good times than I knew what to do with, but as the days without him added up, I knew that I would burn through every last one of the memories, the anguish and the premonitions, the regrets, the gratitude, all of which would pass,

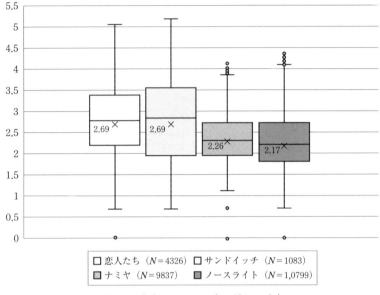

図2　日本文テキストの文の長さの分布

never to return.　　　　　　　　　　　　　（*All the Lovers in the Night*, 12）

　図2と図3は、原著の日本文テキストと翻訳の英文テキストの文の長さの分布を表した箱ひげ図である。図の箱の下端は第1四分位数、上端は第3四分位数を表しており、箱の中はデータの中央50%が含まれ、箱の中間に位置する線が中央値を示す。また、×は平均値を示し、数値を付している。箱の両端から外側に伸びる線はひげと呼ばれ、データの範囲を示す。ひげは箱の端から1.5倍の四分位範囲内の最も外側のデータ点までを示す。異常値（outlier）は○で示される。

　各テキストの長さを把握しやすいよう、それぞれのテキストの文の長さの平均とほぼ同じ長さを持つ文を(2)と(3)に例として載せる。原著の日本文の長さの平均を比較すると、東野圭吾・横山秀夫の小説よりも、川上未映子のそれのほうが長かった。その差はだいたい0.45であり、logから戻した値は

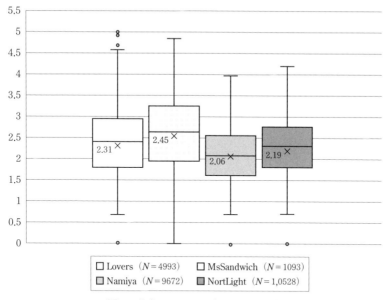

図3 英文テキストの文の長さの分布

1.57 となる。翻訳テキストの英文の長さの平均をみると、こちらも川上未映子の小説のほうが東野圭吾・横山秀夫のそれよりも長くなっていた。平均の差はおおよそ 0.3 程度であり、log から戻した値は 1.35 であった。

(2) a. 三束さんにつぎ会えるとしたら、それはいつになるんだろう。
 (『すべて真夜中の恋人たち』, 7)
 b. 口を少しだけあけて、小さく息をして眠っている。
 (「ミス・アイスサンドイッチ」, 5)
 c. だが一人で行くのは初めてだった。 (『ナミヤ雑貨店の奇蹟』, 4:4)
 d. ほどなく青瀬は事務所に舞い戻った。 (『ノースライト』, 52)

(3) a. Have you ever heard about advice leading to a resolution?
 (*All the Lovers in the Night*, 7)

b. I go over to Grandma and I hold my breath for a moment.

(*Ms Ice Sandwich*, 5)

c. 'How come Mom and Dad never stop fighting?'

(*The Miracles of the Namiya General Store*, 1:2)

d. It was lined with souvenir shops and family homes.

(*The North Light*, 28)

　東野圭吾と横山秀夫の小説の最長の文は、それぞれ 4.14（63 語）と 4.36（78 語）、東野圭吾と横山秀夫の小説の翻訳の最長の文は、それぞれ 3.99（54 語）と 4.19（67 語）であった。上記でみた川上未映子の文と翻訳文との比較のために、例として (4a) には東野圭吾小説での最長の文、(4b) には横山秀夫の小説を Louise Heal Kawai が翻訳した文の中での最長のものを載せておく。

(4) a. ほかの悩み相談にも目を通したが、サンタクロースに来てほしいが煙突がないのでどうすればいいかとか、地球が猿の惑星みたいになった時には誰から猿の言葉を習えばいいかとか、とにかくどれもこれもふざけた内容ばかりだ。　（『ナミヤ雑貨店の奇蹟』, 3:1）

b. They hadn't found any fibres from the soles of his slippers but, unlike dirt from the sole of a shoe, it wouldn't have adhered to the sill anyway, and if someone had sat on the windowsill, smoked a cigarette and then killed himself, the slippers he had been wearing would have flown through the air and out of the window without ever touching the windowsill.　(*The North Light*, 51)

　次に、原著の日本文テキストの間で文の長さの平均に統計的に有意差があるかどうかを確認する。文の長さの平均の差をみるため一元配置の分散分析

表3　各テキストの文の長さの平均と標準偏差

	度数	平均値	標準偏差	標準誤差	最小値	最大値
恋人たち	70	2.74	0.87	0.10	0.00	4.93
サンドイッチ	70	2.91	1.17	0.14	0.00	5.18
ナミヤ	70	2.35	0.59	0.07	0.69	3.53
ノースライト	70	2.23	0.77	0.09	0.00	3.81
合　計	280	2.56	0.91	0.05	0.00	5.18

をすることとしたが、最小の日本文テキスト「ミス・アイスサンドイッチ」でも約1,000文からなるため、すべての文を用いて統計を行う場合、その検定力 ($1-\beta$) は強すぎる。よって、各日本文テキストから70文をサンプリングすることとした。サンプリングしたデータの統計量を表3に示す。

　分散分析の前に各日本文テキスト間の分散が等しいかどうかを確認するため、群間の分散の不均一性（等分散性の違反）を検出するための一般的な方法であるLeveneの等分散検定を行った。その結果、Leveneの検定統計量は$F = 7.96$であり、$p < 0.001$であった。このp値は0.05より小さいため、帰無仮説を棄却できることとなる。したがって、各日本文テキスト間で分散は等しいとは仮定できず、検定にはWelch法を用いた。

　分散分析の結果、日本文テキスト間には有意な差がみられた（$F(3, 149.74) = 8.80, p < 0.001, \eta^2 = 0.09$）。分散分析によって有意な差があることがわかったため、等分散を仮定しないGames-Howell法を用いて多重比較を行った。その結果を表4に示す。川上未映子の二つの小説と東野圭吾・横山秀夫の小説の間にそれぞれ有意な差が得られたが、川上未映子の二小説の間・東野圭吾の小説と横山秀夫の小説には有意な差は認められなかった。

　川上未映子の二小説の間、そして東野圭吾・横山秀夫の小説の間に統計的に有意な差があるとは明確にいえないため、本研究ではこれ以降、それぞれをグループとみなすこととした。それぞれ川上作品、東野・横山作品と名付ける。

表4 日本文テキストの多重比較の結果

		平均値の差	標準誤差	有意確率	95%信頼区間 下限	95%信頼区間 上限
恋人たち	サンドイッチ	-0.17	0.17	0.78	-0.62	0.29
	ナミヤ	0.40*	0.13	0.01	0.07	0.72
	ノースライト	0.51*	0.14	0.00	0.15	0.88
サンドイッチ	恋人たち	0.17	0.17	0.78	-0.29	0.62
	ナミヤ	0.56*	0.16	0.00	0.15	0.97
	ノースライト	0.68*	0.17	0.00	0.25	1.11
ナミヤ	恋人たち	-0.40*	0.13	0.01	-0.72	-0.07
	サンドイッチ	-0.56*	0.16	0.00	-0.97	-0.15
	ノースライト	0.12	0.12	0.74	-0.18	0.42
ノースライト	恋人たち	-0.51*	0.14	0.00	-0.88	-0.15
	サンドイッチ	-0.68*	0.17	0.00	-1.11	-0.25
	ナミヤ	-0.12	0.12	0.74	-0.42	0.18

＊平均値の差は 0.05 水準で有意。

次に翻訳された英文テキストの文の長さの平均の差について、原著（川上作品 vs. 東野・横山作品）という要因と翻訳者という要因の主効果と交互作用をみるため、二元配置分散分析を行うこととした。分析するにあたって、検定力を適切にするため各英文テキストからサンプルを 85 ずつ抽出した。分析するデータの統計量を表5に示す。

分析前に英文テキスト間の文の長さの分散が等しいかどうかを確認するため、Levene の等分散検定を行った。その結果、Levene の検定統計量は $F(3, 336) = 4.25$ であり、$p = 0.06$ であった。この p 値は 0.05 よりわずかに大きいため、帰無仮説は棄却できず、英文テキスト間で文の長さの分散は等しいと仮定することとした。

分散分析の結果、翻訳元である原著の主効果は有意であり（$F(1, 336) = 23.34, p < 0.001, \eta^2 = 0.07$）、原著の違いが英文の長さの平均について統計的に有意な影響を持つことが示された。一方、翻訳者の主効果は有意でなく

表5　各テキストの文の長さの平均値と標準偏差

翻訳者		平均値	標準偏差	度数
Sam Bett	川上作品	2.49	0.82	85
	東野・横山作品	2.10	0.70	85
	総和	2.29	0.78	170
Louise Heal Kawai	川上作品	2.61	0.93	85
	東野・横山作品	2.13	0.81	85
	総和	2.37	0.90	170
総和	川上作品	2.55	0.87	170
	東野・横山作品	2.12	0.76	170
	総和	2.33	0.84	340

($F(1, 336) = 0.77, p = 0.38, \eta^2 = 0.002$)、翻訳者の違いが英文の長さの平均に与える影響については統計的に有意でなかったことが示された。そして原著と翻訳者の交互作用効果についても、統計的に有意ではなかった（$F(1, 336) = 0.26, p = 0.61, \eta^2 = 0.001$）。したがって原著の違いと翻訳者の違いが英文の長さの平均に独立して影響を与えていることが示唆される。

4-3　複数の文によって訳される文

　第一節で言及したとおり、翻訳者の技術として、原著の日本文一文をそのまま一文として翻訳せず、複数の文で訳すことがある。(5)に川上未映子の原著と Louise Heal Kawai の訳を例として挙げる。

(5)　原著：ぼくにしてみるとそんな話をなぜいつまでもえんえんくりかえすことができるのかそれが不思議なんだけど、だって誰かが誰かをすきとかどうとかって、つまりは人のこと、嘘かほんとかもわからないようなうわさ話ばっかりをしてるわけであって、そんなのが楽しいわけないはずなのに、なのに男でもそういう雰囲気がきらいじゃないやつもけっこういて、去年はぜんぜん

そんな雰囲気なんてなかったのに、いったいなにがどうなったっていうんだろう。　　　　　（「ミス・アイスサンドイッチ」, 2）

翻訳：I don't get how they can go on and on about all that stuff, it's a mystery to me. I mean who likes who and all that, stuff about other people, you never know if it's true or made-up, a lie... it's all just gossip, I mean it's not really interesting or fun at all, but there are even some boys who're into talking about that stuff now, even though only last year they said they hated it. I don't understand what's happened to them.　　　（*Ms Ice Sandwich*, 2）

このような翻訳技術がどのくらいの頻度で、どのような文の長さに用いられるかを観察する。

4-3-1　文の数

表6は、それぞれの原著について複数の英文に訳された日本文の総数である。『ナミヤ雑貨店の奇蹟』と『ノースライト』では100文あたり7文程度だが、川上未映子の小説の場合、その頻度が増加し、「ミス・アイスサンドイッチ」では11文程度、『すべて真夜中の恋人たち』では16文程度であった。

表6　複数の英文に訳された原著の日本文の数

原　著	複数文に訳された文の数	総文数	100文あたり
すべて真夜中の恋人たち	688	4,334	15.87
ミス・アイスサンドイッチ	118	1,083	10.90
ナミヤ雑貨店の奇蹟	748	9,837	7.60
ノースライト	759	10,814	7.02
		平均	10.35
		標準偏差	3.52

4-3-2　文の長さ

次に、翻訳先で複数の英文に訳された原著の文の長さについて観察する。図4は複数の英文によって訳された原著の文の長さの分布を表した箱ひげ図である。

複数の英文に訳されることになった原著の文の長さの平均の差について、原著（川上作品 vs. 東野・横山作品）という要因と翻訳者という要因の主効果と交互作用をみるため、二元配置分散分析を行うこととした。分析するにあたって、検定力を適切にするため各群からサンプルを 70 ずつ抽出した。分析するデータの統計量を表7に示す。

分散分析の前に各群の文の長さの分散が等しいかどうかを確認するため、Levene の等分散検定を行った。その結果、Levene の検定統計量は $F(3, 276) = 2.60$ であり、$p = 0.053$ であった。この p 値は 0.05 よりわずかであるが大きいため、帰無仮説を棄却することはできず、各群の文の長さの分散は等しいと仮定することとした。

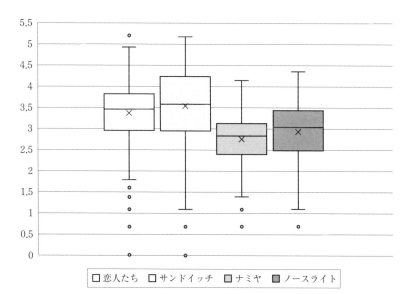

図4　複数の英文に訳された原著の文の長さの分布

表7 各群での複数文に訳された日本文の長さの平均と標準偏差

翻訳者		平均値	標準偏差	度数
Sam Bett	川上作品	3.39	0.79	70
	東野・横山作品	2.84	0.56	70
	総和	3.11	0.74	140
Louise Heal Kawai	川上作品	3.46	0.82	70
	東野・横山作品	2.88	0.67	70
	総和	3.17	0.80	140
総和	川上作品	3.42	0.80	140
	東野・横山作品	2.86	0.62	140
	総和	3.14	0.77	280

　分散分析の結果、翻訳元である原著の主効果は有意であり（$F(1, 276) = 43.56, p < 0.001, \eta^2 = 0.14$）、原著の違いが、複数の英文に訳されることとなった日本文の長さの平均について統計的に有意な影響を持つことが示された。一方、翻訳者の主効果は有意でなく（$F(1, 276) = 0.42, p = 0.52, \eta^2 = 0.002$）、翻訳者が異なることによって、複数の英文に訳された文の長さの平均に与える影響については統計的に有意でなかったことが示された。そして原著と翻訳者の交互作用効果についても、統計的に有意ではなかった（$F(1, 276) = 0.03, p = 0.86, \eta^2 < 0.001$）。したがって原著の違いと翻訳者の違いはそのような日本文の長さの平均に独立して影響を与えていることが示唆された。

　複数の英文に訳された日本文について、川上作品のほうが東野・横山作品より有意に長いという結果は、東野・横山作品に長い文が少ないため選択できなかったということもありうる。その可能性を考慮し、文の長さを正規化（Min-Max normalization）することによって、原著の各日本文テキストの長さを 0-1 に設定することとした。正規化はLを文の長さ、L_{min}をテキスト内の最短の長さ、L_{max}をテキスト内の最長の長さとしたとき、(6)の式から求められる。

(6) $\dfrac{L-L_{min}}{L_{max}-L_{min}}$

　このデータを用いて、複数の英文に訳されることになった原著の文の長さの平均の差について、原著（川上作品 vs. 東野・横山作品）という要因と翻訳者という要因の主効果と交互作用をみるため、二元配置分散分析を行うこととした。分析するにあたって、検定力を適切にするため各群からサンプルを70ずつ抽出した。今回分析したデータの統計量を表8に示す。

　分散分析の前に各群の文の長さの分散が等しいかどうかを確認するため、Leveneの等分散検定を行った。その結果、Leveneの検定統計量は $F(3, 276) = 2.60$ であり、$p = 0.28$ であった。この p 値は0.05より大きいため、帰無仮説を棄却できず、各群の文の長さの分散は等しいと仮定することが可能となる。

　分散分析の結果、翻訳元である原著の主効果は有意であり（$F(1, 276) = 9.272$, $p = 0.003$, $\eta^2 = 0.03$）、原著の違いが、文の長さを正規化することによって調整しても、複数の英文によって訳された文の長さの平均について統計的に有意な影響を持つことが示された。一方、翻訳者の主効果は有意でなく

表8　正規化された各群の複数の英文に訳された文の長さの平均と標準偏差

翻訳者		平均値	標準偏差	度数
Sam Bett	川上作品	0.67	0.12	70
	東野・横山作品	0.64	0.16	70
	総和	0.65	0.14	140
Louise Heal Kawai	川上作品	0.71	0.19	70
	東野・横山作品	0.62	0.18	70
	総和	0.67	0.19	140
総和	川上作品	0.69	0.16	140
	東野・横山作品	0.63	0.17	140
	総和	0.66	0.17	280

($F\,(1,\,276) = 0.38$, $p = 0.54$, $\eta^2 = 0.001$)、値を正規化しても、翻訳者が異なることによって、複数の英文に訳された文の長さの平均に与える影響については統計的に有意でなかったことが示された。そして原著と翻訳者の交互作用効果についても、統計的に有意ではなかった（$F\,(1,\,276) = 1.47$, $p = 0.23$, $\eta^2 < 0.005$）。したがって、値を正規化しても、原著の違いと翻訳者の違いは、複数の英文に訳された文の長さの平均に独立して影響を与えていることが示唆された。

5. 考　　察

表2でみたように、ふたりの翻訳者による川上未映子の小説の翻訳は、総文数が原著よりも増加していた。比較の対象となる東野圭吾・横山秀夫の場合は、同じふたりの翻訳者のものであっても、総文数は原著より減少していた。これは表6で示されたように、川上未映子の小説の翻訳では、原著の一文を複数の英文で訳した割合が、東野圭吾・横山秀夫の小説の場合より多いことが原因の一つであると考えられる。川上未映子の特徴的な文体である長い文を複数の英文に分割して翻訳するこのような行為は、Baker（1996）で述べられた、翻訳行為で行われる正規化・保守化・平準化の具体例であると考えられる。

原著の一文を複数の英文に翻訳する割合が、川上未映子の小説の翻訳にみられることが多いためか、ふたりの翻訳者ともに、東野圭吾・横山秀夫の小説の自身の翻訳と比較したとき、文の長さは「相対的に」短くなった。原著の文の長さの平均を1としたとき、Sam Bett の翻訳では、川上未映子の小説である *All the Lovers in the Night* が0.86であるのに対し、東野圭吾の小説 *The Miracles of the Namiya General Store* では0.91であった。Louise Heal Kawai の場合、川上未映子の小説 *Ms Ice Sandwich* では0.94だが、横山秀夫の小説 *The North Light* では、1.01と原著より文の長さの平均が長くなった。相対的に川上未映子の小説の翻訳の文の長さが短くなった結果も、正規化・

保守化・平準化の具体例として挙げられるだろう。

　しかし実際の数値では、文の長さの平均は、川上未映子の小説の翻訳のほうが、東野圭吾・横山秀夫の小説の翻訳よりも長いことが統計的に示された。一方で、ふたりの翻訳者間では統計的に有意な差はみられなかった。もちろん第二種の過誤を犯す可能性があるので明確に結論付けることはできないが、十分な総データ数（$N = 340$）と効果量の小ささ（$\eta^2 = 0.002$）を考慮すると、ふたりの翻訳者が翻訳した文の長さに差はないといえるかもしれない。本研究ではふたりの翻訳者の比較であるが、翻訳された文の長さは、原著によって決まり、翻訳者の影響、いいかえれば翻訳技術などには影響を受けないということになる。

　原著の一文が複数の英文によって訳された場合はどうであろうか。複数文で英訳されることになった原著の一文の長さの平均は、川上未映子の小説のほうが、東野圭吾・横山秀夫の小説よりも長いことが統計的に示された。これは実際の文の長さについてだけでなく、原著の文の長さを 0-1 の間に修正した場合も同様であった。一方で、ふたりの翻訳者間では統計的に有意な差はみられなかった。第二種の過誤を考慮し、明確に結論付けることはできないが、十分な総データ数（$N = 280$）と効果量の小ささ（$\eta^2 = 0.001$）を踏まえると、ふたりの翻訳者が複数の英文に翻訳しようと決断した日本文の長さには差はないといえるかもしれない。本研究ではふたりの翻訳者しか扱っていないが、一般化すると、翻訳者が原著の文をみて複数の英文に訳そうと判断する場合、その文の長さの基準は翻訳者によって差はみられず、異なる翻訳者でも同じような文の長さを選択する可能性があるということである。その時、川上未映子のように、主に長い文からなる小説と、東野圭吾・横山秀夫のような、より短い文からなる小説とを比較すると、川上未映子の小説では、相対的により長い文が選択される。これは翻訳者間に共通する翻訳パターンであるといえる。

6．おわりに

第 1 節でみた川上未映子の二つの小説から引用した文の Sam Bett と Louise Heal Kawai の英訳をみておこう。

> These thoughts raced through my mind, one after another, all the happy moments, the way that Mitsutsuka listened to every little thing I said and nodded patiently, the sight of him from behind, the way he walked, the way he thought, the way he talked, the clothes he wore, the smell of winter, all of it, because I really liked him, even though I knew nothing about him, and he knew nothing about me, and maybe that was all that this would ever come to, ending without getting off the ground, despite how good I knew it could be, had already been, with more good times than I knew what to do with, but as the days without him added up, I knew that I would burn through every last one of the memories, the anguish and the premonitions, the regrets, the gratitude, all of which would pass, never to return. I hugged my knees and cried.
>
> (*All the Lovers in the Night,* 12)

> ..., but I don't know if I should mention this to Doo-Wop, and then if I did decide to say something, how should I put it to him? And if I told him straight, then he might get annoyed and say all sorts of things back to me ... I've been thinking about all kinds of stuff lately, about the money, and about Grandma ... so seeing as tonight I'm not tired at all yet, I think I'll go to bed and stare up at the ceiling and think about it all, and then I start thinking, *What was it exactly that was what way?*, and somehow the swirls in the grain of the wood start to expand and contract and I begin to feel

sleepy, and then my head and my chest fill up with some kind of fog and I can't seem to work this or that or anything out in my mind.

(*Ms Ice Sandwich*, 1)

　Sam Bett も Louise Heal Kawai も二文に分けて訳している。二文中、順序は前後しているとはいえ、一つは長く、もう一つは短めの文で訳しているという点は共通である。一方で以下のような翻訳もある。(7)では、短い複数の英文で翻訳しており、(8)ではちょうど半分に区切り、同じような長さの二英文で翻訳している。

(7)　原著：何度くりかえしてみてもおなじ記事しかみあたらないのに、まるで日課のようになってしまった検索のおかげで「みかぼの三束雨」ということわざがあることを知った。

(『すべて真夜中の恋人たち』, 7)

　　翻訳：I searched and searched, even though I knew nothing would come of it. Still, my daily ritual did pay off to some degree. I discovered an arcane expression, "Mikabo no sanzokuame," which uses the same characters as "Mitsutsuka" but in this case pronounces them "sanzoku." (*All the Lovers in the Night*, 7)

(8)　原著：白くて長い右手でぼくの首の毛をつかみ、左手で肩甲骨のあたりをぐっとおさえて、ミス・アイスサンドイッチはぼくの背中にのって、街じゅうをきらめきながら駆けぬけて、城をめざして走っている。 (「ミス・アイスサンドイッチ」, 8)

　　翻訳：She strokes the fur on my neck with her long, fair right hand, with her left she has a firm grip on my shoulder blade. Ms Ice

> Sandwich is on my back and we sparkle as we dash through the town, heading towards the castle. （*Ms Ice Sandwich*, 8）

　これらのような翻訳は、第一節で述べたように、翻訳者は翻訳元の言語、つまり英語での readability を考慮して、彼らの翻訳技術から生じたものだと考えられる。このような翻訳技術の詳細を分析することも確かに重要であろう。しかし本研究のように多くのデータを計量言語学的方法によってまとめると、川上未映子の小説のような特徴的な文体を翻訳するとき、その翻訳文は、翻訳者それぞれの翻訳技術よりも、原著の文体そのものの特徴に影響を受けやすいという一般的傾向が明らかになるのである。
　そして研究目的への回答は次のようになるだろう。

1）　川上未映子の小説の翻訳は、比較対象となった東野圭吾・横山秀夫の小説の翻訳よりも、日本文一文を複数文に分けて英訳される傾向にある。結果、文の総数が増え、一文の長さは、数値としては比較対象より長いものの、原著と翻訳の比で考えると、比較対象より短くなる。この傾向はふたりの翻訳者に共通の傾向である。

2）　翻訳の際、複数の文に分けて英訳するために選ばれた原著の日本文の長さの平均は、翻訳者によって差があることはないようである。一方で、川上未映子の小説と東野圭吾・横山秀夫の小説の間には差が存在する。川上未映子の小説のほうが相対的に長めの文が複数の英文に翻訳されやすい。この傾向もふたりの翻訳者に共通している。

　2）の複数の文に分けて英訳された原著の日本文の長さについて、翻訳者間で違いがみられなかったことについては、興味深いことに、東野圭吾の小説の翻訳を扱った大羽（2024）と同様の結果となった。つまり、これについては川上未映子のような特徴的な文体だけではなく、より一般的な翻訳者間

の特徴といえるかもしれない。

1) *All the Lovers in the Night* は、Sam Bett と David Boyd の両氏による共同翻訳である。ボイド（2019）や Braden（2020）でのインタビューにおいて、Sam Bett が本文、David Boyd が台詞の翻訳を担当したと述べている。ここでは、本文と台詞の割合を考慮して、*All the Lovers in the Night* は Sam Bett の翻訳とみなせると考え比較を行うこととした。
2) 実際に入力したデータは論文の最後に示す。
3) nagisa：https://pypi.org/project/nagisa/
   Stanza：https://stanfordnlp.github.io/stanza/index.html
4) Winter（2020）および松下（2019）を参照。

参 考 文 献

大羽良 「東野圭吾の小説の英訳における文の結合と分離の分析─計量言語学の観点から─」『英語英米文学』第 64 集 中央大学英米文学会、2024 年。

笠間直穂子「翻訳の可能性と不可能性─蒸発する翻訳を目指して」『文芸翻訳入門 言葉を紡ぎ直す人たち、世界の紡ぎ直す言葉たち』フィルムアート社、2017 年。

ボイド、デイビッド「声を分かち合うこと」『川上未映子：ことばの魂を追い求めて』河出書房新社、2019 年。

松下貢『統計分布を知れば世界が分かる─身長・体重から格差問題まで』中央公論新社、2019 年。

Baker, Mona, Copus-based translation studies: the challenges that lie ahead. In Somers, H. (ed.) *Terminology, LSP and Translation: Studies in Language Engineering in Honour of Juan C. Sagar.* Amsterdam: John Benjamins, 1996, pp. 175-186.

Braden, Allison, "Translation as an Exercise in Letting Go: An Interview with Sam Bett and David Boyd on Translating Mieko Kawakami", 2020. ASYMPTOTE. 2020-04-01. https://www.asymptotejournal.com/blog/2020/04/01/translation-as-an-exercise-in-letting-go-an-interview-with-sam-bett-and-david-boyd-on-translating-mieko-kawakami/（参照 2023-10-10）

Winter, Bodo, *Statistics for Linguistics.* New York: Routledge, 2020.

コーパス化したデータ

川上未映子『すべて真夜中の恋人たち』講談社、2012 年 1 月 23 日 5 刷。

川上未映子「ミス・アイスサンドイッチ」『あこがれ』新潮文庫、2018 年 7 月 1 日 1 刷。

東野圭吾『ナミヤ雑貨店の奇蹟』角川文庫、2017 年 8 月 10 日 32 刷。

横山秀夫『ノースライト』新潮文庫、2021 年 12 月 1 日 1 刷。

Kawakami, Mieko, *All the Lovers in the Night* translated by Sam Bett and David Boyd ; Picador 2022 First published edition.

Kawakami, Mieko, *Ms Ice Sandwich* translated by Louise Heal Kawai ; Pushkin Press 2020 the 2020 published edition.

Keigo, Higashino, *The Miracles of the Namiya General Store* translated by Sam Bett ; Yen Press June 2021 First paperback edition.

Hideo, Yokoyama, *The North Light* translated by Loise Heal Kawai ; riverrun 2023 First published edition.

生成 AI と外国語教育の未来

加藤木能文

1. はじめに

　本稿では、近年急速に発展し、かつ社会に広く普及しつつある AI（artificial intelligence＝人工知能）が、日本の外国語教育、特に大学における外国語教育にとってどのような意味を持つのか、どのような影響を与え得るのかを論じたい。

　AI、特に生成 AI は、外国語教育に対して大いに積極的な効果をもたらし得るが、現行の大学での語学教育の在り方を一変させる可能性があり、教育方法の根本的な変革が必要になると思われる。相当高い確度で、大学の語学教育担当教員の必要数が大幅に削減される事態が生じかねないことにも注意を喚起したい。

2. 画像生成 AI の普及と社会的影響

　2022 年は、人工知能（artificial intelligence）の発展、及び社会への普及において一つの時代を画する年となったと言えよう。

　まずこの年の 7 月に、アメリカの新興 IT 企業 OpenAI が、Midjourney という画像生成のプログラムを公開した。これにより、自然言語での簡単な命令を入力するだけで、リアルで多彩な画像が容易に作り出せるようになった。この、「自然言語での指示・命令（プロンプト）」が可能である点が、一

般ユーザーへの普及のカギとなったのである。自然言語での指示が可能であるということは、日常的に使っている言葉を用いて、望む画像を作り出すことができるということであり、特別なスキルを要求されないということである。コンピュータ言語に関する専門家ではない一般市民にとって、これは画像生成プログラム利用のハードルが一気に下がったということに他ならない。

また同じ年の8月に公開された Stable Diffusion は、ソースコードが公開され、プログラムや学習データが可視的になったため、それ以前の画像生成プログラムとは一線を画す存在となった[1]。Stable Diffusion は、元々はドイツのミュンヘン大学の CompVis と呼ばれる研究グループが、深層生成ニューラルネットワーク（deep generative neural network）の一種として開発したものである。このプログラムも自然言語で指示・命令（プロンプト）を行うことができ、例えば「空飛ぶ車が行きかう未来都市の絵を描け」という指示を与えれば、瞬時にそうした画像を作り出してくれる。ただし、指示文は英語でなければならない。実際の作画の例として、Web 上に公開されているアプリケーションで、Stable Diffusion を組み込んだサービスの一つ Hugging Face[2]に、"Draw many cars flying over the buildings in a future city." というプロンプトを入力した結果が、次の2枚の画像である。出力に要した時間は、この2枚を含めた4枚分でほぼ10秒である。画像の品質は必ずしも高いとは言えないかも知れないが、人間が手書きした場合、遥かに長い時間がかかるであろうことは論を俟たない。

以前から、AI その他のコンピュータ・プログラムが、人間の仕事を支援してくれるようになる、あるいは一部、代行してくれるようになるという発想はあったが、こうした画像生成プログラムは、まさにその発想を実現したものであると言えよう。さらに言えば、本当にクリエイティヴな作品を作り出すことのできるイラストレーター以外は、画像生成ソフトにイラストの仕事を奪われるという事態も生じかねないということでもある。

生成 AI と外国語教育の未来　195

3．対話型生成 AI の衝撃

このように、Midjourney や Stable Diffusion は大きな反響を生んだが、2022 年 11 月末にアメリカで一般公開された ChatGPT は、その社会的な影響力やインパクトの大きさ、広範さの点でこれらを遥かに上回ることとなった。

ChatGPT は、先ほど述べた画像生成プログラム Midjourney と同じく、アメリカの先端 IT 企業の一つである OpenAI 社が開発・公開したサービスである。ChatGPT の GPT とは、Generative Pre-trained Transformer の略で、「生成可能事前学習済み変換機構」とでも訳すことができよう。ChatGPT は、その様々な特性から、いわゆる「生成 AI」の代表格と目されるようになった。

生成 AI と密接に関連しているのが「大規模言語モデル（Large Language Model = LLM）」と呼ばれる技術である。これは、膨大な量のテキストデータを基にして、自然言語の処理や生成を行う人工知能（AI）の一種である。これらのモデルは、深層学習（Deep Learning）の技術を利用しており、言語の理解や生成において高い性能を発揮する。

大規模言語モデルは、「トランスフォーマー（transformer）」というアーキテクチャに依拠している。トランスフォーマーは、「自然言語処理（Natural language processing）」[3]の長い研究史の中でも特筆すべき画期的な技術であると言える。人間の脳の仕組みを模倣した機械学習モデルであるニューラルネットワーク（neural network = 神経網）の一種で、2017 年に発表された"Attention is All You Need"という論文で初めて導入された[4]。現在注目されている ChatGPT や Google 社の BERT、PaLM といった最先端の生成 AI モデルの基礎となっており、エンコーダとデコーダを Attention というモデルで結んだ点が特徴である。Attention とは、文中のある単語の意味を理解するのに、どの単語に注目すればいいのかを表すスコアであり、入力されたデ

ータに重み付けをしてどの程度の重要性を持つかを定める仕組みである。これにより、与えられたテキストの中でどの部分が重要なのかを判別し、そこに焦点を当てることができるようになった。その結果、文脈を理解し、関連する情報を取り入れる能力が向上したため、自然言語間の自動翻訳の精度が飛躍的に向上したのである。

　これらのモデルは、大規模なテキストデータのデータベースを用いてトレーニングされる。トレーニングの過程では、モデルはテキストのパターンや構造を学習し、言語の統計的特性を捉える。例えば、ある単語の後にどのような単語が続くのかという確率や、文脈に基づいた意味の解釈を学習し、取り入れることになる。具体的なトレーニング方法としては、「自己教師あり学習」（self-supervised learning）が使われるが、これはテキストにおいて、人間が注釈を付けたラベルを必要としない、つまり、ラベルが付いていないデータサンプルで構成されたデータセットを取り込むように設計されているという特性を持っている。そこで、例えば「次に来るであろう単語を予測する」ことや「文脈に基づくマスキング」といったタスクを通じてモデルが自己改善していくのである。

４．ChatGPT 利用の実際例

　実際に ChatGPT を用いて、どのようなことが可能か、そしてどのような問題点があるかを見てみよう。

　ChatGPT のサイトを開いて、そのプロンプト入力欄に"Tell me some popular sightseeing spots in San Francisco."と書き入れると、直ちに次のような回答が戻ってくる。

　　San Francisco is packed with iconic sights and attractions. Here are
　　some of the most popular sightseeing spots in the city :

1. Golden Gate Bridge

One of the most iconic bridges in the world, the Golden Gate Bridge offers stunning views of the bay and city. You can walk or bike across it or visit the nearby Golden Gate Bridge Vista Point.

2. Alcatraz Island

A former federal prison located on an island in the bay, Alcatraz is a popular tourist destination. You can take a ferry to the island for a guided tour and learn about its history and famous inmates.

3. Fisherman's Wharf

A bustling waterfront area with seafood restaurants, souvenir shops, and attractions like Pier 39, where you can see sea lions. Ghirardelli Square is also nearby, famous for its chocolate.

4. Golden Gate Park

This massive urban park is home to several attractions, including the de Young Museum, California Academy of Sciences, Japanese Tea Garden, and miles of scenic walking paths and gardens.

5. Lombard Street

Known as the "crookedest street in the world," Lombard Street is famous for its steep, winding turns and beautifully manicured gardens. Visitors can walk or drive down it for a unique experience.

6. Chinatown

San Francisco's Chinatown is the largest outside of Asia and the oldest in North America. It's a vibrant neighborhood full of shops, restaurants, and cultural landmarks. The Dragon Gate at the entrance is iconic.

7. Palace of Fine Arts

Originally constructed for the Panama-Pacific Exposition in 1915, the Palace of Fine Arts is a beautiful architectural landmark surrounded by a tranquil lagoon. It's a popular spot for photos and picnics.

8. Twin Peaks

These two hills offer one of the best panoramic views of San Francisco. It's a great spot for photography, especially around sunset, with a full view of the city and the bay.

9. Cable Cars

San Francisco's famous cable cars are a must-try for visitors. Riding up and down the city's steep streets offers great views of the skyline, especially along the Powell-Hyde Line.

10. Mission District

Known for its vibrant street art, particularly the murals along Clarion Alley, the Mission District also offers an array of great restaurants, shops, and the historic Mission Dolores.

These sights provide a fantastic glimpse into the history, culture, and natural beauty of San Francisco.

この回答は、実際に出版されている旅行案内書の記載内容ともおおむね合致し、妥当なものであると言えよう。常識的な意味で合格点が与えられる回答であると言ってよいと思われる。

また、日本語で「宇宙物理学で言う『重力波』というのはどのようなものですか？　300字程度で簡単に説明して下さい。」と入れると次のような回答が返ってくる。

ChatGPT
　重力波とは、時空の「歪み」が波のように伝わる現象です。アインシュタインの一般相対性理論によれば、重い物体が加速すると時空に歪みが生じ、その歪みが波として広がります。特に、ブラックホールや中性子星など非常に重い天体が互いに接近し、合体する際に強い重力波が発生します。
　重力波は極めて微弱で、地球で観測するのは非常に難しいですが、2015年にレーザー干渉計（LIGO）を使って初めて直接観測に成功しました。この発見により、宇宙の現象を新たな方法で探る道が開かれました。

　重力波の伝わる速さが光速であることや、LIGOがアメリカ合衆国にある巨大観測装置であること、さらには重力波を検出したと発表したのが、カリフォルニア工科大とマサチューセッツ工科大などの研究チームであって、発表された年月日が2016年2月11日であったことなど、本件に関連すると思われる重要な情報が言及されていないといった不足の点はあるが、「300字程度で」という制約条件を与えたことを踏まえれば、この回答もおおむね現時点での知見を踏まえた適切なものと言うことができる。
　質問内容を「宇宙物理学で言う『重力波』というのはどのようなものですか？　500字程度で簡単に説明して下さい。」に変えると、返答も次のように変化する。

　重力波とは、非常に大きな質量を持つ天体が加速運動をしたときに、空間と時間が波のように揺らぎながら伝わっていく現象です。これはア

インシュタインの一般相対性理論で予言されており、重力波は「時空のさざ波」とも呼ばれます。質量の大きな天体が動くと、その周りの時空に歪みが生じ、この歪みが波として宇宙を光速で伝わります。たとえば、ブラックホールや中性子星のような非常に重い天体が互いに接近し、合体する際に強力な重力波が発生します。

重力波は宇宙のさまざまな場所で発生していますが、波自体は非常に微弱なため、地球上で観測するのは極めて困難です。何十年にもわたる技術開発の結果、2015年にアメリカのレーザー干渉計（LIGO）によって、ブラックホール同士の合体から発生した重力波が初めて直接観測されました。これは、アインシュタインの理論のさらなる証明であるとともに、重力波天文学という新しい分野の幕開けを告げるものとなりました。

重力波を観測することで、従来の光や電磁波では捉えられない宇宙の現象を直接検出できるため、宇宙の進化やブラックホール、中性子星の内部構造など、これまで謎だった現象を解明する新しい手段となっています。

回答の長さ制限を300字程度から500字程度に緩めたことで、回答内容もより具体的になり、分かり易くなっている。例えば、300字の回答で、ただ単に「この発見により、宇宙の現象を新たな方法で探る道が開かれました。」となっていたところが、500字回答では「これは、アインシュタインの理論のさらなる証明であるとともに、重力波天文学という新しい分野の幕開けを告げるものとなりました。重力波を観測することで、従来の光や電磁波では捉えられない宇宙の現象を直接検出できるため、宇宙の進化やブラックホール、中性子星の内部構造など、これまで謎だった現象を解明する新しい手段となっています。」といった具合に、より詳しく具体的な説明になっている。

しかし、ChatGPTの返してくる回答の中には、事実に反し、全く信頼できないものも存在する。「ハルシネーション」と呼ばれる現象である。

例えば、「ドストエフスキーの『カラマーゾフの兄弟』の日本語訳として優れているのはどれですか？」という質問を、2023年5月5日時点でしたところ、回答は次のようなものであった。

ChatGPT
　「カラマーゾフの兄弟」の日本語訳としては、以下のようなものが評価が高いとされています。
　・大岡信『カラマーゾフの兄弟』（新潮文庫）
　・藤沢周平『カラマーゾフの兄弟』（講談社文庫）
　・久米邦武『カラマーゾフの兄弟』（ちくま文庫）
　・佐々木直次郎『カラマーゾフの兄弟』（岩波文庫）
　これらの訳書は、それぞれに特徴がありますが、どれも優れた訳書とされています。選ぶ際には、自分の好みや読みやすさ、翻訳者の解説や注釈などを参考にすると良いでしょう。

　この回答は、まるっきりの出鱈目である。大岡信は、明治大学教授でもあった著名な詩人兼評論家で、日本ペンクラブの会長も務めた人物である。数多くの自作詩集とともに、朝日新聞紙上に連載した「折々の歌」のようなアンソロジーも高い評価を得ているが、ロシア文学の翻訳はない。藤沢周平は小説家で、江戸時代を背景に、架空の藩「海坂藩」を舞台にした時代小説作品を多く残したが、ロシア文学の翻訳は行っていない。久米邦武は、幕末から大正期にかけての歴史学者で、岩倉使節団にも同行した。後に帝国大学（現・東京大学）、立教学校（現・立教大学）、東京専門学校（現・早稲田大学）で古文書学や国史を教えたが、ロシア文学の翻訳はしていない。佐々木直次郎は、明治生まれで昭和前期に活動した翻訳家であり、エドガー・アラン・ポーや、スティーブンソン、ディケンズといった英米文学の作品を翻訳したが、ロシア文学は手掛けていない。いったいどのような資料をどう参照したらこのような出鱈目な回答が生み出せるのか不思議なくらいである、という

のが率直な感想だと言わざるを得ない。

　ところが、2024年9月16日時点で、「ドストエフスキーの『カラマーゾフの兄弟』の日本語訳として優れているのはどれですか？」という同じ質問を投げ掛けてみると、全く異なる回答が寄せられる。

ChatGPT
　ドストエフスキーの『カラマーゾフの兄弟』は、日本語訳がいくつか存在しますが、特に評価が高いのは以下の翻訳です。
　1．原卓也訳（新潮文庫）
　特徴：原卓也はロシア文学の翻訳者として高い評価を得ており、彼の翻訳は文章が読みやすく、自然な日本語に仕上がっています。物語の情緒や複雑な心理描写を、的確かつ明快に表現している点が評価されています。
　おすすめ理由：ドストエフスキーの深い哲学や宗教的テーマを理解しやすく、日本の読者に適した文体で翻訳されています。初めて『カラマーゾフの兄弟』を読む方におすすめです。
　2．米川正夫訳（岩波文庫）
　特徴：米川正夫はロシア文学の翻訳で名高い古典的な訳者で、ドストエフスキー作品の日本語訳にも多く携わっています。文体はやや古風で、忠実な翻訳を目指しています。
　おすすめ理由：ドストエフスキーの原文に忠実で、重厚さや古典的な雰囲気をそのまま感じたい方にはこちらが適しています。より厳密な意味での「原文に近い」翻訳を求める読者に向いています。
　3．亀山郁夫訳（光文社古典新訳文庫）
　特徴：亀山郁夫は近年、新しい視点でロシア文学を翻訳している学者で、ドストエフスキーに関する研究も多く行っています。彼の翻訳は現代の日本語に沿った表現を用い、非常に読みやすい仕上がりです。
　おすすめ理由：若い読者や現代的な文章に親しみやすい人に好評で

す。従来の訳と比べて、軽やかで分かりやすい日本語で書かれているため、ドストエフスキーの難解さにとらわれずに物語に入り込みやすいです。

　まとめ

　初めて読む方には、原卓也訳か亀山郁夫訳が読みやすくおすすめです。伝統的で忠実な翻訳を望むなら、米川正夫訳が良い選択です。

ドストエフスキー『カラマーゾフの兄弟』の推奨すべき日本語訳として、現時点において適切な選択であり、推挙する理由もまた妥当であると言うべきであろう。比較的新しい翻訳である亀山郁夫訳にもちゃんと言及している点も含めて、この生成AIの進歩の速さには驚かざるを得ない。しかし、それでもなお、ChatGPTから得た回答には、他の資料に当たっての事実確認が欠かせないことは指摘しておく必要がある。ChatGPTの答えが、どのようなデータを参照することで作成されているのか利用者からは分からず、一種の「ブラックボックス」になっているからである。

5．自動翻訳プログラムの進歩

　次に、生成AIそのものではないが、外国語教育に大きな影響を与えるであろうと思われる自動翻訳プログラムについて考えてみたい。Web上で公開されている自動翻訳のプログラムやサービスは様々な種類があるが、ここではその代表例として、巨大IT企業Google社が提供しているGoogle翻訳と、ドイツのケルンに本拠地を置くDeepL GmbHが開発したDeepLを比較検討する。

　DeepLの特徴の一つは、多言語対応であることで、「日本語－英語」や「英語－フランス語」といった話者の多い言語間だけでなく、「フィンランド語－スロバキア語」、「リトアニア語－チェコ語」のような、日本では比較的知られていない言語間の翻訳も可能である。Google翻訳は、取り扱える言

語の数がさらに多く、2024 年 6 月時点で対応言語数は 243 と報告されている[5]。

例えば、「その二人の外国人は、人気のあるレストランで昼食を食べ、午後はいくつかの有名な寺や庭を訪ねた。」という日本語の原文を、Google 翻訳で、「英語」「フランス語」「スペイン語」「ドイツ語」にそれぞれ翻訳させた結果が以下の通りである。

（英語）　The two foreigners had lunch at a popular restaurant and spent the afternoon visiting some famous temples and gardens.
（フランス語）　Les deux étrangers ont déjeuné dans un restaurant populaire et ont passé l'après-midi à visiter plusieurs temples et jardins célèbres.
（スペイン語）　Los dos extranjeros almorzaron en un restaurante popular y pasaron la tarde visitando varios templos y jardines famosos.
（ドイツ語）　Die beiden Ausländer aßen in einem beliebten Restaurant zu Mittag und verbrachten den Nachmittag damit, mehrere berühmte Tempel und Gärten zu besichtigen.

同じ文を DeepL に翻訳させた出力結果は以下の通りである。

（英語）　The two foreigners had lunch at a popular restaurant and spent the afternoon visiting several famous temples and gardens.
（フランス語）　Les deux étrangers ont déjeuné dans un restaurant populaire et ont passé l'après-midi à visiter plusieurs temples et jardins célèbres.
（スペイン語）　Los dos extranjeros almorzaron en un restaurante popular y pasaron la tarde visitando varios templos y jardines famosos.
（ドイツ語）　Die beiden Ausländer aßen in einem beliebten Restaurant zu

Mittag und verbrachten den Nachmittag mit dem Besuch mehrerer berühmter Tempel und Gärten.

翻訳された文を、それぞれ英語、フランス語、スペイン語、ドイツ語の専門家にその文法的・意味的妥当性についてチェックしてもらったところ、どの言語においてもおおむね適切であり、特に指摘すべき文法上の、あるいは意味上の瑕疵はないとのことであった。

もう一例、統語構造として文中の名詞句を説明する節、つまりヨーロッパ系言語の文法でいう「関係節」を含む次のような文についてもその翻訳結果を検証する。

日本語原文：「岩や金属を多く含み、表面が固い地殻で覆われているタイプの惑星は、地球型惑星と呼ばれている。」

Google 訳
（英語）Planets that contain a lot of rock and metal and have a hard crust are called terrestrial planets.
（フランス語）Les planètes qui contiennent beaucoup de roches et de métaux et qui ont une croûte dure sont appelées planètes telluriques.
（スペイン語）Los planetas que contienen mucha roca y metal y tienen una corteza dura se llaman planetas terrestres.
（ドイツ語）Planeten, die viel Gestein und Metall enthalten und eine harte Kruste haben, werden terrestrische Planeten genannt.

DeepL 訳
（英語）The type of planet with a rocky or metal-rich surface covered by a hard crust is known as terrestrial planet.
（フランス語）Le type de planète dont la surface est rocheuse ou riche en

métaux et recouverte d'une croûte dure est appelé planète terrestre.

（スペイン語）El tipo de planeta con una superficie rocosa o rica en metales cubierta por una corteza dura se conoce como planeta terrestre.

（ドイツ語）Planeten mit einer felsigen oder metallhaltigen Oberfläche, die von einer harten Kruste bedeckt ist, werden als terrestrische Planeten bezeichnet.

　こちらも、一方の訳文の方がやや良いように思われるといった微妙な評価の違いはあったものの、ネイティヴスピーカーを含むそれぞれの言語の専門家の判定は、全ての文に関して文法的にも意味的にも大きな問題はなく、適切な文として認められる、というものであった[6]。

　今後の大学での外国語教育に関して、これらの自動翻訳プログラムは大きな影響を与え得るものと思われる。後に詳しく論ずるが、上にあげたような日本語の各外国語への適格な翻訳は、日本の大学で、特に英語以外の外国語を学修した学生の大半の能力を超えるものであると考えざるを得ない。大学に入り、多くの事例では1年間ないし2年間、いわゆる第2外国語を学ぶというのが伝統的な日本の大学の履修スタイルであったが、そこに費やされる時間と資金が、果たして結果として学生が獲得する語学能力に見合うものであるか、という疑問が提示されることは必定であるように思われる。

6．生成AIや自動翻訳プログラムが外国語教育に及ぼすプラスの影響

　このようにかなり高性能になった翻訳プログラムや、ChatGPTに代表される生成AIを利用することで、日本における外国語教育、特に大学における外国語教育はどのような影響を受けるであろうか。考えられるのは、こうした技術が教育の効率性と効果を高める一方で、様々な問題や課題ももたらすであろうことである。

まず第一に、生成 AI は、外国語教育の個人対応化（パーソナライズ）を進める上で重要なツールとなり得るであろう。従来の外国語教育は、多人数のクラス全体を対象にした一律の教え方が主流であったが、生成 AI を活用することで、個々の学生のニーズや学習スタイルに応じたカスタマイズが可能になる。AI は学生の学習の進捗状況やパフォーマンスをリアルタイムで分析し、個別の学習プランを提供することができる。例えば、特定の文法事項や語彙の習得が不十分な学生には、その部分を強化するための追加の練習問題や解説を自動で生成できるのである。また、個々の学生によって効果的な学習方法は異なることが考えられる。生成 AI は、対話型の練習やゲーム形式の学習、文脈に基づいた実践問題など、様々な教育アプローチを提供することができるので、学生一人ひとりの最適な学習スタイルに合わせた指導が可能になる。

また、生成 AI は、外国語学習の中でも、特にスピーキング能力の向上支援において重要な役割を果たし得る。ChatGPT のような生成 AI は、学習者とのリアルタイムでの会話を行うことで、学生に実践的な会話練習の機会を提供できるのである。従来の外国語教育の方式では、個別の学生とスピーキングの練習を行うのは、特に時間の関係上制約が大きく、学生の側からすると、1 回の授業の中で教員を相手に実際に口頭で練習する機会は極めて限られたものにならざるを得なかった。しかし生成 AI の導入によって、学生は AI と自由に会話を行い、フィードバックを受けることで、リスニング及びスピーキング能力を向上させることが可能になる。

さらに、自動翻訳プログラムや文法チェックのツールは、学生が書いた文章を迅速に評価し、必要な修正を加えるのに役立つ。生成 AI は文脈を考慮した翻訳文や文法上の誤りの指摘がある程度できるため、学生がより自然な表現を学ぶ手助けをすることができる。

教員の側からすれば、AI を利用することで、特定のトピックに関連する教材や練習問題を自動で生成することができるのであるから、例えば、「地球温暖化」や「移民問題」といった特定のテーマに基づく読解問題やリスニ

ング教材をAIで作成し、教育に利用することができよう。

　生成AIは、評価とフィードバックのプロセスを改善する可能性もある。従来の学生の成績に関する評価方法は手作業で時間がかかることが多かったのであるが、AIの導入によって、より速くかつより詳細なフィードバックが可能になるかも知れない。例えば、評価システムを自動化すれば、学生の提出物を迅速に評価して、客観的なスコアを提供することができる。適切な工夫は必要であるが、AIは学生に課した試験や課題を自動的に採点して、学生が理解している部分と改善が必要な部分を明確にすることができる。

　但し、上記のように、生成AIの外国語教育への導入には多くの利点がある一方、倫理的な問題や技術的な課題も存在する。これらの問題に対処することが、生成AIを教育に適切に導入するためには重要であろう。例えば、学生の個人情報や学習データを扱う際には、プライバシーの保護とデータのセキュリティ確保が重要な問題となる。AIシステムが収集する学習者についてのデータが適切に保護され、プライバシーが守られることが必要である。また、AIはトレーニングデータに基づいて学習するのであるから、そのデータに元々含まれているある種のバイアスを引き継ぐ可能性がある。これにより、学生の行った翻訳その他の学修成績の評価に不公平が生じることがあり得る。バイアスを無くすか、少なくとも最小限に抑えるための対策が必要となる。

　また、AIに過度に依存することで、学生が自らの問題解決能力や批判的思考を育む機会を失ってしまう可能性がある。AIは、あくまでも補助的な教育・学習ツールとして使い、教育の本質を保つことが特に求められよう。

　その他、言語の多様性と公平性をどう担保するかも考える必要がある。多くのAIツールは英語やドイツ語、フランス語といった主要な言語に焦点を当てており、少数言語や方言の支援が不足しているという指摘がある。これが放置されたままだと、少数言語の話し手である学生に対する支援が不十分になってしまいかねない。

　結論的にまとめれば、生成AIは大学の外国語教育に対して多くの積極的

な潜在的可能性を持っているし、教育の個別対応化や語学学習の支援、評価とフィードバックの改善に寄与できる。しかし、その導入には倫理的な問題や技術的な課題も伴うため、これらの課題に適切に対処し、AI技術を効果的に活用することが、外国語教育の質を向上させるために重要となる。適切に利用すれば、生成AIは、教育者と学生が協力して教育の未来を形作るための強力なツールとなり得るのである。

7．大学の外国語教育に及ぼし得るマイナスの影響

　次に、生成AIや自動翻訳プログラムが、大学の外国語教育に及ぼし得るマイナスの影響について考えてみたい。こうした新技術は、現在の大学において教員の相当数を占める語学担当教員に対して、その必要数や役割、教育方法に重大な変化をもたらす可能性がある。その影響の向かう方向は必ずしもポジティヴなものばかりではないことは現時点で認識しておかなくてはならないだろう。生成AIの技術の急速な発展は、上述の通り、教育の効率化や個別学習の支援としての利点がある一方、場合によっては人間の教員の需要を減少させ、結果的に外国語教育の質に負の影響を及ぼすリスクも存在する。

　まず第一に懸念されるのは、生成AIや自動翻訳プログラムの普及によって、大学が語学担当教員の数を削減する可能性が考えられることである。AIを利用した教育ツールは、学生に対して文法や語彙上の誤りを修正するといった迅速なフィードバックを提供できるし、求めに応じて外国語から日本語へ、また逆に日本語から外国語への即座の翻訳も可能である。すなわち、従来は人間の教員が担っていた教育活動の一部、それもかなり大きな部分がAIによって代替可能である、と考える人たちがいるかも知れない。もし大学の経営や運営に携わる人々の中でそうした発想が広がると、大学側は外国語担当教員の人件費を削減するために、従来より少ない人数での語学教育の施行を検討する可能性がある。特に、基礎レベルの語学授業では、AIを利

用して効率を高めることが容易であり、その結果、教員の必要性が低下するという事態が発生する可能性は高い。

　さらに、AIが提供する個別化された学習支援も、人間の教員の役割の縮小に繋がる可能性がある。従来、語学教育は、できるだけ少人数で行うのが望ましいとされてきた。学生一人ひとりとの対話練習が重要なスピーキング中心の授業は言うまでもないが、作文や読解に焦点を合わせた授業でも、クラスサイズはできるだけ小さい方が教員の目が届きやすいのが当然である。しかし、履修する学生の数を絞って教員を配置するということは、必然的に必要となる教員数が多くなることを意味する。つまり、質の高い語学教育を提供するためには、数多くの語学担当教員を雇用する必要があるわけである。

　ところが生成AIを導入することで、学習者の進度や弱点をその場で分析し、一人ひとりに合わせた指導が可能になり、翻訳支援プログラムは、リアルタイムで適切なフィードバックを提供できる。これにより人間の教員による個別指導が常に必要であるとは言えなくなった、と考える大学経営者や運営担当者は、少人数教育のために配置していた教員の数を削減する動きに向かう可能性がある。

　特に、多くの学生にとって、大学入学後の初めて履修することになる英語以外の外国語、いわゆる第2外国語の授業は、必然的に初級及び中級レベルの授業になるわけであるから、生成AIや自動翻訳プログラム、文法チェック機能を持つツールが与える影響は大きいであろうことが予想される。これらの導入によって、人間の教員による指導の必要性が低下する可能性が高いのは、これまでの第2外国語の初級の授業では、基本的な文法や基礎的な語彙の指導、簡単な作文や会話の練習が中心であり、これらの分野こそ生成AIが効果的に機能するからである。例えば、文法上の誤りを瞬時に修正したり、正確な訳を提供する能力を持つAIが導入されることで、学生は教員に頼らずに課題を進めることができるようになる。結果として、基礎的な指導を担当していた教員の需要が減少し、大学がこれらの授業に割り当てる教

員数を削減する方向に進む可能性は否定できない。

　また、オンライン教育やリモート学習の普及により、大学がAIを活用した学習プラットフォームを導入する動きが加速すれば、大学構内に存在する物理的な教室での授業が減少し、教員の配置がさらに制限されるリスクも考えられる。AIが教室に代わって個別対応型のオンライン学習を提供することで、人間の教員が直接指導を行う機会が減少したら、これもまた人間の教員数の削減が進む要因になり得ると考えざるを得ない。オンライン・プラットフォームを通じて大規模な語学教育を展開する場合、教員の役割はシステム管理やAIツールの監視に限定されるかも知れず、その場合必要とされる教員の数は限定的である。

　一方で、生成AIや自動翻訳ツールの普及は、教員の役割を伝統的な「知識伝達者」から、学生集団がより協力し合い、共通の目的をより良く理解し、その目的達成のための計画を立案し支援する人、即ち「ファシリテーター (facilitator)」へと変化させる可能性もある。しかし、この変化は教員数の増加を意味するわけではなく、逆に一部の教員が不要とされることになりかねない。特に、語学教育の初級段階では、上述の通り、生成AIが基本的な知識を効率よく提供できるため、大学当局は高度なレベルの授業や専門的な指導に特化した教員のみを配置し、他の役割をAIに任せるという方針を採用するかも知れない。

　教育用の生成AIが進化し続けることで、人間の教員のスキルや専門性がAIと競合する状況が生まれる可能性もある。AIは大量のデータを処理し、正確なフィードバックを迅速に提供できるため、特に文法や語彙の指導においては、大抵の教員よりも効率的であると見なされるのではないだろうか。このような状況では、人間の教員は生成AIが提供する教育内容や教育効果に対して、何らかの付加価値を加えることが求められるであろうが、全ての教員がそのような高度な専門性を身に付けることは現実的ではない。結果として、生成AIが担えない分野や高度な専門知識を必要とする部分にのみ教員が配置され、それ以外の領域で教員の数が削減される恐れは十分あるだろ

う。
　このように、総じて生成AIや自動翻訳プログラムの進化は、大学における語学担当教員の必要数に深刻な影響を与える可能性がある。これらの技術は、教育活動そのもののみならず、教材の開発や成績評価の点で現状より遥かに効率的であり、人間の教員の役割や需要を縮小させる恐れがあるのである。語学教育においてAIが担うのが相応しい部分と人間の教員が担うべき部分を区別し、教員が担うべき部分の質を向上させることが今後の重要な課題となるであろう。

8．大学における外国語教育の分岐点

　生成AIや高性能の自動翻訳プログラムの出現に関連して、近未来に起こり得る事態の一つとして予想しておかなければならないのは、外国語教育・学習そのものに対する疑念である。第4章で取り上げたように、現段階でも自動翻訳プログラムの翻訳精度はかなり高いと評価せざるを得ない[7]。日本語の文を外国語に、また外国語の文を日本語に、瞬時にこれだけの精度で訳してくれるのならば、何も自分が外国語を学習する必要はないのではないか、という疑問が一般市民の間に生じても不思議ではないだろう。外国語学習に多くの時間と努力が必要であることは言うまでもない。前にも言及したが、大学への新入生が伝統的な大学教育のスケジュールにおいて費やす1年間から2年間の第2外国語の履修において、果たしてどれだけの語学能力が身に付いたと言えるかは遺憾ながらかなり疑問であろう。学生の視点からも、学習に必要な時間と努力に対して得られる成果の乏しさは、外国語学習のモチベーションの低下に繋がっても不思議ではない。
　1991年の大学設置基準の大綱化によって、大学における学部の名称やカリキュラムについての規定が緩和化されて以来、国公私立を問わず、第2外国語を必修科目としない大学が増加してきた。生成AIや高性能の自動翻訳プログラムは、その傾向に拍車をかけるものであるかも知れない。前章で、

大学における外国語担当教員、特に第2外国語の教員の必要数が減少する可能性があることを論じたが、大学によっては第2外国語を担当する教員の数を「削減」するのではなく、第2外国語の教育自体を「廃止」してしまう動きが生じかねない。そしてこの傾向が英語教育には及ばないという保証はない。

「国際化社会」とか「社会のグローバル化」といった意味の曖昧なスローガンに伴い、現在までのところ、上述の大学設置基準大綱化以降も、大学においては英語教育の重要性が語られ、英語で行う授業や講義が増加することはあっても、他の言語とは異なり、必要単位数や担当教員数が顕著に減少するといった事態は顕在化してこなかった。しかし、生成AIや高性能の自動翻訳プログラムが出現したことで、英語でさえも全ての学生が修得すべき目標ではないという判断を下す大学が出てこないとは言い切れない。英語で書かれた情報は、翻訳プログラムで瞬時に日本語化され、かなり信頼できる精度で日本文も外国語に翻訳できる。さらに人間の話す言葉をコンピュータが認識する自動音声認識（automatic speech recognition）技術、及び人間の音声を人工的に作り出す音声合成（speech synthesis）技術の進展で、外国語を「聴き」「話す」能力までもが機械によって代替され得るとなれば、大学で学生に課している英語教育に費やされる時間、またそれを担当する教員の雇用に必要な予算が、学生が修得する英語能力に見合うものであるかどうかについて、大学当局のみならず、社会全体からも厳しい査定の目が向けられる日が来るかも知れない。

無論、ある個人が外国語の聴解能力を持ち、即ち、その言語を聴いて理解できる能力を持ち、さらにその言語で自らの意見を表出できるならば、つまり、話せるのであれば、その方が遥かに望ましい。自分で聴き話せるのと、自動翻訳装置を介するのとは全く違うのは事実である。だがそうなるためには長い時間と相当な努力が必要である。それが省けるなら、自動翻訳装置で十分だと考える人がいても不思議ではない。実際、その数はかなり多いのではなかろうか。

言うまでもなく、現段階で生成 AI や自動翻訳プログラムが出力する翻訳文は完璧ではないし、近い将来において完璧になることもないであろう。こうしたサービスが提供する翻訳文の正しさを検定し、誤訳を見抜くためには高度の語学能力を必要とする。このような背景のもと「大学における外国語教育の分岐点」が出現することが予想される。即ち、大学が、英語を含む外国語教育を必修の正規カリキュラムとして設置し続けるグループと、語学教育は生成 AI その他の IT 技術の進歩により必要性がなくなったと判断して、外国語教育を正規カリキュラムから外すグループに分かれる事態である。既に大学の入試科目に英語が出題されなくなる傾向が広がりつつあり、例えば入試科目として国語と社会、あるいは数学と理科の 2 科目だけで合格することができる学部や学科が存在する[8]。

　無論、大学の正規カリキュラムに外国語を残すか残さないかの判断は、単に世間的な評価や、入学試験の難易度、さらには学生募集の順調さや経営状態といった要素だけによって決められるものではないであろう。その大学の歴史や伝統、そしてその教育目標が如何なるものであるかが、外国語教育に関する判断には大きく関わるはずである。

　そもそも外国語を学ぶことには、異文化理解や、国際感覚の涵養、コミュニケーション能力一般の向上や、批判的思考の育成といった多くの教育的価値がある。単に意思疎通ができるようになるだけが外国語を学ぶ目標ではないのである。生成 AI をはじめとする新技術の出現によって、大学における外国語教育の存在価値がなくなるということは本来ないのである。

　各大学の外国語担当教員は、従来型の教育方法に固執することなく、生成 AI や自動翻訳プログラムの持つ能力を十分に活かした、新しい教育法を工夫する必要があるだろう。それができるかどうかが、大学における外国語教育の未来を決めることになるだろう。

1) これはコンピュータ用のオペレーティングシステム (OS) の一つ、UNIX がそのソースコードをオープンにしたのと類似した状況と言える。UNIX は、マル

チタスク・マルチユーザー対応の OS で、1970 年代から 1980 年代にかけて、大学や研究所などの教育機関で広範囲に採用され、カリフォルニア大学バークレー校をオリジナルとする BSD（Berkeley Software Distribution）系統や、Linux など数多くの派生 OS が誕生した。Stable Diffusion も、コードを一部修正・改良することで、独自の「お絵描きソフト」を作ることができる。

2) Hugging Face は、以下のサイトでアクセスすることができる。https://huggingface.co/spaces/stabilityai/stable-diffusion

3) 自然言語処理（natural language processing）は、人間が日常生活において使っている、日本語や英語といった自然言語（natural languages）をコンピュータに処理させる技術の総称である。コンピュータ普及の黎明期である 1960 年代からその研究は始まった。研究領域としては、人工知能（artificial intelligence）と言語学（linguistics）にまたがっており、日本語ワードプロセッサにおける仮名漢字変換や、異なる言語間の自動翻訳などがよく知られる応用例である。

4) この論文は、次のサイトにおいて読むことができる。https://arxiv.org/abs/1706.03762

5) 以下のサイトを参照のこと。https://www.itmedia.co.jp/news/articles/2406/28/news111.html

6) 本文中にあげた 2 文以外に、以下の 3 文を同様に Google と DeepL に翻訳させた結果は以下の通りである。

日本語原文：「その作家の著書はいつもよく売れるので、幾つもの出版社が彼女に新しい小説を書いて欲しいと依頼した。」

Google 訳

（英語） The author's books always sold well, so several publishers asked her to write a new novel.

（フランス語） Les livres de l'auteur se vendent toujours bien, c'est pourquoi plusieurs éditeurs lui ont demandé d'écrire de nouveaux romans.

（スペイン語） Los libros de la autora siempre se venden bien, por lo que varios editores le pidieron que escribiera nuevas novelas.

（ドイツ語） Da sich die Bücher der Autorin immer gut verkaufen, wurde sie von mehreren Verlagen gebeten, neue Romane zu schreiben.

DeepL 訳

（英語） The author's books always sold so well, so a number of publishers asked her to write new novels.

（フランス語） Les livres de l'auteur se sont toujours bien vendus, si bien que plusieurs éditeurs lui ont demandé d'écrire de nouveaux romans.

（スペイン語） Los libros de la autora siempre se vendían bien, por lo que varias

editoriales le pidieron que escribiera nuevas novelas.
（ドイツ語）　Die Bücher der Autorin verkauften sich stets gut, so dass sie von mehren Verlagen gebeten wurde, neue Romane zu schreiben.
日本語原文：「私たちが市の中心部にある美術館で印象派の展覧会を見ている間に、突然強い雨が降り始めた。」
Google 訳
（英語）　While we were looking at the Impressionist exhibition at the art museum in the city center, a heavy rain suddenly began to fall.
（フランス語）　Alors que nous regardions une exposition impressionniste dans un musée du centre-ville, il s'est soudainement mis à pleuvoir à verse.
（スペイン語）　Mientras veíamos una exposición impresionista en un museo del centro de la ciudad, de repente empezó a llover intensamente.
（ドイツ語）　Während wir uns in einem Museum im Stadtzentrum eine Impressionistenausstellung ansahen, begann es plötzlich stark zu regnen.
DeepL 訳
（英語）　While we were viewing an exhibition of impressionist paintings at a museum in the center of the city, it suddenly began to rain hard.
（フランス語）　Alors que nous visitions une exposition impressionniste dans un musée du centre ville, il s'est soudain mis à pleuvoir fortement.
（スペイン語）　Mientras veíamos una exposición impresionista en un museo del centro de la ciudad, de repente empezó a llover con fuerza.
（ドイツ語）　Während wir in einem Museum im Stadtzentrum eine Impressionisten-Ausstellung besuchten, begann es plötzlich stark zu regnen.
日本語原文：「私の義兄に当たるその建築家が設計した建物は、今では毎年多くの人が訪れる町の観光名所の一つになっている。」
Google 訳
（英語）　The building designed by the architect, who is my brother-in-law, has now become one of the town's tourist attractions, visited by many people every year.
（フランス語）　Le bâtiment conçu par l'architecte, qui est mon beau-frère, est aujourd'hui l'une des attractions touristiques de la ville, visitée par de nombreuses personnes chaque année.
（スペイン語）　El edificio diseñado por el arquitecto, que es mi cuñado, es ahora uno de los atractivos turísticos de la localidad, visitado por mucha gente cada año.
（ドイツ語）　Das vom Architekten, meinem Schwager, entworfene Gebäude ist

heute eine der Touristenattraktionen der Stadt und wird jedes Jahr von vielen Menschen besucht.

DeepL 訳

（英語）　The building designed by the architect, who is my brother-in-law, is now one of the town's tourist attractions, visited by many people every year.

（フランス語）　Le bâtiment, conçu par l'architecte, qui est mon beau-frère, est aujourd'hui l'une des attractions touristiques de la ville, visitée par de nombreuses personnes chaque année.

（スペイン語）　El edificio, diseñado por el arquitecto, que es mi cuñado, es ahora una de las atracciones turísticas de la ciudad, visitada por mucha gente cada año.

（ドイツ語）　Das von dem Architekten, meinem Schwager, entworfene Gebäude ist heute eine der Touristenattraktionen der Stadt, die jedes Jahr von vielen Menschen besucht wird.

7) 自動翻訳プログラムの翻訳精度も年ごとに向上している。

「伯父さんが営業部長をしていた百貨店が倒産したのはいつでしたか？」「2003年でした。」という日本語文を、Google 翻訳で英訳させた場合、2021 年 10 月 18 日時点では、"When did the department store where my uncle was the sales manager go bankrupt?" "It was 2003." と訳していた。質問が明らかに聞き手である「あなたの叔父さん」を意味しているのに、明確な人称指示語がないと、とりあえず「一人称」を採用する傾向があったようだ。しかし、同じ文を、2024 年 9 月時点で翻訳させると、"When did the department store where your uncle was the sales manager go bankrupt?" "It was in 2003." と正しい人称代名詞を使うように進歩している。

8) 例えば、法政大学のデザイン工学部の入学試験「A 方式」では、英語、数学、理科の 3 科目が課されるが、合否判定はこのうち得点の高い 2 科目だけで行われるので、数学と理科が得意であれば、実質上英語は必要ないと言える。

参 考 文 献

井上智洋「AI 失業　生成 AI は私たちの仕事をどう奪うのか？」SB 新書、2023 年。
南部久貴「ChatGPT ×教師の仕事」明治図書出版、2023 年。
西田宗千佳「生成 AI の核心『新しい知』といかに向き合うか」NHK 出版、2023 年。
Anders, Brent, *ChatGPT AI in Education: What it is and How to Use it in the Classroom*, Sovorel Publishing, 2023.
Dickinson, Lynn M., *How to Use ChatGPT (and Other Large Language Models) as a*

Teaching Assistant : a Guidebook for Higher Education Faculty, Independently published, 2024.

Lin, Xi and Chan, Roy, *ChatGPT and Global Higher Education : Using Artificial Intelligence in Teaching and Learning*, STAR SCHOLARS PRESS, 2024.

Weller, David, *ChatGPT for Language Teachers : The Ultimate Prompt Handbook for AI Productivity*, Stone Arrow Publishing, 2023.

執筆者紹介（執筆順）

近藤 まりあ	研究員	中央大学経済学部准教授
山城 雅江	研究員	中央大学総合政策学部准教授
中尾 秀博	研究員	中央大学文学部教授
井川 眞砂	客員研究員	東北大学名誉教授
福士 久夫	客員研究員	中央大学名誉教授
江田 孝臣	客員研究員	早稲田大学名誉教授
大羽 良	研究員	中央大学経済学部准教授
加藤木 能文	研究員	中央大学経済学部准教授

アメリカ文化研究の現代的展開

中央大学人文科学研究所研究叢書 83

2025年3月5日 初版第1刷発行

編　者	中央大学人文科学研究所
発行者	中央大学出版部
	代表者　松本　雄一郎

〒192-0393　東京都八王子市東中野 742-1
発行所　中央大学出版部
電話 042(674)2351　FAX042(674)2354

© 加藤木能文 2025　ISBN978-4-8057-5365-1　㈱TOP印刷

本書の無断複写は、著作権法上の例外を除き、禁じられています。
複写される場合は、その都度、当発行所の許諾を得てください。

中央大学人文科学研究所研究叢書

69　英文学と映画　　　　　　　　　　　　　Ａ５判　268頁
　　　　　　　　　　　　　　　　　　　　　　　　　3,190円
　　イギリス文学の研究者たちが、文学研究で培われた経
　　験と知見を活かし、映画、映像作品、映像アダプテー
　　ション、映像文化について考察した研究論文集。

70　読むことのクィア　続 愛の技法　　　　Ａ５判　252頁
　　　　　　　　　　　　　　　　　　　　　　　　　2,970円
　　ジェンダー、セクシュアリティ、クィア研究によっ
　　て、文学と社会を架橋し、より良い社会を夢見て、生
　　き延びるための文学批評実践集。

71　アーサー王伝説研究　中世から現代まで　Ａ５判　484頁
　　　　　　　　　　　　　　　　　　　　　　　　　5,830円
　　2016年刊行『アーサー王物語研究』の姉妹編。中世か
　　ら現代までの「アーサー王伝説」の諸相に迫った、独
　　創的な論文集。

72　芸術のリノベーション　　　　　　　　　Ａ５判　200頁
　　　オペラ・文学・映画　　　　　　　　　　　　　2,420円
　　歌曲「菩提樹」、オペラ《こびと》《影のない女》《班
　　女》、小説『そんな日の雨傘に』、「食」と映画などを
　　現代の批評的視点から。

73　考古学と歴史学　　　　　　　　　　　　Ａ５判　248頁
　　　　　　　　　　　　　　　　　　　　　　　　　2,970円
　　考古学と歴史学の両面から、日本列島の土器や漆、文
　　字の使用といった文化のはじまりや、地域の開発、信
　　仰の成り立ちを探る論文集。

74　アフロ・ユーラシア大陸の都市と社会　　Ａ５判　728頁
　　　　　　　　　　　　　　　　　　　　　　　　　8,800円
　　地球人口の大半が都市に住む今、都市と社会の問題は
　　歴史研究の最前線に躍り出た。都市と社会の関係史を
　　ユーラシア規模で論じる。

75　ルソー論集　　　　　　　　　　　　　　Ａ５判　392頁
　　　ルソーを知る、ルソーから知る　　　　　　　　4,730円
　　2012年のルソー生誕300年から9年。共同研究チーム
　　「ルソー研究」の10年を締め括る論集。文学、教育、
　　政治分野の13名が結集。

中央大学人文科学研究所研究叢書

76　近代を編む　英文学のアプローチ　　　　A5判 290頁
　　　　　　　　　　　　　　　　　　　　　　　3,410円
　　　「言葉を編む／編まれた言葉」の相からテクストを精
　　　読し、そのあらたな姿を探る。英文学の近代を巡るケ
　　　ーススタディ集。

77　歴史の中の個と共同体　　　　　　　　　A5判 530頁
　　　　　　　　　　　　　　　　　　　　　　　6,380円
　　　宗教、政治、都市、ジェンダーの観点から多様な共同
　　　体の構築と維持を東洋史・西洋史の専門家が幅広く分
　　　析し、その多様な姿に迫る。

78　キャンパスにおける発達障害　　　　　　A5判 208頁
　　　学生支援の新たな展開　　　　　　　　　　2,420円
　　　発達障害学生に対する新しい支援システムによる活動
　　　の記録。大学の各学部事務室に心理専門職を配置し
　　　個々の学生に合わせた学修支援を行っている。

79　リアリティの哲学　　　　　　　　　　　A5判 184頁
　　　　　　　　　　　　　　　　　　　　　　　2,200円
　　　実在をめぐる議論から、虚構と現実にまつわる問題ま
　　　でを広く扱う「リアリティの哲学」の第一歩となる論
　　　文集。

80　幻想的存在の東西　古代から現代まで　　A5判 556頁
　　　　　　　　　　　　　　　　　　　　　　　6,710円
　　　妖精、巨人、こびと、悪鬼、怪物といった「幻想的存
　　　在」をユーラシア大陸の古今東西に求め、その諸相に
　　　学際的な視点から迫った論文集。

81　ローカリティのダイナミズム　　　　　　A5判 142頁
　　　連動するアメリカ作家・表現者たち　　　　1,650円
　　　アメリカのローカリティ表象を、現代的なテーマ──
　　　ナショナリズム、エスニシティ、ジェンダー、政治、
　　　階級、自然など──から探る。

82　考古資料と歴史史料　　　　　　　　　　A5判 334頁
　　　　　　　　　　　　　　　　　　　　　　　3,960円
　　　物質文化研究における考古学・文献史学の学際研究に
　　　よる歴史復元の途を探るとともに、両者の研究法の違
　　　いを取り上げ、研究の将来を見通す。

＊表示価格は税込です。近刊本のみ表示しています。